徳間文庫

伊庭八郎 凍土に奔る

秋山香乃

徳間書店

目次

徳川《とくがわ》十四代将軍の御代、奥詰衆《おくづめしゅう》という役職が新設された。武芸の腕の確かな者ばかりを集め、将軍警固の任に当たるいわゆる親衛隊だ。世に名を轟《とどろ》かせた剣客が多く、選び抜かれた精鋭部隊であった。心形刀流《しんぎょうとうりゅう》の剣鬼、伊庭《いば》の小天狗の異名を持つ八郎《はちろう》もそのひとりである。

奥詰衆は後に遊撃隊《ゆうげきたい》に新編制され、鳥羽・伏見の戦いに出陣したが、十五代将軍慶喜《よしのぶ》の謹慎と共に沈黙した。それを不服とした八郎は、人見勝太郎《ひとみかつたろう》と共に脱走し、友垣の本山小太郎《もとやまこたろう》と合流すると、徳川家恢復《かいふく》の義軍を挙げ、最後まで戦い抜く道を選びとった。

これは、徳川の世から新しい時代、明治へと変遷する狭間の中で、幕臣以外のなにものにもなれなかった不器用で一途な男たちの物語である。

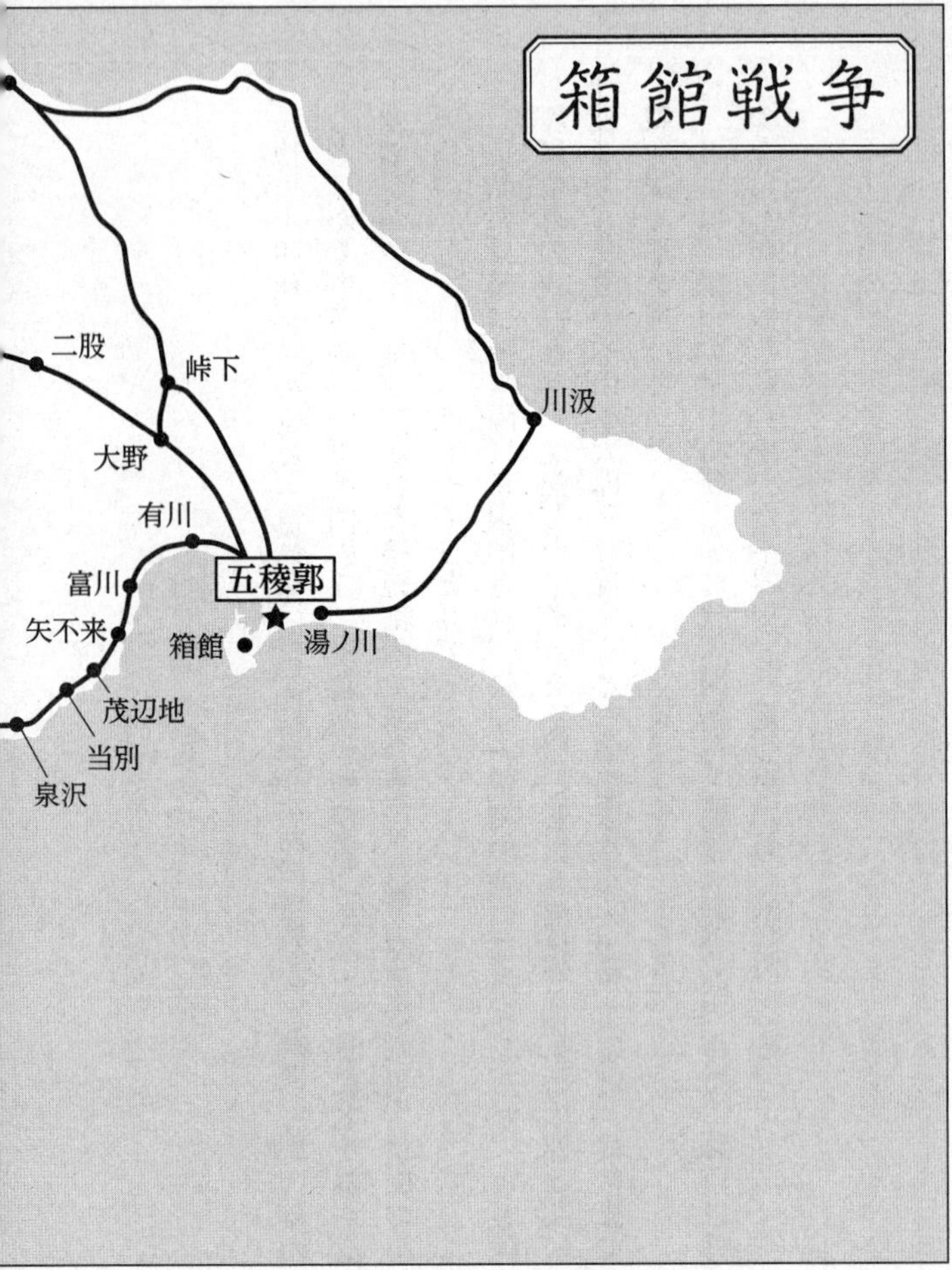
箱館戦争
二股
峠下
大野
有川
川汲
五稜郭
富川
矢不来
箱館
湯ノ川
茂辺地
当別
泉沢

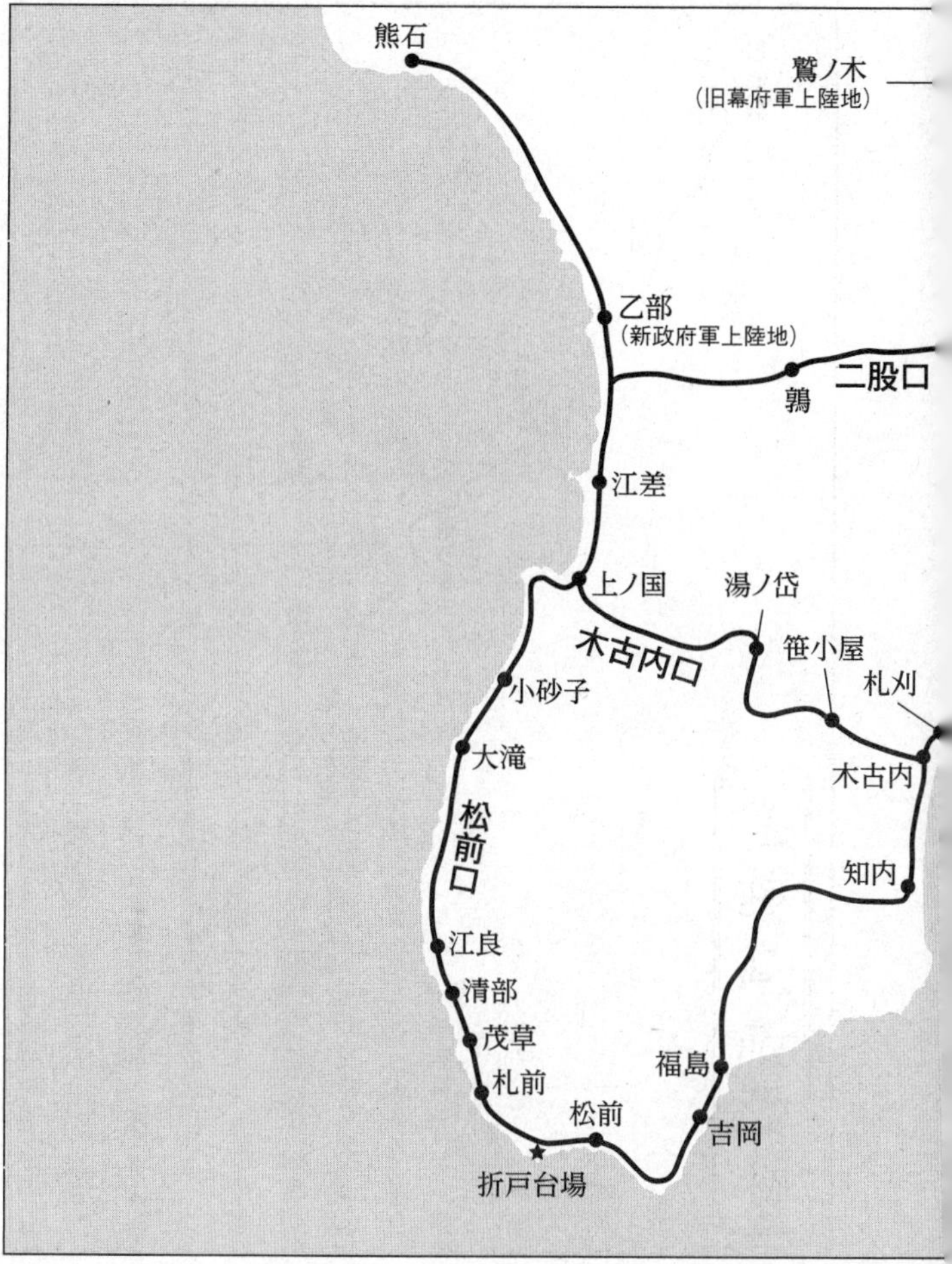
熊石
鷲ノ木
(旧幕府軍上陸地)
乙部
(新政府軍上陸地)
鶉
二股口
江差
上ノ国
湯ノ岱
木古内口
笹小屋
札苅
小砂子
大滝
木古内
松前口
知内
江良
清部
茂草
札前
福島
松前
吉岡
折戸台場

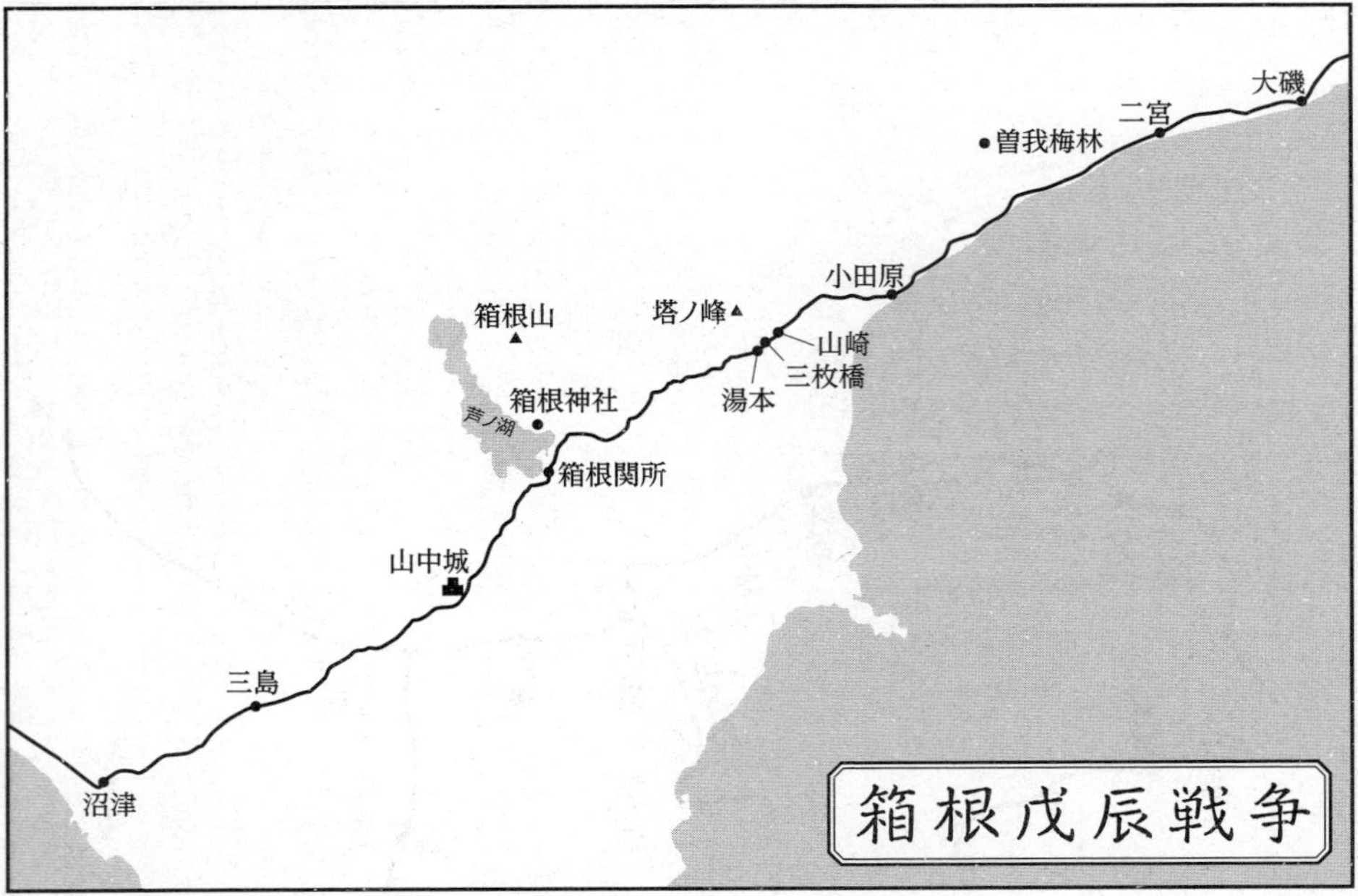
箱根戊辰戦争
大磯
二宮
曽我梅林
小田原
塔ノ峰
山崎
三枚橋
湯本
箱根山
箱根神社
芦ノ湖
箱根関所
山中城
三島
沼津

序　章

子どもの頃のおいらは体が弱くてね、ちょっと動いただけですぐさま熱を出したもんだ。心形刀流八代宗家の長子に生まれちまったもんだから、親に逆らうことを知らぬうちは、それでも少しは道場に立ったもんさ。手前味噌《みそ》だが強かったよ。十歳のころには、麒麟児《きりんじ》だ、なんだと噂されて、大人と打ち合ってもたいていは負けなかったねえ。

けど、結局は続かずにやめちまったのさ。それからは書物三昧で過ごしたが、こいつがおいらの性にはあっていた。夢中になっていろんな書を読み漁《あさ》ったねえ。親父《おやじ》はそりゃあ、寂しそうにしていたけどそんなに咎《とが》めやしなかったよ。剣術屋の家に生まれたからって誰もが向いているわけじゃない。それに体が弱いのは、仕方ないさ。本当に熱も出るし吐いちまうからな。

だのに周りがうるさくてね。剣術馬鹿の叔父貴たちは目くじらを立てて、おいらを道場に引きずり出したがっていた。弟たちも後《のち》に義妹になる礼子《れいこ》も、二言目には「兄上は情けない」ときたもんだ。

一番うるさかったのは、なんといっても四つ上の忠内次郎三《ただうちじろぞう》さんさ。道場の高弟で、縁戚で、幼馴染《おさなな じ》みだ。おいらがまだ竹刀を振っていた子どものころに、次郎三さんが直接仕込んでくれたものさ。十歳でおいらがやめちまうまで、一番打ち合ったのも次郎三さんなのさ。

だからだろうねえ、「惜しい、惜しい」とおいらの顔を見りゃあ繰り返して、あの手この手で道場に戻そうとやってきやがる。鬱陶《うっとう》しいのなんのって。

次郎三さんは免許が早くてね、親父もずいぶんと目をかけていたから祝いに一振りの刀を贈ったのさ。そいつは本当はおいらのためにいつか渡そうと用意していた刀だったらしい。いつかなんざ来ないと悟って他人に刀を渡した親父の気持ちと、それを受け取った次郎三さんの気持を、おいらは知らなかったわけじゃない。けど、気づかない振りを通しちまった。

おいらが十五の年に、親父はコロリ（コレラ）に罹《かか》ってね、もういけないってなったからつい嘘を吐《つ》いちまった。

——この頃はずいぶんと体の調子も良くなったから、久しぶりに道場で竹刀を振ってみたってェね。

親父は、こんな放蕩《ほうとう》息子の言うことを、あっさり真に受けちまった。ずいぶんあっけなく喜んじまってねえ……。

「そうかえ、そうかえ。八郎がまた竹刀をねえ。ここ数年では一番嬉しい出来事だよ」ってェ言いながら、最後の最後までおいらの嘘を信じて逝っちまいやがった。口から出まかせだったたってえのに……。

おいらは、とんだ親不孝をしちまった。

どうしていいかわからなくて、てめえが呪わしくて悔しくて、とにかくもう一度竹刀を握ったのさ。死んじまった親父を、ぬか喜びさせるような真似はできねェだろう。けど、剣を握って良かったねえ。一生涯の友も出来たし、剣の腕で取り立てられた。

そうして邂逅《かいこう》したんだ。あのお方、十四代将軍徳川家茂《いえもち》公に――。

第一章　未熟者

一

沼津に入ってから、雨ばかり降っている。

田植えを控えた初夏の雨は海からの風に嬲《なぶ》られ、太い線を描いて斜めに地面へと突き刺さる。

(天から真っ直《す》ぐに降りられないなんざ、おいらたちみたいだねえ)

八郎は自嘲する。ただひたすら真っ直ぐに生きていきたいだけなのに、時流の暴風に煽《あお》られて、なにもかもがままならない。

強い雨脚に泥が弾《はじ》かれ、八郎の足元が土色にけぶる。こんな日に山に登る馬鹿はいない。

（おいらくらいなものさ）

八郎は肩をすくめた。

山と言っても、ここは標高が六百三十七尺（百九十三メートル）にすぎぬ小さな香《か》貫山《ぬきやま》だ。山頂まで登っても、せいぜい散歩程度の距離だった。

水の流れる山道を滑らぬように用心しながら、八郎はひたすら上を目指す。すでに羽織も袴《はかま》もびしょ濡《ぬ》れだ。

幕府は瓦解した。薩長が主導する新しい世がやってくる。

これからどうするか――。主家恢復の一事が成就するか、己が死ぬかするまで戦い抜く以外、まだ何も決まっていない。

だが、江戸から見て喉元と言える箱根を眼前に捉える沼津にいれば、近いうちに必ずもう一戦、刃を振るえるに違いなかった。

幕臣の家に生まれた者は、男も女も幼いころから、

「将軍のために死ね」

そう教わって禄を食《は》む。

八郎もそうだ。二十四年間、将軍家の有事に死ぬために生きてきた。いまさら、別のもののために生きるなど、できそうもない。幕臣として生まれ、幕臣として死ぬ。

他の何者にもなれないのだ。

（おいらは存外、不器用者らしい）

ここ数カ月、新鮮な驚きで八郎は自分という男を知った。

忠義心が格別に篤《あつ》いなどと思ったこともなかったが、こんな事態になって保身に走る者がなんと多いことか。

（どうやらおいらは自分で思うより、よほど暑苦しい男らしい）

己の中に燃えさかっている義心を、認めないわけにいかない。

頭上で灰色に逆巻く雲は、嵐がそこまできていることをはっきりと告げている。

こういう危うげな空が八郎は嫌いではない。同じように、「こんな日は心が沸き立つじゃねエか」と嘯《うそぶ》いた友がいた。

あの男は多摩の出で、会った当初は百姓の放蕩息子のただの〝トシ〟に過ぎなかった。後の新選組副長土方歳三《ひじかたとしぞう》だ。

まだ平和だった時代に八郎が懐いてよく遊びにいった、天然理心流試衛館の御隠居の近藤周斎《こんどうしゅうさい》翁のところで出会った男だ。八郎とトシは、よく御隠居にもりそばを奢《おご》ってもらい、小遣いまで貰《もら》って吉原に繰り出したものだ。

御隠居周斎翁の後を継いで試衛館の師範になったのはトシの悪友で、これが後の新選組局長近藤勇《いさみ》であった。

十代の八郎は、トシや勇とよくつるんだ。二人は八郎より十歳ほど年上だったが、三人そろって剣術馬鹿で気が合ったのだ。みな桁外《けたはず》れに強かったから、並みの者では稽古相手にならないせいもある。

あの二人と剣を合わせるとき、八郎はだれと打ち合うより心が沸き立った。互いに木刀を握りしめ、手加減なしで夢中になってぶつかり合った。今から思えば、あれが青春だったのだ。

身分制度の崩壊する危うい時代の波に乗り、トシと勇は京で浪人の剣客集団新選組を結成し、最終的には幕臣に取り立てられた。

（トシさんは優しい男だったがねえ）

新選組の土方副長と言えば、鬼も震えると噂され、京ではずいぶん恐れられていたようだ。

先の戦《いくさ》、鳥羽・伏見の戦いでは、新選組も八郎所属の遊撃隊も、共に幕府方として戦った。

新選組は甲州でも新政府軍と干戈《かんか》を交え、その後、局長の勇が下総《しもうさ》国流山で捕らえられ、四月に処刑されたと聞く。勇の死を知った夜、八郎は口の大きな気のいい男の首が落ちる瞬間を、色鮮やかな夢で見た。自分の嗚咽《おえつ》で目が覚めた。こんなことは主君十四代将軍徳川家茂を失って以来、初めてだった。

自分でさえこれほどの慟哭《どうこく》を味わうのだ。半身のように人生の半分を勇と連れ立って過ごした歳三は、その死をどうやって乗り越えたろうか。友の哀哭に今は何をしてやることもできない。いや、それどころか歳三とはもう二度と会うことはできないだろうと諦めている。

風の噂で、元歩兵奉行の大鳥圭介《おおとりけいすけ》率いるフランス式伝習兵を中心とした旧幕府陸軍脱走兵らと共に、歳三は一番苛烈な戦場になるであろう会津に向かって北上したと聞いた。会津は、新政府軍にもっとも憎まれている。

(そんなところに好んでいくなんざ)

自然と八郎の唇が笑みを作る。

(てめェじゃ器用だなんぞ言い張っていたが、あいつもおいらと同じでずいぶんと不器用者じゃないのかえ)

それにしても新政府軍は、一軍の将である近藤勇に切腹を許さず、縄目にかけたまま斬首したという。侍にとっては貶《おとし》められた屈辱的な死だ。

(勇さん、あんた、いったい、どんな思いで死んでいったかねえ)

明日は我が身だ。それでも――。

（畳で死ぬよりはましさ）

主家を貶めた薩長の作る世で、八郎はどうやっても生きられそうにない。

香貫山の山頂近くに、少し開けた場所がある。そこからは沼津が一望できるらしい。

雨中の眺望に期待はできぬが、こんな世の中だ。

（いかにも今の俺には晴れ空よりも雨中の方が合っている）

よく踏み固められた細い山道を、伸び放題に勢いづく夏山の木々の枝を払いながらしばらく進むと、不意打ちのように視界が開けた。

「おおっ」

我知らず嘆声が漏れ出た。

獣が細長く蹲《うずくま》っているような愛鷹山《あしたかやま》が濃い影を作り、背後に見えるはずの富士は、灰色の雲を頭からすっぽり被《かぶ》って、愛想がない。

だがその左手に、群青色が雨に打たれて白く泡立つ駿河湾が、大きな弧を描いて横たわる姿は、雨だからこそ心ざわめく絶景だった。

ふと手前に視線を移すと、半里（二キロメートル）ほど西に、狩野川《かのがわ》の濁流が城の石垣を洗い削るように暴れるのが見えた。

石垣の上には、天守の代わりに三層の櫓《やぐら》が玩具のように小さく立っている。譜代水野出羽守忠敬五万石の居城、沼津城だ。

「なんだ、八郎も来たのか」

ふいに声を掛けられ、八郎は目を見開いた。

遠くにばかり視線を移していたからだろう。目一杯、空高く枝を伸ばした橡《とち》の大木の幹に、腕組みした男が寄り掛かっているのに気付かなかった。

「小太《こた》さんじゃないかえ」

「よう」

片手を上げて破顔したのは、十代のころからの友垣、本山小太郎である。

体が弱く色白の八郎とは対照的に、いかにも壮健そうな焼けた肌だ。くるくると愛《あい》嬌《きょう》のある目が、初対面の者にも親しみを持たせる。八郎よりほんの少し年上だ。平和なころには書物方に務めていた幕臣で、戦の勃発に共に戦おうと遊撃隊と合流した。懐の広い豪胆な男だ。

「こんな日に山に登るなんてェ馬鹿な真似をするなァ、おいらだけかと思っていたのに、小太さんもかえ」

「類は友を呼ぶんだろうよ」

「よしてくれ。お前さん、泥まみれだよ」

「人のことを言えた義理か」

ハッと二人で笑いあう。小太郎といるといつもこんな感じだ。

「小太さんもつれないねえ。誘ってくれれば良かったんだ」

自分も誰かを誘おうなどと思わなかったくせに、八郎が不平を述べる。

「うん？　八郎のことだから、てっきり皆とこいつを」

小太郎が竹刀を振る真似をした。

「やっていると思ったんだ」

ちっ、と八郎は舌打ちをした。

（俺がもう竹刀も木刀もあの戦以来、握っちゃいないってェのは気づいている癖に、口にしやがる）

八郎は、「伊庭の小天狗」の名で知られた天才剣士だ。北辰一刀流玄武館、神道無念流練兵館、鏡新明智流士学館と並ぶ江戸四大道場の一つ、心形刀流練武館の九代目宗家、伊庭軍平の長子である。幕府のあったころは、講武所剣術教授方も務めていた。

だが、それが何だというのだろう。そんなものは、幕臣として新政府軍と戦った鳥羽・伏見の戦いではなんの役にも立たなかったではないか。

刀では戦えない。

新政府軍の圧倒的な火力の前に、旧幕府軍は手も足も出なかった。時代はすでに火器を主役に選んだのだ。八郎は銃弾で胸を甲冑《かっちゅう》越しに強《したた》かに叩かれ、吐血して戦場を離脱した。「痛ェ」と独りになったときに呟《つぶや》いたが、痛かったのは体ではない。

（役に立たなかった）

この一事に、殊《こと》のほか打ちのめされたのだ。

小天狗と呼ばれ、麒麟児とも称された剣の腕は、近代戦ではなんの役にも立ちはしない。残酷なまでの、これが現実だった。

あの日以来、八郎は竹刀も木刀も握っていない。

「剣術遣いは辞めたのさ」

「へえ、だったら次はなんだ」

「いらっとすることをお訊《き》きだね。幕臣のおいらが剣術遣いの看板を下ろしただけだ。そういうお飾りを除《よ》けちまったら、残るはただの幕臣だろう」

「幕府は瓦解したのに、そっちの看板は下ろさないんだな」

「こっちはおいらそのもので、看板じゃないからな。才あるものは、新しい世で別の看板背負って生きたらいい。俺は上様が薨去《こうきょ》なされた後でさえ、これしかできねえ不器用ものさ」

八郎の言う上様とは、新政府軍に恭順の意を示して謹慎中の、元十五代将軍徳川慶喜のことではない。自身が親衛隊である奥詰衆を務めた十四代将軍家茂のことだ。遊撃隊はこの奥詰衆が前身となる。

家茂は、二度目の長州征伐の折に二十年というあまりに短い生涯を脚気《かっけ》で閉じた。英邁《えいまい》で情け深く、どこまでも澄んで真っ直ぐな気性であった。八郎の目にはそんな主君が眩《まぶ》しく映った。

一度仕えた者はこれ以上の主は望めぬと、誰もが心酔する将軍だった。

少々ひねくれ者で、戦わずに江戸城を薩長方に明け渡したあの陸軍総裁勝海舟《かつかいしゅう》でさえ、「上様」と言えば家茂のことなのだ。

海舟は十四代将軍が死んだとき、

「徳川は今日滅んだのだ」

そんな過激な表現で哀しみを胸中から絞り出した。それはほとんどの者の代弁でもあった。もし、十四代将軍が今も生きていれば、違う今日があったろう。

もう仕えることは叶《かな》わぬが、八郎の心は今も家茂に捧《ささ》げてある。

「お前さんだって同じだろう」

問う八郎に、当然だと小太郎が頷《うなず》く。

「そういう連中ばかりがこのお山の下の霊山寺に集っているわけだ」

どこか嬉し気だ。

「いや、それはどうかな。今さら薩長に下れるかという者ばかりなのは確かだろうが、俺たち遊撃隊は一枚岩じゃない」

何かあれば簡単にばらばらになるだろう総勢三百名弱の諸隊混成軍だ。

鳥羽・伏見の敗戦後に幕府遊撃隊本隊を脱走した伊庭八郎、人見勝太郎ら三十六名。元請西《じょうざい》藩主林昌之助《はやしまさのすけ》率いる脱藩した請西藩士六十一名。

それに旧幕府脱走兵や有志らが集まってできた隊だ。

隊の中心は八郎と人見勝太郎だが、総督は身分の最も高い林昌之助が務める。

便宜上、自らを〝遊撃隊〟と呼ぶ。

「確かに烏合《うごう》の衆だが八郎よ、そもそも一枚岩の組織なんざ見たことも聞いたことも俺はないね」

小太郎の言葉に八郎は噴き出した。本当だなと妙に納得したからだ。

それにしても、雨が激しさを増してくる。普段はそこにない川や滝が、山の至る所に出来始める前に戻った方が無難だ。

「行こう」
どちらからともなく頷き合い、戻りは二人連なって駆け足で山道を下った。
途中から風も荒れ始め、往きは大人しかった山道脇の木々の枝が、まるで何かを摑《つか》もうとするかのように伸びてくる。
八郎と小太郎の顔前にも、耳横にも、背中にも迫っては遠ざかる枝を、ひょい、ひょいと避けながら走ると、酷《ひど》い目にあっているのに、どこか楽しい気分になって、二人は子供のように笑った。
山を降りると、第二軍所属の八郎は霊山寺塔頭《たっちゅう》西光院へ、輜重隊《しちょうたい》所属の小太郎は霊山寺本寺へと入った。
遊撃隊は五つの軍に編成し、軍ごとに今回の宿所を定めているのだ。
第一軍　全六十八名
隊長　人見勝太郎（二十六歳）
一番小隊隊長　福井小左衛門
二番小隊隊長　滝沢研三
宿所は霊山寺塔頭光明院

第二軍　全六十二名
隊長　伊庭八郎（二十五歳）
一番小隊隊長　前田《まえだ》條三郎《じょうさぶろう》
二番小隊隊長　蔭山頼母
宿所は霊山寺塔頭西光院

第三軍　全二十三名
隊長　和多田《わただ》貢《みつぐ》（二十三歳）
霊山寺本寺

第四軍　全六十一名
総督　林昌之助（二十一歳）
霊山寺本寺

第五軍　全三十二名

隊長　山高鉄三郎（二十五歳）
一番小隊隊長　山田市郎右衛門
二番小隊隊長　大出鋠之助
霊山寺本寺
他　二十五名

西光院に戻った八郎は、なにやらざわめく気配に顔を顰《しか》めた。

（なにかあったな）

出掛ける前と空気がまるで違う。

「おい、だれか」

八郎の呼びかけに応じ、第二軍一番小隊長前田條三郎が、「ああ、伊庭さん」と飛び出してきた。

「良かった。みなで隊長を探していたんだ」

「俺を？」

「人見さんが訪ねて来ている。待たせているから、かんかんだ。急いでくれよ」

「どのくらい待たせたんだ」

「いや、実際は幾らも待っちゃいないが、あの人、短気だから。こんな大事なときに八郎さんは何をしてるとな」

「大事なとき……どういう意味だ」

「わからないんだ。八郎さんに最初に告げると言って、人見さんは俺たちには何も言っちゃくれない」

「わかった。すぐに行こう」

八郎は濡れた着物を素早く着替え、髪から雫《しずく》を滴らせたまま勝太郎の待つ部屋へ急いだ。

座敷へ飛び込んだとたん、胡坐《あぐら》をかいた体格のどっしりとした男が、ぎろりと睨《にら》みをきかした。元は二条城詰めの御家人で京生まれの人見勝太郎だ。

「八郎はん、お江戸で戦やで」

勝太郎は余計なことは一切言わずにすぐに本題に入る。八郎も勝太郎の前にどさりと腰を下ろした。

「戦。江戸といやァ、彰義隊《しょうぎたい》か」

「せや、とうとうおっぱじめよったでェ」

上野戦争勃発の第一報だ。

上野の寛永寺を屯所にする彰義隊は、十五代将軍徳川慶喜の警固のために結成された隊だ。が、慶喜が江戸を去った後も残留し、新政府軍とは一触即発の空気を漲《みなぎ》らせていた。

元々は幕臣渋沢成一郎《しぶさわせいいちろう》が結成した隊だが、当人は物別れして出ていき、今は四十手前の天野八郎《あまのはちろう》が率いている。

この男もやはり幕臣だ。前進することしか知らぬ、将棋の香車のような男である。香車は成駒で変化するが、天野はなお融通が利かない。

だが、こんな時代には、ぶれない頑強さは堪《たま》らない魅力となって男たちを惹きつける。主戦派の旧幕府兵たちは、申し合わせたわけでもないのに続々彰義隊と合流をはかり、一番多いときで四千人近い人数が集まった。

八郎の友人や知り合いも、結構な人数が参加している。彰義隊に馳《は》せた仲間の顔を、八郎は一人ずつ思い浮かべた。

「いつのことだ」

「十五日やそうや」

「すでに二日経っているのか」

「せや。たいそうな混乱ぶりらしい。江戸から急使が来た。俺たちもぶちかましに行くやろう。なあ、八郎はん」

勝太郎は興奮ぎみだ。

「もちろんだ」

八郎は迷わず答え、立ち上がった。霊山寺で出軍に向けて軍議を行うためだ。

二

五月十七日。

一軍から五軍までの隊長と小隊長、参謀に輜重の本山小太郎ら幹部が本堂に集まった。とうとう、という思いが誰の目にも漲っている。彼らはもう三十日も戦う機会を得られずに燻《くすぶ》っていたのだ。途中、一度転陣したものの、三百人弱の兵が何日も動かずに過ごすのは苦痛であった。この寺に来てからも十二日が過ぎている。

連日の雨で外出もままならず、誰もがみな苛立っていた。暇つぶしに剣を振るったり、相撲を楽しんだりしているが、それも限度がある。

そこへ飛び込んできた渡りに船のような彰義隊の戦の知らせなのだ。箱根が取れれば遊撃隊は江戸の彰義隊と呼応して起《た》ち、場合によっては直接江戸へ疾駆して応戦する——反対する理由は誰にもなかった。「行く」というところまですんなり決まったが、ただ問題が一つある。雨だ。

外はいつしか嵐になり、弱った木が幹ごと折れる激しさで、風が吹き荒れている。沼津は、城下町を分断するように狩野川が蛇行する。橋は一つも架かっていない。みな渡し舟を利用する。

霊山寺は狩野川の南岸にあり、東海道は北岸側を走る。江戸方面に向かうには川を渡るよりなかった。が、連日の雨の後を襲った嵐のせいで、赤茶色に濁った流れが渦を巻き、狩野川はまるで巨大な龍が荒れ狂っているかのようだ。

「今は渡れんな」

狩野川の濁流に誰しもが悔し気に今すぐの渡川を諦めた。ただ一人、人見勝太郎だけが首を横に振る。

「今や。今、行かな、援軍なんぞ意味あらへん。やってみんで諦めるんか、なあ」

全員の顔を睨《ね》め回した。

八郎が首を左右に振る。

「勝さん。逸《はや》る気持ちはわかるが、やってみて失敗したら溺れ死ぬ。そいつァいくらなんでも無駄死にだぜ」

「臆しやしたか、八郎はん」

勝太郎は食い下がった。

「臆したとか、そういう問題ではなかろうよ」

答えたのは八郎ではない。第四軍隊長で全軍の総督林昌之助だ。まだ二十一歳と若いが、ほんの先月までは請西藩の殿さまだった男だ。それが、勝太郎と八郎の人柄に惚《ほ》れこみ、薩長の徳川家の扱いに義憤に駆られ、藩主自ら脱藩して加盟するという前代未聞の一大事をやってのけた。

よくぞ、という感嘆もあった上に、殿さまなのだという気持ちもあるから、自然と隊のみなが一目置いている。勝太郎でさえ昌之助には強く出られない。この男らしからず、勝太郎は昌之助の発言に怯《ひる》んだ。

「予《よ》は、川で溺れ死ぬために加盟したのではない」と上品な顔で言われれば、反論する口調も元気がなくなる。結局、勝太郎は狩野川がもう少し大人しくなるまで待つことに同意した。

が、翌日も少し小降りになったものの、雨のやむ気配はない。さすがの八郎も焦りから苛立ちを覚えた。

川を見に行くと、凶暴な流れは堤防を崩しそうな勢いだ。上流はすでに溢《あふ》れているらしい。倒壊したと思われる家屋の一部が、すさまじい勢いで浮き沈みを繰り返し、流れ去っていく。

悪態を吐きそうになった八郎の背後で、

「くそう」

忌々《いまいま》し気に本当に吐き出した男がいる。振り向くと眦《まなじり》を上げて川面を睨み据える勝太郎の目とぶつかった。何かしでかしそうな危ない目だ。

「おい、勝さん。馬鹿なことを考えているんじゃないだろうな」

ふんと勝太郎は鼻で笑った。

「馬鹿なことなんぞ、生まれてこのかた一度も考えたことないで」

それはそうかもしれなかった。

勝太郎には、逸話がある。

鳥羽・伏見の負け戦の大混乱の真っただ中、負傷して動けなくなった仲間を、弾雨に晒《さら》されながら一人ずつ拾っては、淀川のほとりに集めてまわったという。

みなが戦っているのをよそに、付近の住民から舟を買い付け、それに乗せて大坂まで運んだのだ。山崎の関門付近の出来ごとだ。

勝手な戦線離脱であった。人によっては「馬鹿なこと」に違いないが、これでどれほどの仲間が救われたことか。

「確かに勝さんのは、馬鹿なことじゃなくて無茶なことだな」

と八郎は荒れる狩野川を指した。

「『俺は渡る』なぞ言わんでくれよ」

ふっと勝太郎は笑った。その目が「さあ、どうかな」と言っている。

「八郎はんよ、何事も機微や。機微を逃したら仕舞いやで」

「おい、勝さん！」

「冗談や、冗談」

笑いながら八郎の肩を叩くと、勝太郎は宿所へ戻っていった。

だが――。

「大変だ、八郎。光明院が空っぽだ。勝さんたち第一軍がだれもいない。それと和多田さんの第三軍もだ」

八郎の元に小太郎が駆け込んできたのは、翌早朝だ。勝太郎と和多田貢が、夜中のうちに第一軍と第三軍もろとも抜け出し、箱根に向かって馳せたらしい。その数、九十人以上。

（しまった）と思う気持ちと、（やはり、やっちまったか）と妙に納得する二つの気持ちが入り混じる。

一度、止《や》みそうな素振りを見せた雨が、夜になってまた激しくなってきたのが、あの男を、「これ以上は待てない」という気持ちに駆り立てたのだろう。それは八郎にしても同じであった。貢まで付いていってしまったのはまったく予想外だったが、八郎自身はどこか痛快で笑い出したい気分だ。

それにしても――。

（あの濁流を渡ったのか）

八郎は勝太郎という男に瞠目《どうもく》する思いだ。

残った遊撃隊幹部は、「第一軍、第三軍脱走」の知らせに直ちに集まり、今後の対策を話し合った。脱走した連中をどうするか。残された軍は何をするか。

真っ先に口を開いたのは昌之助だ。

「人見氏と和多田氏の行動は軍令違反である。本来なら許されることではないが、よくよく考えればこちらにも非があるのだ。渡れぬから渡らぬと言った川を、あのものたちは見事、渡ってしまった。そうであれば、渡れる川を渡れぬと言った予が、そもそも間違っていたことになるな」

「本当に無事に渡れたのでしょうか」

参謀の岡田斧吉《おかだおのきち》の言葉に緊張が走った。

みな、顔を見合わせる。

「そうだ。沈んでしまった恐れは否めんな。まずはそれを確かめねば」

言うやいなや、前田條三郎が跳ねるように立ち上がった。外に飛び出そうとするのを八郎が止める。

「待てよ、條三郎。もう調べに人をやっている。直に戻るだろう」

川を渡ったということは、渡し守を叩き起こして舟を出してもらったということなのだ。ならば、渡し守の家を訪ねて訊けば、ある程度そのときの状況がわかってくるのではないかと踏んだ八郎は、もうとっくに小太郎と従者の長助《ちょうすけ》に調べにいってもらっている。

「それより、今後のことだ。第一軍と三軍が無事だと仮定して話をさせていただくが」

八郎は前置きしてから意見を述べる。

「初めから人数の多くない我らが、これ以上、分かれてしまえば、やれることも小さくなろう。人見の置手紙によれば、第一軍はまずは箱根を目指している。三軍のことはわからぬが、行動を共にしているはずだ。だが、みなも知っての通り、東海道には敵がうようよしている。わずか九十人の小勢が無事に箱根を取り、江戸までたどりつけるか心許《こころもと》ない。援護したいが、どうだろう」

八郎がみなを見渡す。昌之助が頷いた。

「第一軍と第三軍が渡れたのなら、我々も渡れるはずだ。追って共に戦おう」

「賛成だ」

「異議なし」

全員が脱走兵を追い掛け、共に戦うということで同意した。

やがて、待ちわびていた小太郎が戻ってきた。みな、息を吞むように耳を傾ける。

「先発した連中は無事に狩野川を渡ったようだ」

小太郎の言葉に、ワッとその場が沸いた。

「よし、出陣だ」

全軍が第一軍と三軍を追うのなら、八郎たちも狩野川の激流を渡らねばならない。

ところが、小太郎の話によると、南岸にはもう、一艘の舟も残っていないらしい。

第一軍が全て買い取って北岸に乗り上げたからだ。

「木の葉みたーな、三人も乗ればいっぴゃァの小っせェものはございますよ」

と渡し守は言ったそうだが、そんな舟で渡れば、漕ぎだしたとたん転覆するのは目に見えている。

「まさしく、三途の川の渡し守だな」

八郎らは苦笑するしかない。

「北岸に乗り上げたっていうが、じゃあ、渡し守はどうやってこちら岸に戻ってきたんだ」

舟ごと戻ってくるはずだから、舟がないのはおかしいんじゃないかと、條三郎が口から泡を飛ばす。

小太郎が首を左右に振った。

「いや、渡し守は舟に乗らなかったんだよ。何百両積まれたって嫌だって言ってね。もちろん我々が渡るときも、たとえ舟があっても渡し守はこんな天気の中じゃ舟に乗らないさ」

「ならば、人見氏らはいかようにして向こう岸へ渡ったのだ」

昌之助が堅苦しい口調で首を捻《ひね》った。

「渡し守は付けずに、自分たちだけが舟に乗ったのです」

「漕げるのか」

「一応、櫂《かい》は扱ったそうですが、漕ぐというよりは流されたようです。なんでも近隣の農夫を叩き起こして総動員し、渡し場より二町ほど上流まで綱で曳《ひ》いてもらって、あとは一気に乗り出したとか。舟は濁った水を被りながらも、すさまじい勢いで流されたそうですが、なんとか向こう岸の渡し場近くに乗り上げたらしく、見ていた方の肝が縮んだと話してくれました」

「すごいや」

まだ二十歳の若い斧吉が素直に感嘆した。

「なんという強運なんだ」

條三郎も目を見開く。

「いや、運じゃない」

八郎はすぐさま否定する。運だけで、何艘もの舟がみな無事に渡れるわけがない。

「どういうことです」

八郎は長助に紙と筆を用意させる。

「一昨日、香貫山に登ったときに狩野川を上から見たんだが」

蛇がのたうつように流れる狩野川を、さらさらと図示し、みなに見せる。

北岸に向かって弓形にまがっている、その中心地点を指差し、

「ここがちょうど沼津城下に二つある渡し場の、霊山寺に近い方の北岸だ」

水神と呼ばれる渡し場で、ちょうど東海道と接している。

「蛇行している流れの中でも特に弧の角度がきつい場所で、昨日、川を見にいったときは、しきりにそこに向かって流れがぶつかり、白い飛沫《しぶき》を上げていたんだ。つまり、流れが岸にぶつかる場所だ」

小太郎がポンと膝を叩く。

「ああ、だったら少し上流から川の流れに乗ってしまえれば、後は黙っていても向こう岸につくと」

八郎は頷いた。岸を削り取る勢いで飛沫を上げる、北岸の中でもっともすさまじい表情を見せる地点を目指して漕ぎだすと、皮肉なことに活路が開けるというわけだ。人生もそんなものなのかもしれない。

「どのくらい上流からいけばいいかは、川面の流木やゴミの軌跡を追えば、簡単に見えてくるだろう。ここだという地点がわかったら、ためしに木片を流してみるといい。無事に向こう岸につけば、自分たちも必ずいけるはずだ。昨日の昼に俺は川の様子を見にいったが、人見も見にきていた。そのときには、もう流れを読んでいたんだろ

う」

　勝太郎は短慮なところもあるが、知恵者で頭が切れる。偶然のように見えても、計算ずくで動いているのだ。川の地形を見たときに、曲がり方の激しさから、川の流れに乗って向こう岸に着くまでの距離が短くてすむことを、見切ったに違いない。短ければそれだけ転覆する度合が減る。もしかしたら前回の軍議のとき、一人だけすでに計算できていたのかもしれない。

「渡り方はわかったが、舟がないなら如何《いかん》ともし難いな。今からいそいで調達するといっても、どこを当たればいいものか……」

　條三郎が、もう一つの問題を口にした。

　それも、八郎には当てがある。

　狩野川を遡れば伊豆半島の方に折れ、上流はずっと天城山の近くまで通じている。天城といえば良質な木材の産地だが、そこで取れた材木を、狩野川に流して運ぶ筏《いかだ》流しが盛んであった。

　沼津の渡し場はこの材木の引き揚げ場所でもあるので、渡し場の近くには材木が置いてあるはずだ。それをまた筏に組めば、大きな筏が手早くできる。

　八郎が説明すると、みなの顔に力が漲った。

「よし、さっそく造ろう。一刻も早く第一軍に追いつき、合流せねば」

「ただし」

八郎が猛《たけ》る一同を制す。

「輜重隊とその護衛兵は砥倉の渡しから渡ってくれ。大砲を川に落としちゃ、話にならんからな」

そこには川の岸から岸に縄が通してあり、その縄に輪を通して曳くことで舟を渡す仕掛けになっている。綱がない場所よりは安全に渡れるが、沼津から一里半（六キロメートル）ほど上流に遡らなければならず、多少時間を食ってしまう。

そうなのだと八郎が説明すると、

「驚いたな」

條三郎が瞠目した。

「何がだ」

「いや、すでに沼津のことをそこまで把握しているのかと思って。伊庭さんは皆が剣術稽古をしているときも加わることなく、いつもぶらぶらしていると思っていたが、裏でこんなことをしていたのか」

條三郎の感嘆の言葉に、誰もが頷き、敬意を露わに八郎を見た。

八郎は苦笑する。

（いや、むしろ基本だろう）

布陣した場所の地の利を見て回るのは当たり前のことだが、だれも生まれたときも少年時代も、自分が戦をするはめになるなど一瞬たりとも思わぬ平和の中にいた連中だ。戦いに対して拙いのは仕方ないことかもしれない。

昌之助が殿さまらしく軍議をまとめた。

「第五軍と輜重隊、および水の苦手な者は回り道をして確実に渡河せよ。その際、立つ鳥は跡を濁さずだ。急ぐ我々の代わりに霊山寺に今日までの礼を致し、掃除をしてから引き払って欲しい」

この男はどんなときにも礼節を忘れない。肝も据わっている。

「他の者は予と共に濁流をゆくぞ」

昌之助がきりりと立ち上がった。それを合図に、みな、出陣に向けて動き出した。

轟々と不気味な音が耳を打つ。

巨大な渦を巻き、波濤《はとう》のような飛沫をあげてのたうつ流れは全てを呑み込み、水底に引きずり込んでしまいそうだ。塵芥《じんかい》だけでなく、木の枝や灌木《かんぼく》、丸太などが浮き沈みしながら次から次へと眼前を流れてゆく。

これをゆくのか、とさすがに八郎の胸はわななく。他の者たちの顔もこわばり、青ざめている。寒くはないのに、唇を小刻みに震わす者も少なくない。

向こう岸が雨にけぶっている。

笠を被り、蓑《みの》をはおって東海道をいく旅人たちが、風雨に煽られ、ぬかるんだ道に足を取られ、難儀している様子がうかがえる。

東海道は狩野川の土手上を走っているが、旅人たちは間近の凄《すさ》まじい流れに決して近づくまいと、こわごわ歩いているようだった。

狩野川の幅は一町（百九メートル）ばかりでしかないが、それが今の八郎たちにとっては、瀑布《ばくふ》となって立ちはだかっているようなものだ。

しかし、ここでためらってはいられない。

「行くぞ」

八郎の合図に、みな急ごしらえの筏に乗り込んだ。丸太の上に座り込み、くくりつけてあった綱をがっちりと両手で握る。命綱を体に巻きつけた何人かは、櫂を手に立ったままだ。八郎は隊長だけに、筏の一番前を陣取った。むろん、弱気な面など見せられない。

あとは、農夫たちに引かせている縄が断ち切られる瞬間を待つだけだ。筏の背後にのびている縄が切られれば、土手の斜面を滑って筏は一気に流れに突っ込む手筈《てはず》だ。勝太郎たちがしてのけた方法である。八郎は、この筏渡りの先陣を務めることになっている。

「よし、綱を切れ」

八郎が手を上げると同時に背後で、ばしっと音がたつ。

いきなり、八郎の体はぐんっと前に持っていかれた。と思うや、待ったなしで筏が流れに突っ込む。

頭から思い切り波を被った。一瞬でびしょ濡れだ。他の者たちも同じである。体が左右に翻弄《ほんろう》される。綱を握る手に力がこもる。それにしても速い。景色が後ろにすっ飛んでゆく。

筏は激しく上下する。飛沫で前が見えにくい。

うしろから悲鳴が届いた。

それは怖さからではなかった。このままいくと目指す場所に到達できないことがわかったからだ。

意を決して八郎は綱から手を放し、筏の上に立った。背後を振り向き、櫂を手にした男たちを見すえる。

「漕げっ。漕ぐんだ」

その声で我に返ったように櫂が使われ始める。

（いいぞ）

流れに上手く乗ったようだ。

このままいけば、もくろみ通り土手に乗り上げることが出来る。

向こう岸まであと五間（九・一メートル）ほどというところまで来た。

そのとき、筏が激しい音を立てた。流木がぶつかったのだ。筏ががくんと揺れ、八郎は体勢を崩す。流れに放りだされそうになった。長助があっと声を発し、手を伸ばす。その手は空《くう》を摑んだ。

「八郎さま！」

八郎は落ちる手前で綱をつかみとり、ぎりぎりでこらえた。

「大事ないぞ、長助」

流れは足を洗ったが、八郎の体を引きずり込むに至らなかった。

ほっとしたのも束の間。流木がぶつかったときとは比べ物にならない衝撃が筏を襲う。刹那、筏がばらばらになるのではないかという恐怖に身がとらわれたが、すぐに八郎は何が起きたのか悟った。

北岸に着いたのだ。

「着いたぞ、成功だ」

八郎の声に、わっと仲間たちの歓声が轟く。足を止めた旅人たちが何事かと目を丸くして八郎たちを振り返った。

こうしてはいられなかった。次の筏のために場所を空けなければならない。

「命拾いした者ども、ただちに筏を片付けろ」

胸元から軍扇を取り出し、八郎が怒号する。南岸に向けてさっと軍扇を振ると、次の筏が三途の川になるやもしれぬ狩野川へと乗り出した。

三

沼津から三島へ抜け、箱根方面へ五里弱も進むと山中村がある。

戦国時代に北条氏が築城した山中城のある地点で、西からの防備の要所である。一里強東方に箱根を望む。

十四日間滞在した霊山寺を出て川を渡った八郎たちは、早く勝太郎らに追いつこうとぐんぐん進んだが、ここ山中村で足を止めた。砲声や銃声が届き始めたからだ。

雨はいつの間にか小雨になり、やがて上がったが、標高二千七百余尺（八百二十メートル）の箱根に近づくにつれてひやりと気温が下がっていく。

沼津にも三島にも新政府軍が駐屯し、臨時の関所を設けて人の行き来に目を光らせていたはずだったが、そのいずれも八郎たち本隊が通るときには蹴散らされていた。

「そこのけ、そこのけ」で強引に進んでいった勝太郎らの姿が目に浮かぶようだ。

斥候を走らせると、第一軍が箱根の関所を預かる小田原藩兵と戦端を開いていることが知れた。八郎ら遊撃隊の陣営はその報にざわめいた。

「馬鹿な。小田原は味方だったんじゃないのか」

思わず、という態《てい》で小太郎が口にしたのも無理はない。少し前に遊撃隊は小田原藩に同盟を要請した。そのとき、薩長への遠慮で表だっての味方は出来ぬものの、軍資金と食料を分けてくれたのだ。すっかりその言葉を信じていたが、ていよく土産を持たされ追い返されただけだったのか。

遊撃隊は幕臣が多く、薩長らに幕府を滅ぼされるまではさほど苦労をしていないため、だれもがすぐに人を信じるところがあった。いわゆるぼっちゃん育ちが多いのだ。八郎も人のことは言えない。

「人は頼みにならぬものよ」

條三郎が吐き捨てる。

昌之助はただ一人、

「藩というのは、必ず正反対の考えを持った者がいるものだ。平時はなんとか抑えが利いても、今後の己の人生がかかってくれば、なりふり構わぬ様相を呈してくる。大名のほとんどが調停することだけを教えられて生きてきたのだ。強い指導力で片側の意見を抑えることなどできはせぬ」

そんなものだと淡々と述べるから、みな、「さようですか」と黙り込む。

全軍は、この山中村を本陣に定め、布陣した。まずは状況を詳しく把握してからでないと、どこから攻めていいかわからない。

別の斥候が戻ってきた。

「我が軍が押しています。第一軍が山手にも回り、上から撃ち下ろして善戦しております。ただ、銃の性能の問題で飛距離が伸びず、さほどの殺傷力はないようです」

「接近戦には及んでいないのか」

八郎の問いに、斥候は頷く。

「関所の門を挟んで撃ちかけていますが、小田原藩兵に戦意が乏しいのか、防戦に終始して打って出る気配がありません」

「なるほど。小田原藩兵にしてみれば、我々を通過させなければいいだけだから、そんなもんだろうな」

「ぐずついていれば、江戸から敵の援軍が来るんじゃないのか」

小太郎の指摘はもっともだ。

「彰義隊の方はどういう状況なんだ。善戦していれば、総督府もこちらに援軍を寄こす余裕は持てぬはずだが」

江戸の様子はまったくわからない。八郎をはじめ、江戸に家がある者は、戦の勝敗だけでなく、親兄弟や妻や子が戦火の中でどうしているのか、不安であった。

家の建て込む町中を大砲――特に火の粉を吹くモルチール砲の弾が飛び交えば、火が瞬く間に燃え移り、炎となって燃えさかる。みな、伏見の戦で体験済みだ。

火炎は天に向かって巻き上がるだけではない。烈風に煽られ、横にうねるのはもちろん、一番恐いのは路地を舐《な》めるように這《は》う炎であった。これが鼬《いたち》のように速い。同時に熱風が突きぬけていく。

八郎の家は上野に近い。

義父母や実母、姉、弟たちはどうしているのか。

官軍などと名乗っているが成り上がりの薩長は、戦場で容赦ない略奪と強姦を繰り返していると聞く。ただの噂ならよいが、義妹の礼子は無事なのか……。

八郎は込み上がってくる不安を振り切るように口を開いた。

「箱根の関は狭隘《きょうあい》な地だ。前方からどれほど敵が寄せても、一気に襲いかかってくることができぬ以上、少ない我らにも活路はある。だが、背後を取られて挟みうちになれば、袋に追い込まれた鼠《ねずみ》も同じだぞ」

足元の地面に木の枝で、簡単に箱根周辺の地図を描いた。

「小田原兵が門から出て来ないのなら、闇雲に狭い門前の地に兵を送り込んでも、向こうが狙い撃ちしやすくなるだけだ」

だったら、と八郎は地図の中の山中村を指す。

「本隊はここに残し、三島方面に睨みを利かせ」

スーッと木の枝の先端を箱根の関門に移動させる。

「ここには二小隊の精鋭部隊を送ろう。関門に着いた精鋭部隊は、二手に分かれる。一隊は銃撃と砲撃で門内の敵を挑発し、大砲を撃たせる。敵が大砲を撃つにはその間、門を開けねばならない。もう一隊は白兵隊だ。気付かれぬよう門に近づいて待機しておけ。門が開いたと同時に中へ突入するんだ」

どうだ、というようにみなを見渡す。

「突撃隊は俺の隊にやらせてくれ」

腕が鳴るぜ、とばかりに條三郎が舌舐めずりをする。際どい仕事が好きな男だ。

八郎は昌之助を見た。

昌之助は、「承知した」と頷く。

「その代わり、銃撃隊はうちから出そう」

「決まったな」

條三郎が紫の襷《たすき》を取り出し、素早く掛ける。同じ色の鉢巻もきりりと締めた。

八郎は條三郎の肩を叩く。

「わかっていると思うが、暗くなるのを待てよ。門前に近づくのを察知されれば、こちらの思惑が知れてしまうからな」

「もちろんだ。それまでは大人しく第一軍と一緒になってどんぱちやってるさ」

大人しくどんぱちをするという表現に、八郎は笑った。

日没までにまだ間がある。

決行前には勝太郎ともつなぎが取れるはずだ。突入してからの手筈も、詰めて話しておきたい。

（拍子抜けだな）

そう感じたのは八郎だけではないはずだ。小田原藩兵が、日没を待たずに和議を申し入れてきたからだ。

翌早朝、和議を受け、八郎たちは山中村から箱根の関所までの移動を開始した。

箱根路は、鬱蒼とした杉並木のせいで昼でもどんよりと薄暗い。あげくに朝霧が立ち込め、冷たい水蒸気にすっぽりと辺りが閉ざされている。

遊撃隊は先頭の点《とも》す松明《たいまつ》の火を頼りに、粛々と行軍し、條三郎らに迎え入れられる形で関所入りを果たした。

小田原藩兵による急な和議は、駐留していた新政府軍の軍監が小田原へ援軍要請のために関所を抜けた隙を利用し、行われたという。

「我々小田原は、もとより徳川方の藩でござれば、貴殿らと戦いたかったわけではござらねども、新政府の監視がどうにも厳しく……致し方のうござった」

小田原方の言い訳に、「ふむ」と八郎は頷きつつ、兵力を確認した。

関所の中に小田原藩兵は三百人ほどが駐屯しているという。遊撃隊の方がわずかに少ないくらいか。

関所は遊撃隊の手中に落ちたとはいえ、十三町（千四百メートル）しか離れていない元箱根には小田原藩兵の動きを監視している新政府軍がいる。このため、一部の人数を割き、遊撃隊は元箱根を急襲した。

そうこうしていると、

「八郎はん」

人見勝太郎が憎たらしくなるほどけろりとした顔でどこからともなく現れ、八郎に駆け寄ってきたではないか。

八郎は軽く睨む。

「すまん、すまん」

悪戯《いたずら》が見つかった子どものような顔で、勝太郎は頭を掻《か》いた。相変わらず屈託がない。この顔を見ていると、もう八郎も怒れない。

「どの面《つら》でおいらの前に現れるんだえ、お前さん」

それでもちくりと嫌味は言ってやったが、

「無事でよかった」

すぐに本音が八郎の口をついて出た。

「すまん」

今度は勝太郎も真顔で謝った。

「いや、俺も謝らねばならない。川は渡れた。勝さんが正しかったよ」

「もうええで、その話は。それより、残念な知らせがあるんや」

「だれか死んだのか」

「いや、そうやない。彰義隊のことや」

「まさか、もう」

「ああ、負けた」

「本当なのか」

あまりの早い決着に八郎は耳を疑った。

天野八郎率いる上野を拠点にした彰義隊は、三千ともいわれる人数を誇り、新政府軍の頭を悩ませていた。

新政府側は、よもや負けるとは思っていなかったものの、それでも江戸市中でそれだけの巨大な勢力とぶつかれば、掃討に幾日もかかる泥沼の戦になるだろうと予測していた。

それは八郎も同じである。こんなに早く勝敗がつくなど、考えられない。

新政府側からしてみれば、やみくもに上野を攻撃できるわけではなかった。江戸の町が燃えないよう配慮しなければならない。焦土からの復興は金も手間もかかるが、今の新政府にそんな余裕はない。

敵は彰義隊だけではないのだ。奥羽と北越の諸藩が奥羽越列藩同盟を結んで、激しく抵抗している。それらの藩と戦うための戦費がことのほかかかる中、江戸市街復興費用など、とうてい出ないだろう。

さらに、日本各地に散らばる反勢力に対抗するため、兵力を散らさざるを得ない新政府軍が、早急に江戸に集結できる兵力は、わずか五千でしかない。

三千対五千。

開戦すれば、彰義隊側は寛永寺に立てこもり、籠城戦を行うことは事前にわかっている。寛永寺といえば、寺域三十万五千坪を超える巨大な城塞だ。そこに三千人が立てこもれば、陥落させるには三万の兵力がいるというのが、これまでの常識である。

が、実際は簡単に陥落したのだ。

「いったいなぜだ。なにをどうすれば、三千の兵力が、四日で落ちる。籠城したんだろう」

八郎の問いに勝太郎が首を左右に振る。

「四日やない。一日やそうや」

「一日……」

ならば遊撃隊に知らせの入った十七日にはもう彰義隊は壊滅していたのだ。

彰義隊が一日で陥落した経緯は次の通りだ。

新政府側にしてみれば、彰義隊はできれば懐柔して解散させたい勢力であった。が、朝廷がそれを許さなかった。

「手ぬるいことはせずに早々に片付けよ」と長州の天才軍師、大村益次郎《おおむらますじろう》を江戸に送り込んできたのが、四月下旬。

大村は三万必要だという城攻めの常識の人数を嘲笑い、

「五千でも多いくらいじゃ」

涼しい顔で言ってのけた。だったら奇襲をかけるのかと思えば、

「敵にも味方にも、江戸の市民にも、布告してから戦は始めるわい」

常軌を逸したことを言う。

宣告すれば、付近の住民が避難する時間的な猶予ができる。そういう意味では悪くないが、また、彰義隊側にも籠城戦の準備に取り掛かる時間を与えてしまうことになる。

非難を余所《よそ》に大村は十四日の淀《よど》んだ空を眺めながら、「雨じゃな」と呟き、

「明日、佐賀のアームストロング砲で上野に砲撃を開始する」

ぶっきらぼうに宣言した。

その宣言が江戸中に布告されると、謹慎の風を見せて大人しくしていた旗本や御家人の中には、義俠心《ぎきょうしん》にかられてたまらず寛永寺に駆け込む者たちが出た。一方で、アームストロング砲という、破壊力が化け物並みと噂される最新鋭の武器が撃ち込まれることに肝を冷やした彰義隊士も少なくない。

彰義隊に加盟していた男たちの中には、上野にいさえすれば食いっぱぐれがないという理由だけで、参加を決めた者も多かった。彰義隊は幕府贔屓《びいき》の江戸娘にもてるという不埒《ふらち》な理由で加盟した者も少なくない。そういう者たちは、はなから命をかけるつもりのない頭数だけの男たちだ。

日本史上使われたことのないすさまじい威力の大砲から、明日になれば砲弾が雨のように撃ちこまれると耳にし、その言葉だけで逃走した男たちは、実に二千。大村は戦わずに二千人の兵力を敵から削《そ》いでみせたのだ。

ここまで意気地がなかったのかと唖然《あぜん》となる総督府の面々に、

「烏合の衆とはそういうもんじゃ」

大村は当然の顔で言いきった。それは淡々と事実として述べただけで、宣告してからの戦に反対した者たちを馬鹿にしたわけではなかったが、なにか鼻で笑われたような気分になった者も多かった。

薩摩の海江田信義《かいえだのぶよし》などは、あまりの憎たらしさに拳《こぶし》を握り込み、「くそう、くそう、くそう」と唸《うな》った。

誰もが彰義隊を陥落させるには幾日もかかると読んでいたが、

「明日一日で落ちるじゃろう」

大村は断言した。

「馬鹿を言わっしゃるな。戦は机上の論でなにもかも片付くものではごわっさん」

沸騰寸前の海江田に、

「君は、戦を知らんな」

フッと大村は一瞥《いちべつ》をくれた。

海江田と言えば、弟がかの井伊直弼《いいなおすけ》の首を落とした男で、一家揃って過激で知られている。

「殺す」

飛びかからん勢いで面罵し、西郷吉之助《さいごうきちのすけ》（隆盛《たかもり》）がなんとか止める一幕もあった。

このため、翌年に大村が暗殺されたときには、まっさきに「海江田がやったんじゃないのか」と疑われ、取り調べを受けたほどだ。

当日の五月十五日は、大村の読み通り雨になった。性能の高い最新式のスナイドル銃や七連発を誇るスペンサー銃は問題ないが、彰義隊の使う古い銃は雨中での弾込めが上手くいかないものもある。さらに、市中に火を付けて新政府軍側を撹乱《かくらん》する戦法も成功しない。

いざ、戦が始まってみると何もかもが大村の計算通りに進んだ。一見、膠着《こうちゃく》して見える戦況に、海江田が、

「泥沼になればなんと責任を取らっさるつもりでごわすか」

罵倒したが、大村はぴくりとも表情を変えず、懐中時計を取り出す。戦闘の終わる時刻を宣言し、これもぴたりとその通りになった。敵の逃走経路も大村は初めから予告していたが、こちらも大村の予言通りになった。大村にしてみれば、人間の心理を読み、行動の類型を予測し、それに従って陣立てを組みたてているのだから、人が自分の思い通りに動くのは当たり前だった。

こうして上野はたった一日で陥落した。新政府側の指揮を執った大村益次郎以外、誰もが予測しない早さで、彰義隊は壊滅したのである。

詳しい江戸の状況は箱根まで伝わらない。いったい何があったのだ、と訊く八郎に勝太郎も、

「わからへん」

首を左右に振るだけだ。

（武器がそこまで違うのか。それとも将の才の違いか）

鳥羽・伏見の戦いで味わった敗北感が八郎の中で蘇《よみがえ》った。

（その両方か）

同じ日本人なのに、なぜここまで差がついたのか。黒船が来航して十五年。こつこつと今日のために技術革新を行い、人材の育成を行ってきた者たちと、途中までは壊れかけた平和を貪《むさぼ》った者たちの差だというのか。

いや、技術革新も人材育成も、幕府方にしろやっていたのだ。だのに大人と子どもほどの差がついている。

（必死さが違ったということか）

どれほど悔やんでも時は巻き戻らない。今持てる条件で戦い続けるか、膝をつき折れた心で降伏するかしか、もう八郎たちに残された道はない。

ふいに、八郎の脳裏に愛《いと》おしい顔が次々と浮かんだ。優しかった義父母、義妹、実母、姉、そして四人の弟たち。

「江戸は燃えたのか」

「いや、燃えていないそうや」

「そうか、良かった」

それは有難いと八郎はほっとした。だが、彰義隊が壊滅したのなら、江戸に残った旧幕臣とその身内の今後が、苦難であることは間違いない。もう守ってくれるものは何もないのだ。勢いに乗った新政府側が、その者たちの「狩り」を始めないと誰が言えよう。

今の八郎には、なんとか乗り切ってくれと祈ることしかできない。

(俺は、なんて非力なんだ)

打ちのめされたが、私情はおくびにも出さぬよう気遣いながら、八郎はこれからのことに話題を移した。

「上野が陥落してしまったのなら、これから遊撃隊はどうするか決めねばならん」

「そら戦うしかあらへんがな。せっかく箱根も落ちたことやし、ここで小田原はんと頑張ってやな、東海道を分断し、京とお江戸の新政府軍の連絡を断ったるで」

勝太郎は、けろりとしている。

東海道の分断など、実際にやるにはなかなか難しいことだが、勝太郎が言えば簡単にできそうな気になるから不思議であった。

「勝さん。おいらァ、あんたと組んでよかったよ」

「なんや、急に」

「いや。やるだけの価値はあるな」

旧友の土方歳三らが加盟した大鳥圭介率いる旧幕府陸軍は、会津を目指して北へ向かった。その後、彼らがいかなる活躍を見せているか知る由《よし》もないが、きっと頑強に抵抗を続けているはずだ。

ここで遊撃隊と小田原藩が頑張って、新政府軍の連絡をわずかな期間だけでも断つことが出来れば、敵軍のすみやかな兵力の補充を阻むことになる。それはおそらく、佐幕色の強い奥羽と北越諸藩や旧幕府陸軍を助けることに繋《つな》がるはずだ。

悪くない、と八郎は思った。昌之助陣営にも伝えると、「そうしよう」とただちに賛同の返事が届いた。

ここで元箱根に出軍していた第三軍の和多田貢が戻り、かの地も遊撃隊が占拠したという。

「大総督府軍監の中井範五郎《なかいはんごろう》を斬ったぞ」

貢が鼻息を荒らげて言った。

「やりましたな」

貢の興奮を、敵将を斬った感奮と受け取った者たちが、称《たた》えるように出迎えた。が、違った。

「あいつ、卵を持っていましたよ」

「卵？」

話が見えず、八郎が訊き返す。

「五百個の卵を部下に抱えさせて、嬉しそうに駕籠《かご》に揺られてこちらに向かって来たんです。奴はまだ小田原藩兵に寝返られたことを知らないもんだから、労《ねぎら》うつもりで差し入れに買ってきたようでしてね。それをこっちも急にかちあったもんだから、びっくりして斬っちまいました。いや、そうじゃなくとも敵だから斬らにゃァならんのでしょうがね」

なんとも後味が悪いと唇を歪《ゆが》める。

「まあな、中井は敵といっても勝海舟先生の海軍塾の門下生だった男だ。悪い奴じゃない。だからと言って、俺が出会っても斬ったさ」

條三郎が気にするなと貢の肩を叩いた。戦うというのはそういうことだ。仕方ないことなのだ。

こうして、坂本龍馬《さかもとりょうま》などと共に学んだことのある因幡《いなば》鳥取藩の秀才中井範五郎は、箱根の中でももっとも美しい景色を望む芦ノ湖横の権現坂に斃《たお》れた。享年二十九だ。が、もう一人の軍監、三雲為一郎は逃げきった。

三雲は熱海へ逃れて漁船を買い、海路、横浜へと漕ぎつけた。江戸の大総督府に駆け込むと、中井の死と小田原の裏切りを伝えた。

直ちに、新政府側による報復活動が始まった。江戸の小田原藩邸を没収し、二千七百名の兵を三雲に付け、遊撃隊を屠《ほふ》るため小田原に向かって急行させたのだ。

四

遊撃隊幹部は小田原に集い、全軍の布陣を定めた。

小田原から最も遠い山中村には、林昌之助の第四軍、山高鍈三郎の第五軍が布陣する。ここが遊撃隊の本陣となる。小田原からの距離は五里九町。

箱根の関所を守るのは、和多田貢の第三軍だ。小田原から四里八町。

江戸から上ってくる新政府軍とぶつかれば先陣となる小田原には、人見勝太郎の第一軍と伊庭八郎の第二軍が着陣する。城下から六町離れた場所に宿陣した。

全ての移動が終わったのは、二十三日である。

一方、新政府軍の激しい怒りに触れた江戸の小田原藩邸の者たちは、こんな時期に旧幕府側に付いた自藩の愚かな選択に驚嘆していた。彼らは直《じか》に彰義隊の壊滅を目にし、新政府側に逆らうことがいかに馬鹿げているかを知ったのだ。

彰義隊だけではない。

その十四日前の五月一日、会津奥羽同盟軍と新政府軍が白河城を巡りぶつかったが、このときも新政府軍の一方的な勝利に終わっている。

同盟軍二千五百対新政府軍七百の戦いだった。

数こそ劣った新政府軍ではあったが、圧倒的な銃の性能の違いと卓越した作戦で、同盟軍七百人を撃ち殺した。新政府軍の圧勝である。

白河の戦いにおける同盟軍側の負けっぷりは、七百体もの死体を築き上げ、日本史上でも稀《まれ》に見るほどのものとなった。

白河は、奥羽地方への玄関口に当たる。この地さえ押さえていれば、新政府軍の侵攻を食い止めることも可能だが、破られた今、会津への道が大きく開けてしまったことになる。「奥羽が落ちる日も近いのではないか」という予感は、江戸では戦と縁のない女子どもでさえ抱いている。

そんな時期に、なにゆえ、我が藩の者たちはとち狂った判断を下したのか、と江戸にいる小田原藩士は臍《ほぞ》を噛《か》む。

（我が殿は若い）

小田原藩主大久保加賀守忠礼は、まだ二十七歳の青年である。義や忠節などという美しい言葉に素直に感動して煽られる純粋さがある。

とにかく今からでも藩論を覆させ、新政府側に付かねば、その先に待っているのは破滅だろう。

江戸小田原藩邸から早馬が駆けた。使者は、新政府側の怒りの激しさを小田原城の者たちに懇々と伝え、とうてい逆らいきれるものではないことを諭した。

こうして再度、小田原藩が新政府側に寝返った二十四日、最前線を預かる八郎と勝太郎は今後の方針を話し合うため小田原城へ入った。

八郎らが到着したとき、藩主大久保加賀守忠礼は、新政府に恭順の意を示すため、菩提寺《ぼだいじ》である天台宗本源寺ですでに謹慎していた。

八郎も勝太郎も、まだ小田原の裏切りを知らない。彼らは幾分無邪気に、希望を持って小田原城の門を潜った。

（おかしい）

八郎は眉根を寄せて、同じように横に端座している勝太郎を横目で見た。

勝太郎も同じようにこちらを見たから、二人の目と目が合った。

（行儀の悪い奴だ）

自分のことは棚に上げ、八郎は目顔で呆《あき》れたぞと伝える。

（おまえはんこそ）

負けずに勝太郎も視線で語りかけてくる。

元来、こういうときに武士は微動だにしないものだ。だから並んで座している者同士の目が合うなど言語道断だった。

だが、そうせずにいられないほど、何かがおかしいのだ。

八幡山を背にした小田原城本丸の東方に、八郎たちが通された二の丸御殿がある。

その藩庁の一室に待たされてからずいぶんと時が過ぎた。

待たされることくらいあるだろうが、城全体がどこか落ち着きなくざわめいて感じられないか。

嫌な予感がするのだ。自分だけではない。勝太郎も同じことを考えている。

（幾らなんでも、待ちぼうけが過ぎる）

何かで聞いたことがないだろうか。こうやって長い時間を一室で待たされ、疲れ切ったところに刺客が入ってくる、というような筋書きを。

確かに襖《ふすま》越しの控えの間に、幾人かの男たちの気配が読み取れる。

まさか、と八郎は自分の頭の中に浮かんだ想像を打ち消した。小田原は新政府側をほんの数日前に裏切ったのだ。それがまた、遊撃隊を裏切って新政府側に寝返るなど、とうてい武士のすることではない。いくらなんでもそこまで恥知らずではないはずだ。

それに、殺す気ならとっくに男たちが刃を振るって躍り出てきているのではないか。

……だったらあの男たちは何なのだ。

（見張られているということか）

ふいに勝太郎が痺れをきらしたという風情で立ち上がった。

ざわりと控えの間の気配が動いた。ふん、と勝太郎がそちらに視線を送ったものの素知らぬ態で、

「何がどないなっとるんや。調べてくるわ」

聞かせるような音量で言った。

襖の向こう側でそっとひとりの気配が消えた。家老にでも知らせにいったのか。八郎から苦笑が漏れる。

（こいつは本当にしてやられたかもしれんな）

もしそうなら、もはやじたばたしても仕方ない。相手が殺す気でいるのなら、どうあがいても城から無事に出られるものではない。

「部屋を出るのか」

八郎は勝太郎にただした。

「武士ちゅうても尿意には勝てへんもんや。誰か来はったら、そう言うといてや」

「承知」

勝太郎は行きかけて、ふと足を止めた。

「せや。あんたはんはええ男やが、一つだけあかんことがあんねんや」

「そうかえ」

「場合によっちゃァ、もう二度と言うてやれへんから、言うとくわ」

「うむ、聞こう」

「八郎はんは、どうも坊ちゃん育ちで、人を信じすぎるきらいがあきまへんなあ。こんな世に、命取りやで」

八郎は笑った。

「お前さんこそ、底抜けにお人よしだろう」

笑いながら複数の足音がひたひたと近づいてくるのを耳にした。

（来たぞ）

八郎と勝太郎は目を見かわす。勝太郎は再びどかりと腰を下ろした。

部屋の外から藩の重職に就いている面々の来訪を告げる声が掛かり、ぞろぞろと数人が連なって入ってきた。

家老岩瀬《いわせ》大江進《おおえのしん》、渡辺了叟、家老格吉野直興、年寄役蜂屋重太夫、早川茂右衛門、留守居郡権之助らだ。

この面子《メンツ》ならいきなり斬りかかってくることはなさそうだ。

ただ、知らぬ顔がひとつある。二日前にこの城を訪ねたときには、姿を見せなかった人物だ。

家老の岩瀬が、四角い顔を困ったように歪めてまずは遅参の詫《わ》びを述べ、知らぬ顔の男を紹介した。

「江戸定詰の大目付中垣謙斎と申す者」

（江戸定詰）

八郎は眉根を寄せた。二日前はおそらく到着していなかったはずの江戸定詰の者が、今日はいる。小田原が新政府軍を裏切ったことが江戸にも届き、駆け付けてきたと考えるのが妥当だろう。

なんのために?

岩瀬の物言いたげな苦渋の顔や、小田原城内に蔓延《まんえん》した異様な空気を察すれば、答えは一つだ。

藩を説得に来たに違いない。八郎は岩瀬らの顔を順に見た。中には目を逸《そ》らす者もいる。

(間違いない。説得されたな)

紹介された中垣は、

「小田原は、官軍に恭順致した」

温和な岩瀬に代わって、歯切れのよい江戸言葉で小田原藩の変心をきっぱりと告げた。

「なんやと」

勝太郎が気色ばんだが八郎が止める。

岩瀬が言いにくそうに、中垣の後を引き受けた。

「いや……なんと申すか……徳川家の御恩を思えば、我らも貴殿らと共に戦うことこそ義とも信じ、同盟を結ぶに及び申したが……」

「保身に走ったと？」

率直に八郎が問い返すと、岩瀬は額の汗を拭った。

中垣がぎろりと八郎を睨む。

「江戸にいる新政府軍は、彰義隊をわずか一日で陥落させたアームストロング砲を携え、五千の兵をこの小田原に向けて送り込むことができ申す。上野の戦……それがしは江戸で間近に見ましたが、あれはまさしく一方的な殺戮《さつりく》で、地獄絵図でござった。されど本当の地獄は戦が終わった後でござってな、彰義隊への処断は実に苛烈を極めた。それこそ一人残らず殺せとばかりに、残党狩りが今この瞬間もなされている始末」

「それで臆したと」

軽蔑しきった顔で勝太郎が吐き捨てる。

中垣は鼻でせせら笑った。

「ご存知か。白河でも戦があり、官軍の兵が七百。対する反乱軍が二千五百。これもわずか一日で、かたがついてござる」

信じられないという顔を勝太郎はした。八郎も少なからず動揺した。表に出すまいとしたが、無理があるほどの衝撃だ。

八郎らの心の揺れに中垣がさらに揺さぶりをかける。

「僅差の勝利ではござらん。官軍の圧勝でござる。反乱軍は七百名が討ち死に致しましたぞ」

ぐっと、八郎は手を握りこんだ。白河の戦であれば、会津方面に転陣した友の歳三らが関係しているのではないか。

（トシさん、あんた、無事なのか）

みろ、小田原を惰弱者《だじゃくもの》呼ばわりしたが、お前らも顔色を変えたではないかと中垣があざ笑う。八郎はカッとなった。なんとか堪えようとするところを、中垣が畳みかける。

「白河は奥羽への入り口。そこをあっさり獲《と》られた反乱軍に何ができよう。すでに大勢は決してござる。もし干戈《かんか》を交えれば、ここ小田原も一日で陥落しましょうぞ。我らが皆殺しにされるだけでなく、小田原一帯が焦土になることは、この地を統《す》べる者として、決して選んではならぬこと」

決然とした言い方は、もはやこれ以上の揺れは小田原にはないと告げている。

「ゆえに、殿も寺にお入りになり、すでに謹慎召された後でござれば、貴殿らもここは大人しく我が藩領から立ち去っていただきたい」

八郎は中垣を冷ややかに睨み据えた。

「なるほど、これ以上の話し合いは無意味なようだ。一回翻った者をさらに翻らせても、我々としても二度と心から信用できぬからな。小田原勢とは危うくて共に戦えぬ」

言い放つ八郎は悔しくて仕方がない。小田原は箱根という要衝の地を徳川家が信頼を寄せて預けた藩ではないか。峻険な箱根山が自然の要塞となり、西から敵が攻め上ったときに、ここさえがっちりと押さえておけば、簡単には通すことができぬ地の利があるのだ。

それほどの土地を預かった藩が、こうもあっさりと自らの正義を翻す。

（上様）

思い浮かべた将軍は十五代将軍徳川慶喜ではなく、十四代家茂だ。そういう区別をすること自体、自身の未熟の証であったが、八郎にとって〝上様〟といえば、初めて親衛隊として仕えた十四代家茂だけだ。その人柄に心酔していた。あれほどの主君を持てた自分は幸せだったと今も思う。

天で家茂は、この譜代大名家の酷薄さをどう見ているのだろう。

八郎は憤然と立ち上がった。

「反覆再三、怯懦《きょうだ》千万、堂々たる十二万石中、また一人の男児もござらんや」

大音声を上げる。

中垣の顔色が変わった。

「だまらっしゃい。我らは恭順したのだ。ならば足下《そっか》らはもはや敵。この場で斬り殺して首級を差し出すべきところを、ただ立ち去られよと言う温情がわからぬか」

「中垣どの、およしなされ」

家老岩瀬が止める。小田原城内でもっとも新政府軍との戦いを望んだ男だ。ままならぬ現実を前に、この男の胸中も、八郎と同じ風が吹き荒れているのかもしれない。

中垣は何か言いかけたが、岩瀬の顔を見て黙り込んだ。岩瀬が続ける。

「馬屋曲輪《くるわ》に武器弾薬、軍資金として千五百両が用意してござれば……それを持って帰っていただきたい。遊撃隊征討の官兵が、二千七百ほど用意される予定だとか。できればその軍が到着する前に、この地を立ち去られよ」

「忠告いたみいるが、その官兵とやらと干戈を交えるために我らは存在するのだ。向こうからやってくるなら願ったりというもの。喜んで二千七百の前に身を躍らせよう」

あくまで戦うことを宣告する八郎に、

「老婆心ながら、無駄死にでございますぞ」

と岩瀬。

「徳川の遺臣がいったいどこで何と戦えば、貴殿の言う無駄死ににならぬというのでしょうな」

八郎の毅然とした言葉に岩瀬はしばし目を閉じ、「違いない」と口の中で呟く。

「ならば仕方あるまい。明日からは敵味方となりましょうぞ」

「道は分かった。後はただ存分に戦おう」

八郎と岩瀬は頷きあった。

怯懦千万と八郎は詰《なじ》ったが、岩瀬大江進は死を恐れる男ではなかった。このときすでに、小田原藩内でこの男だけは、死を決意していた。

藩を生かすために八郎らと決別するという苦渋の選択をした岩瀬は、小田原の一転二転とした態度を、己の命で万分の一でも償えるのならと、箱根戦争の後始末が終わったあとの六月十日、誰に強要されたわけでもないが、腹を割いてけじめをつけた。

享年五十一である。

五

小田原に駐屯していた勝太郎率いる遊撃隊第一軍と八郎率いる第二軍は、二千七百の新政府軍と千数百の小田原藩兵らを迎え撃つため、小田原から一里強西に下がった湯本に布陣した。

この湯本から箱根の関所に向かって、きつい上り坂が始まる。半里進むごとに三百三十尺（百メートル）ばかりも上る坂だ。

坂は、湯本を東西に流れる早川に架かる三枚橋を、北岸から南岸へと渡ったところから、石畳の道と共に始まるのだ。そこから鬱蒼と大木の繁る昼なお暗い細道が、延々と三里ほども続く。

湯本がほっこりと日だまりをたくわえ、明るいだけに、まるで早川は三途の川で、三枚橋を渡ると地獄への釜が口を開けているかのようだった。

八郎はぞくぞくするような思いを味わった。剣で強い相手と対峙《たいじ》したときの感覚に似ている。

この地で、今からおよそ十倍の敵を相手にした戦いが始まるのだ。劣っているのは人数だけではない。武器の性能も相変わらず追いついていない。

（なにもかも不利だな）

笑い出したくなるほど不利な戦だ。

火力の違いがどれだけ圧倒的な力の差を戦場で生むのか、すでに歴史が証明している。

八郎たちも武器を仕入れようとしなかったわけではない。鳥羽・伏見の戦いを直に経験したのだから、火力不足を少しでも補わなければ話にならないことは百も承知だ。だから本隊とは行動を別にさせた二人に武器の仕入れをさせるため、危険な江戸に潜入させていた。

だが、彰義隊が落ち、江戸が完全に新政府軍の支配下となった今、もう武器の仕入れは期待できない。せめて当人たちだけでも無事に戻ってきて欲しい。今、どこで何をしているのかまるで知れないが、彰義隊に間違えられて捕まったり斬り殺されたりしていなければいいと願うばかりだ。

条件は最悪だが、武士に生まれた以上、負けるとわかっていても戦わなければならないときがある。いや、違うなと八郎は思う。

（戦うからには、あくまで勝利を目指すぞ）

先鋒を受け持つ第一軍と第二軍は、湯本を拠点に小田原方面に向けて十五町ほど前方まで、胸壁《きょうへき》や砲台を築く。

近隣の農村から人を借り出し、作業に追われる隊士らを励ましながら、八郎は現地の地形を足で把握するため視察に余念がない。

「八郎はん、話がある」

早川に対してまず南岸を歩いていた八郎のところへ、同じように北岸を視察していた勝太郎が、手を背に回したままのおかしな格好で速足で寄ってきた。

「どうした」

「敵がいくら大軍いうても、箱根のこの狭さや。地形を上手く利用して戦えれば、持ちこたえぬこともないやも知れへんけどなあ、持ちこたえるだけでいっぱいいっぱいやったら、いつかは弾薬も食料も切れるで」

「その通りだ。しかも〝いつか〟は、遠い話じゃあるまい。さすればここが墓場だな」

八郎は軽口を叩いた。勝太郎は肩をすくめる。

「八郎はんと同じ墓なんぞ、御免こうむるわ。それより、援軍が欲しないか」

欲しいに決まっている。

「そんなものがどこにいるんだえ」

「ここや」

背に隠していた手をにゅっと突き出した先には、羅紗でできた海軍キャップが握られている。

「おう、釜さんか」

確かに、品川沖には榎本釜次郎《えのもとかまじろう》（武揚《たけあき》）率いる日本最強の旧幕府海軍が碇泊中である。

八郎と釜次郎は家が近く、一生食いっぱぐれがないように釜次郎と名付けられたという、内輪の話も知っているほど旧知の仲だ。

八郎は最近の全身外国浸《づ》けになったような釜次郎の澄まし顔を思い浮かべた。

旧幕府海軍は洋装を気取り、頭には後ろに行くほど斜めに上がったキャップを乗せている。

「あの人が動くかね」

八郎は首を捻った。

遊撃隊には、沼津にくる前に一度は榎本艦隊と同盟を結び、共に活動することを約したものの、「動かない釜次郎」に業を煮やして物別れになった過去があるからだ。

勝太郎の手の中のキャップは、そのときに釜次郎から貰ったものだ。

釜次郎が品川沖に浮かび続けて「動かない」のは、慶喜など徳川宗家の処分がまだ全部決まっていないからだ。海の上からじっと主家の行く末を見詰めている。もし、新政府側が徳川家を不当に扱うなら、江戸に向けて艦砲射撃も辞さぬ覚悟で睨みを利かしているのだ。

新政府側がそんな釜次郎らを野放しにしているのは、海軍力でとうてい榎本艦隊に及ばないからだ。新政府所有の軍艦の性能も劣っていれば、操船術も釜次郎らに敵《かな》わない。今、下手に海戦の戦端を開き新政府側が負けることになれば、情勢がひっくり返る可能性がある。近代戦は制海権を取った方が断然有利だからだ。

釜次郎が動くのか、と訊いた八郎に、

「動かはるさ」

勝太郎が自信満々に頷く。

「なぜそう言い切れる」

「ええか」

勝太郎は地面に相模湾に接する東海道沿いの海岸線を描いた。

「江戸方面からやな、藤沢、茅ヶ崎、大磯、二宮、そして小田原だ」

と急拵《きゅうごしら》えの地図に印を付けていく。

「うむ」

「新政府軍のわてら征討の軍はこの東海道を通るしかないやろ」

勝太郎は、図示した東海道筋を木の枝の先で江戸方面から小田原に向けてスーッと引く。

「つまり海岸伝いに行くしかないんやから、海からは丸見えや」

なるほど、と八郎は勝太郎の策を合点した。

「移動中の敵軍を、釜さんたちに艦砲射撃をしてもらおうという算段か」

「せや。奴らが到着せえへんやったら、小田原藩兵くらいならどうにかなるで」

「もちろんだ」

「もし、移動中に艦砲射撃が間にあわへんやったとしてもや、新政府軍は人数がぎょうさんいてはるさかい、いきなり小田原には、よう入らん」

「そうだな。本陣は二宮、大磯辺りに置くだろう」

「なあ、どのみち海岸沿いや。海からいてこましたれ」

「いけそうだ」

八郎は頷いた。

「せやろう。おもろそうな策やさかい、釜さんもやってみとうなるはずや。なんちゅうても自慢の開陽丸を使うてみたくてたまらんのはあの人やで」

「開陽丸か。確かにあれはけた外れの船だな」

釜次郎が五年にわたるオランダ留学の際に、幕府の命で発注して造らせた世界でも最新の技術を搭載する軍艦だ。

「上手くいったらなあ、薩長への脅しにもなるで。『わいを怒らせたら怖いでェ』ちゅうなあ。釜さんにとってもええ話や。上手くいく算段が強いしなあ」

「伊達《だて》にオランダ仕立てじゃないってか」

「せやせや。なんちゅうても開陽の船首に付いた徳川の紋でさえ、オランダ仕立てやで」

あれか、と八郎が噴き出した。

せっかく注文で造ってもらう軍艦だからと、船首に徳川の紋を入れてくれるよう釜次郎は先方の造船会社に頼んだのだが、オランダ人は三つ葉葵をハートマークが三つの図柄と間違え、可愛らしいハートマークが刻み込まれて出来あがってきたからだ。

ちなみにハートマーク自体は、江戸時代の頭にはもう南蛮文化の一つとして伝わっており、服飾の他には茶室などでよく使われている模様だ。

勝太郎は茶目っ気たっぷりにキャップを八郎の頭に被せ、

「そないなわけで、品川に行ってこようと思うんや」

自ら援軍要請の使者に立つと言った。

「こないな大事なことは、本来、殿はん（昌之助）たちと協議の上で決めなあかんことやけど、時間があらへん」

手順を踏むために箱根を往復している時間が惜しい、と勝太郎は言う。

「わかった。そっちは俺に任せろ。連絡を取っておく」

「おおきに。必ず、約束を取り付けて戻るよって」

「おうよ。湯本はおいらに任せろ。第一軍の指揮も勝さんが戻るまで俺が執る」

「頼む」

「気を付けて行けよ。浜は小田原の方でも警戒しているはずだ。見張りがうろついているぞ」

心配する八郎に、勝太郎は破顔した。

「かくれんぼは、昔から得意や」

まあ、任せろと身を翻し、勝太郎は今や敵となった小田原方面へと消えていった。

八郎は勝太郎の置いていったキャップを被って視察の続きをする。

（おや）

さっきまでまったく遠巻きだった地元の子どもらが、じわりじわりと寄ってきたではないか。どうやらキャップを珍しがっているようだ。

箱根と言えばあらゆる旅人が通過するのに、海軍帽はまだ見たことがないのだろうか。知らぬふりをしていると、段々と集まってくる子どもの数が増えていく。

（ちょっとからかってやろう）

八郎の中に悪戯心がむくむくと起こる。いきなり、パッと振り向いた。とたんに、

「ワー」

子どもたちが声を上げて逃げていく。くっくっと八郎は肩をふるわせて笑ったが、しばらく放っておくとまた怖々《こわごわ》近寄ってきた。

「ワー」

今度は八郎が大声を上げて両手を子どもたちに突き出してみせた。

「ヤー」「キャアッ」

再び喚声が上がる。今度は八郎は声を上げて笑った。

「もっと切迫しているのかと思ったら、何を戦地のど真ん中で子どもと遊んでいるん

だ、お前さんって男はよ」

　呆れて声を掛けてきたのは、輜重の本山小太郎だ。各陣営に新しく手に入った武器を配布してまわっている最中だという。

「新しく手に入った武器だって。どうしたんだ、そんなもの」

　もしかしたら、武器調達のために江戸に潜伏させた仲間が無事に戻ってきたのかと、八郎は目を輝かせた。が、違った。

「今、配っている分は、箱根以東に着陣していた小田原藩兵が、引き揚げるときに親切にも置いていってくれたものさ」

　脅して分捕ったな、と八郎は合点した。

「大砲もあるのが有りがたいな」

　小太郎は上機嫌だ。

「大砲もあるのか。そいつァ、幸先《さいさき》がいい」

「だろう。それより八郎、これを見てくれ」

　背に負っていた荷物を下ろし、小太郎は包んでいた布を解いた。

　見慣れぬ銃が一挺《ちょう》、入っている。

「これは……」

八郎が手に取る。開き蓋《ぶた》の付いた銃尾が付いている。あれほど欲しかった元込め銃ではないか。

「わかるか」

「ああ。スナイドル銃だ。小田原藩兵が持っていたとも思えんが」

まだ日本では希少な銃だ。遊撃隊が、これまで一挺も持っていなかった銃である。

例えば先込めのミニエー銃が一分間に四発しか発射できないのに対し、元込めのスナイドル銃なら十二発が可能だ。これがないと十分には戦えない。銃自体は今では数百挺あるとはいえ、遊撃隊が所有しているのはほとんどが先込めのミニエー銃だった。

戦ったからわかる。所有している武器の性能は小田原藩も似たようなものだ。スナイドル銃を持っていたとは思えない。だとすれば、どこから小太郎は手に入れたのか。

まさか、と八郎は再び瞠目する。やはり武器を調達にいった二人、参謀の海上総《かいじょうそう》之輔《のすけ》と伊庭道場の門弟の鎌吉《かまきち》が、無事に戻ってきたのではないか。

「総さんと鎌吉が戻ってきてるんだろう。スナイドルは二人に頼んでいた銃だ。あいつらは無事だったんだな。そうだな、小太さん。頼むからもったいぶらずに『無事だった』と言ってくれよ」

半ば確信して喜び交じりに騒ぎ出した八郎に、小太郎も嬉しげに頷く。

「ご名答だ、八郎。二人とも無事だったよ」

「よし！」

「さすがにスナイドル銃は大量に分けてはもらえなかったそうだが、まずはこいつを二十挺ばかり持ち帰ってくれた」

「よくやった。人の出入りが厳しく取り調べられている中を、よくぞ」

二人そろって無事に戻ってきただけでも褒めてやりたい。その上、任務をきちんと遂行し、銃まで持ち帰ってくれたのだ。

「あいつら、どんな神業を使ったんだ」

八郎は熱くなる胸で、もう顚末《てんまつ》話を聞いたのかと小太郎に訊く。

「聞いたさ。けど俺からじゃなく、本人たちから直に武勇伝を聞いてやれよ」

「そうしよう」

「残りは湯本の陣に運んである。全部というわけにはいかないが、ほとんどを前線に配布した」

「有難い」

「ただ、弾薬の数に限りがある。そこのところを肝に銘じ、計算に入れて使ってくれ」

「精鋭部隊を編制しよう」

條三郎に任せるのがいいだろう。

「それで、地形は読めたのか」

小太郎がぐるりと周囲を見渡しながら訊いた。

「だいたいな」

「聞こう」

「敵の侵攻してくる小田原側から見ていくと、入生田《いりうだ》の辺りから、周囲の山がぐっと深くなる。こちらは人数が少ないから広い場所に打って出て散開できぬ以上、敵を引きつけるしかない」

「ふむ」

「お前さん、ここに来るのに三枚橋を渡ったろう」

「ああ」

八郎はその場に片膝立ちにしゃがんで、石を拾い、

「これが三枚橋だ」

改めて地面に置きなおした。小太郎も同じようにしゃがむ。

石の三方を指差しながら、

「地元の者に訊いたが、北が塔ノ峰、西が湯坂山、南が前聖岳《まえひじりだけ》だそうだ。それぞれの山の尾根の切れ目が迫る地点が三枚橋だ。箱根への上り道は、この湯坂山と前聖岳を従える白銀山の間を通る形で続いていく。だから、三枚橋を抜かれたらこの陣は崩れる。箱根への道を取られたも同じだからな。よって、兵はここを死守する形で展開するつもりだ」

小太郎は三枚橋の方を仰ぎ見、川の流れに目を落とした。

箱根方面の斜面から流れ落ちる川である。その流れは、瀑布のように飛沫を上げ、轟々たる水鳴りを山中に木霊《こだま》させる。

確かに簡単に渡河できる川ではない。対岸に渡るには、橋を頼るしかないだろう。だとしたら、三枚橋がこの戦場の要になる。

「うん。だったらこの少し手前が主戦場だな」

「そうだ。三枚橋から五町ほど先に山崎という地がある。ここに第一軍と第二軍の主力を置く」

「なぜ山崎を選んだ」

「北に塔ノ峰が迫り、南は早川の流れに阻まれ、この辺りではもっとも土地が狭まる場所だからだ」

「両脇に銃隊を配置して入生田から敵を誘い込むわけか」

「単純だがそういうわけだ」

「仮に突破されればどうする」

「湯本茶屋を見下ろす湯坂山に第三軍を配置した」

「和多田さんだな。勇敢な男だ」

二人は三枚橋のある湯本方面に歩き出しながら話を続ける。

「こんなこたァ、小太さんにしか言えんがね、時間がかかればかかるほど遊撃隊は不利になる。敵が人数を恃《たの》んで周囲の山を侵せば、上から狙い撃たれるからな。わかっていても、待ち伏せの人数を割けないのが辛いところだ」

八郎は聳える山々を見渡した。

「山に回り込み、分け入るには時間がかかるだろう。それまでにどれだけ敵本隊に打撃を与えられるかが勝負だ」

八郎の説明に、小太郎も同じように山を眺めた。

榎本艦隊が艦砲射撃で江戸方面からの連絡を遮断し、援軍の到着を阻止してくれれば、敵も山へ入る人数が割けなくなる。

（間にあってくれればいいが）

そう思うものの、基本は援軍を期待せぬ形でことを運ばねばならないだろう。来るか来ないかわからぬものを当てにすれば策を見誤る。

新政府軍は、と八郎は考える。上野総攻撃のときに彰義隊に対して見舞ったという噂のスペンサー銃の部隊を、投入してくるだろうか。

（七連発銃か。そんなものに頭上から狙われたら……ぞっとしないな）

それとも三百人弱の反乱軍との戦いなど、小競《こ ぜ》り合い扱いにされるだろうか。

「なあ、八郎。不利な戦いだ」

小太郎が山々から視線を外して八郎を見た。

「とてつもなく不利さ」

「だのにお前はなぜ戦う。いったい何のために」

何を言い出すんだと思ったが、ここは茶化してはならぬところだと、八郎は実直に答えた。

「俺は幕府を守るために生まれてきた。不利だとか有利だとか、そんなものは土台、関係ないのさ」

「その守るべき幕府はもうないぞ」

「なくなっちまったと言っても、そのために禄を貰って生きてきたからねえ。貰っちまったものをいまさら返すこともできんだろう。それこそ幕府はなくなっちまったんだから。だったら、これまで生きてきた全てを懸けて戦うのは、むしろ人として当然のことじゃァないのか。食い逃げはできんさ」

「お前らしい」

それに俺は——と八郎は口には出さなかったが、あと一つの矜持《きょうじ》を抱えている。

——俺は十四代昭徳院（家茂）様の奥詰衆だからな。

家茂の時代に、腕の立つ男たちを選び抜いて新たに作られた将軍個人の親衛隊である奥詰衆。遊撃隊の前身だが、そこに名を連ねた縁を八郎は死の瞬間まで断ち切るつもりはない。

八郎の胸元、心の臓の上には、いつも家茂から拝領した扇が大切にしまわれている。

(俺はこの扇のために死ぬ)

家茂に選ばれ、家茂に特別に仕え、この身を捧げると誓った。あの誓いを嘘にはできない。

「小太さんはどうなのかえ」

「……すまん。どうやら俺は馬鹿みたいなことを訊いたようだ。幕臣だからとしか答えようがないな」

八郎は目を見開いて噴き出した。

「だろう。おいらも、あんたも、幕臣以外、何者にもなれないのさ」

ハッと二人はいつものように笑いあった。


箱根の関所を守っていた和多田貢率いる第三軍も馳せ参じ、湯本南方の山上に大砲を据えて待機する。

山中村の本陣に布陣していた大将林昌之助率いる第四軍は、第三軍のいた箱根へと歩を進めた。

山高鉄三郎率いる第五軍はそのまま山中村本陣に待機して、三島方面からの新政府軍の動きに留意する。

もとより上りの旅人は、ここ数日はほとんどいないが、下りはまだまだ多い。旅人を巻き込まぬよう箱根の関所を閉ざし、行き来を遮断した。

二十五日が暮れるころには、近隣の住民に迷惑料を払って避難させ、いざというときの退却経路に当たる家には燃えやすくなるよう藁《わら》を積んだ。火で敵の追撃を阻むためだ。それから全ての家の畳や雨戸、板戸を剝がし、盾として、あるいは怪我人を運ぶ戸板として使えるように、随所に用意する。

これで遊撃隊にできることは、なにもかもすみ、あとは敵を待つだけになった。

一方の新政府軍の進軍は、遊撃隊の予想より早く、このときにはすでに大磯まで到着していた。先鋒を小田原藩兵と定め、翌二十六日の朝には、箱根に向けて進軍することを決した。

六

「伊庭の旦那ァ、会いたかったっすよォ。沼津に戻ったら、あらら、そこはからっぽなんっすから、もう勘弁してくだせえよってもんでごぜェやす」

湯本の陣で再会を果たした鎌吉が、泣き出さんばかりの勢いで八郎に寄ってくる。

この男は元々八郎がよく飲みに行っていた〝鳥八十《とりやそ》〟という料理屋の板前をしていた男である。年齢を八郎は敢《あ》えて訊《たず》ねたことはないが、五、六歳ほど上だろうか。

互いに気が合って、八郎が誘って伊庭道場の門弟に加えた。そのことを鎌吉が殊のほか喜び、いつもくっついて回っていたから、従者の長助が、「あっしの仕事が取られちまう」とむくれるほどだ。

そんな具合で鎌吉は、

「自分は八郎さまの押しかけ女房ならぬ、押しかけ従者でごぜェやす」

などと言っているが、八郎にしてみればなんでも話せる友のひとりだった。だから無事に戻ったことは、涙が出るほど嬉しいのだ。

「おいらも会いたかったさ、鎌吉に」

「旦那ァ！　うれしいことを言ってくれやす」

「板前だったお前さんがいないと飯がまずくていけねェのさ」

八郎の軽口に、

「そっちですかい」

鎌吉がむくれる。

鎌吉と一緒に戻ってきた参謀の海上総之輔が、

「伊庭隊長、わたしもいることを忘れないでくださいよ」

二人の間に割って入った。

「ご苦労だったね、総さん」

駄賃だよ、と八郎は頭の上の海軍キャップを総之輔の頭に被せた。

「おっ」と総之輔が素直に喜ぶ。

「で、どうやってここまで無事に銃を運んでこられたんだえ」

興味津々《しんしん》で訊ねる八郎に、

「それが、もう色々あったんですよ」

総之輔と鎌吉が争うように話しだした。

二人は江戸で銃の手配をし、荷は船で直に沼津まで運んでもらうことにした。

「わたしは江戸で荷と一緒に船に乗せてもらったんです。銃を一刻も早くお届けしたかったものですから」

総之輔が言う。続けて、鎌吉が喋り出す。

「それで、あっしは、八郎さんの言いつけ通り色々と探りの仕事もこなしやして、さて戻ろうと思ったときには箱根の戦が始まっちまいました。それに上野の彰義隊の残党狩りの影響もありやしてね、品川の急ごしらえの関門がやけに厳しいときたもんです」

「よく無事に通れたな」

感心する八郎に、

「いやいや」

鎌吉は首を左右に振った。

「止められちまいましてね。彰義隊にも遊撃隊にも関係ないと言っても聞いてくれません」

「ふむ」

「それで、『あっしは料理人だァ』って叫びましたら、だったら作ってみろ、ってきやがりました」

ハッハッと八郎は笑った。鎌吉は本当に板前の出だから、料理など朝飯前だ。八郎は何度も食べているが、これがどんな疲れも飛ぶほどに美味《うま》いのだ。

「さぞ美味いのを作ってやったんだろう」

「はい。腕によりをかけて作りやした。けど、ちょいとやりすぎましてね、美味く作り過ぎたんでさァ」

「美味く作り過ぎたら駄目なのかえ」

「へい。なんとその場にいやした薩摩の参謀さんが『美味い、美味い、ああ美味い』と舌鼓を打ちやして、『おはんは今日からおいの料理人でごわす』ときたもんです」

八郎は目を見開いた。

「なんだ、気に入られ過ぎて雇われたのか」

「へい。泣く子も黙る薩摩の見るからに怖そうなお人に、そう言われれば、恐ろしくて『嫌だ』なんて言えやしません。そのまま小田原までお供しやした」

段々と八郎たちの周りに集まってきて、一緒に話を聞いていた者たちが、ドッと笑った。

「それで、どうやってここまで来たんだえ」

八郎が訊くと、「逃げやした」と鎌吉。

「小田原に泊まっているときに、その参謀に斬りつけてきた者がおりまして、大騒ぎが起こりやして、あっしどころじゃなくなったんで、これ幸いと。へい。運が良かったんですねえ」

それから総之輔と合流をはかるため、沼津へいったん行って、箱根を目指したのだと言う。

「沼津に行くのに、箱根の関所は通ったのかえ。たぶんその頃にはもう俺たちがいたはずなんだが」

「箱根の関所は通りやせんでした。旦那たちがいらっしゃるのがわかっていれば、もちろん向かったでしょうけど、薩摩の参謀さんの元から逃げ出した身で天下の険の関所はちと辛い」

それはそうだろうな、と八郎は頷く。

「なら、小田原から沼津へは船を使ったのか」

「船も考えやしたけど、伊豆をぐるりと回って行くから遠回りかななんて思いやして、小田原からまずは海伝いに熱海に出やした。途中、根府川《ねぶかわ》に関所がありやしたけど、やっぱり脇街道なんでしょうねェ、このご時世なのにのんびりとしたもんで、通るのになんの問題もありやせんでしたよ。それから熱海入湯道に入って伊豆の山中を西へ向かい、下田街道にぶつかりやした。それを今度は北へと足を向け、三島を目指したんです」

三島まで出れば、隣の宿場である沼津へは一里半の距離でしかない。沼津では、無事に総之輔に会えたという。

「なるほどねえ」

「こうして口で言ってしまえば容易《たやす》いものでごぜェやすけど……」

「いや、ずいぶんと頑張ったさ。さぞ大変だったろう」

八郎のねぎらいに、

「旦那ァ、これだから旦那が好きなんですよ」

鎌吉は眉を八の字に泣き笑いをした。

「なんにしても無事で良かった」

八郎が二人の目の下にできた隈に苦労を忍び、しみじみ労《いた》わる。

「その一言で疲れが飛びます」

総之輔も嬉しそうだ。

夜。

「旦那、武州では、この遊撃隊が最後の砦《とりで》でごぜえやす」

他の者のいないところで鎌吉が八郎の耳に囁《ささや》いた。

「最後の……」

「へい。他はみなやられちまって、遊撃隊しか残っちゃいません」

「そうか。俺たちが最後なのか」

「へい」

頷いて鎌吉は下がった。

一人になった八郎はじっと闇を見つめることで、どうかすると怒りで荒くなりそうになる呼吸を平常に保った。

鎌吉の報告に衝撃が隠せない。ここは、将軍さまの御膝元の武州なのだ。だのに、もう自分たちしか新政府に逆らう者はいないというのか。

「まだ薩長が反乱を起こしてから半年も経っちゃいないってェのに、ざまァないな」

自嘲気味に呟く。

なんという幕臣の体《てい》たらくなのだ。腹立たしいが、これが現実なのだ。

主君家茂の顔を思い浮かべる。細面で眉がきりりと上がり、くっきりとした大きな瞳と驚くほど高い鼻の貴公子だ。いつもはにかむような笑顔を、近習やにわか編制された八郎ら親衛隊の者たちに向けてくれていた。

（他が壊滅した後の最後の砦が俺たちか）

ああ、挙兵して良かったと、八郎は今ほど思ったことはない。

どれほど多勢に無勢でも、どれほど無謀な戦いでも、今なお幕臣が将軍を慕って戦っている意気地は、わずかばかりに違いないが面目を保てたことになりはしないだろうか。少なくとも、まだ武州は完全には薩長の手に落ちていないのだ。


五月二十六日。

薄い霧が冷気となって尾根から零《こぼ》れ出るように盆地へ下り、三枚橋の架かる早川の荒々しい流れに沿って、小田原の方へさわさわと抜けていく。

鮮やかな新緑を蓄えているはずの山々は、まるで灰を摑んで投げつけたように暗い黄緑色に染まって見えた。

不気味なまでに静まりかえった中、早川の水音だけが、荒れ狂った雷のように轟いている。

八郎は早朝からぐるりと山崎周辺を視察し、前線に野営した隊士たちに労いの言葉を掛けた。

みな、八郎を見るとほっとしたような顔をする。山崎を中心に三枚橋を死守する第一軍と第二軍の数は、およそ百二十名だ。あまりに心許ない人数だが、誰もが淡々と自分のすべき作業をする。銃身を磨く兵もいる。

今日、敵が来るのか。それとも明日なのか。その瞬間がいつかわからぬが、そのときが命日になるのだと誰もが覚悟を決めている。そうでなければ十倍もの敵を迎え撃つことなどできようか。

沼津の雨の香貫山で烏合の衆だなどと言った自分を八郎は恥じた。なんという頼もしい連中なのだろう。

八郎と勝太郎が率いる遊撃隊は、寄せ集めとはいえ他の諸隊に比べて規律が厳しく、略奪も一切行わない品行の良さは、すでに武州に知れ渡っている。だからずっと彼らだけが賊軍と呼ばれず、義軍と呼ばれてきた。

ほとんどの者たちが徳川の遺臣なのだから、そんなことは当たり前だと思っていたが、本当にそうだろうか。各地で行き場を失《な》くした旧幕府軍の兵士が盗賊行為を繰り返していると耳にした。彰義隊はどうだろう。いよいよ戦が始まるという前夜、ずいぶんと脱走者が出たと鎌吉が言っていた。

それに比べて、自分と勝太郎の元に集まってくれた男たちは得難い志の男たちだったのだと、こうして戦場で共に過ごすと感じずにいられない。

そんな男たちの命をこれから自分が預かり、死地に晒す。震えあがるほど恐ろしい。そう思うだに、家茂の顔が浮かんだ。

わずか十三歳で、歴代の中でもっとも難しい時期の将軍として、武士の頂点に立った。年若いからといって決して傀儡《かいらい》などではない。ずっと強い意志と自覚を持って「将軍」として生きてきた家茂の気性を八郎は直に見て知っている。

（あのお方はもっと恐ろしかったに違いない）

それでも命尽きるまで勤め上げたのだ。

（俺もやり遂げて見せる）

八郎は心中で己に気合いを入れた。

そのころ――。

小田原藩の方でも、出陣の準備を済ませ、ぞろぞろと曲輪に集まり始めていた。彼らが城門を開いて外へ繰り出す頃、霧もようよう晴れようとしていた。

小田原藩兵は早川を上流に向かって粛々と進む本隊の他に、大きく南方に迂回《うかい》して山に分け入る隊と、敵の逃走経路の一つとして選択肢に挙げられる熱海付近へ向かって海岸沿いに進む隊の、三つに分かれて進撃した。

大磯まで歩を進めていた新政府軍は、小田原藩兵の動きに併せ、後詰《ごづめ》として待機するため、一部を残して小田原へと向かった。

新政府総督府は、一度は裏切った小田原に、かつての同盟軍〝遊撃隊〟を討たせる腹だ。遊撃隊をどれだけ容赦なく壊滅させるかで、小田原の新政府軍に対する忠誠心を測るためだ。

小田原藩兵は新政府軍の嫌らしさに辟易《へきえき》しながらも、主家存続をかけて慣れた道を箱根へと進んだ。

四つ刻（午前十時ごろ）。

入生田の東方、山神神社から風祭村の方へ二町ほど進んだところで、小田原藩兵と遊撃隊の斥候同士がぶつかった。銃撃戦が始まったものの、互いに威嚇《いかく》し合って後退し、すぐに付近は静かになった。

遊撃隊は入生田に築いた胸壁の中で、じっと銃口を構えて小田原藩兵が来るのを待つ。そこから八町ほど離れた風祭村に止まったまま、小田原藩兵はなかなか進んで来ない。じりじりと時が過ぎ、遊撃隊は焦《じ》れてくる。

ここは我慢の時だ。飛び出したいのをじっと堪《こら》える。

開戦の知らせを受けた八郎は、山崎後方の三枚橋の袂《たもと》に陣を構え、指揮を執った。横には参謀海上総之輔が立つ。鎌吉も神妙に控えている。橋を敵に明け渡すときが死ぬときだとみな心得ている。

それにしても最初の小競り合いから、ずいぶんと時間が経っても小田原藩兵は動こうとしない。

(迂回路を取っている連中を待っているな)

ならば、と八郎は條三郎を呼ぶ。

「北方の塔ノ峰方面に分け入って、敵の横槍《よこやり》の警戒に当たってくれ。正面の敵が動かぬ今ならやれる。臨機応変、もし眼下の盆地に敵が攻め入れば、高台から狙い撃て」

「一人二役だな」

「何を言う。人数が少ないいんだ。三役も四役もこなしてくれよ」

「チッ、人遣いが荒いな」

破顔して、條三郎は部下を引き連れ出発した。

それを見送る間もなく八郎はすぐさま第一線の入生田に伝令を走らせる。

「小田原藩兵を挑発せよ。ただし、深入りはするなよ」

開けた場所に出たら戦えない。

長助が設《しつら》えてくれた床几に腰を据え、八郎は目を閉じる。

(勝さんは間にあわなかったか)

援軍を呼びにいった友の顔が浮かんだ。

しばらくすると、遠くで炒《い》り豆が弾《はじ》けるような音が連続して響く。今ではすっかり聞きなれた、この音は銃声だ。最新鋭になるほど銃声が軽い。

(始まったか)

そう思わせて、すぐに止む。なかなか小田原藩兵が乗ってこないのだろう。

何度か同じことが繰り返されたが、埒が明かない。

(苛立ったら負けだ。堪えろ)

八郎は己に言い聞かせる。

九つ(正午ごろ)。

どこかで小さく鳴った鐘の音が、風に乗って耳に届いた。

あれは四つ刻にも鳴っただろうか。八郎は気付かなかった。それだけ冷静さを欠いていたということか。鐘の、のどかな音色が、尾を引いて空に吸い込まれてゆく。

このとき、戦況が動いた。小田原藩兵がついに侵攻を開始したのだ。

入生田に陣する遊撃隊は、敵を山崎に誘い込む囮《おとり》の役目を担っている。

まずは、胸壁からしきりに撃ち掛け、よく防ぐように見せかける。抜けそうで抜けぬ匙《さじ》加減で敵を焦らせ、苛立たせるのが目的だ。

敵兵の頭にカッカッと血が滾《たぎ》った辺りで一転、押されたかのようにじりじりと今度は後退してみせる。最後は、もう堪らぬという素振りで退却を開始するのだ。

なかなか抜けなかったところが崩れれば、攻めた方はいやが上にも勢いづく。さらに頭に血が上る。こんなときに冷静な判断をしろという方が無理である。

思惑通り、小田原藩兵は調子づいた。

攻めてきた小田原藩兵から見て川向こうに当たる南岸に、八郎は胸壁を築いて銃撃隊を待機させてある。山上には砲台も据えた。

小田原藩兵が、囮隊を山崎まで追ってくる。敗走の芝居を演じた遊撃隊士たちは左右へと素早く散った。

いきなり視野が開けた小田原藩兵の顔に、狼狽の色が刻まれる。川向こうの胸壁から、狙いを定めたいくつもの銃口が視界に飛び込んできたからだ。

「謀られた」

誰かが叫んだ。次の瞬間、一斉に銃口が火を噴く。小田原藩兵の目には、横一列に炎が走ったように見えた。

ほぼ同時に、山上の砲門も開かれる。南方の横っ腹から弾丸が飛ぶ。

凄まじい音が谷間の村に襲いかかった。狂雷のような轟きが耳をつんざく。小田原藩兵の体が幾つか無残に吹っ飛んだ。

火薬の臭いが山間の村を瞬く間に覆う。血の臭いが鼻をつき始めた。

緒戦は遊撃隊の一方的な展開となった。小田原藩兵は逃げようにも、下手に人数の多さが仇となり退けない。後ろからくる味方の兵が、前方の地獄絵図に気付かず、押すように前進するからだ。

矢面に立った者たちは、恐怖に駆られて後ろへ駆ける。味方同士がぶつかってへしあうところをまた狙い撃たれる。

そうするうちにも、山中を移動した條三郎の小隊の一部が、敵後方の横腹へ回り込み、斜め後ろからスナイドル銃を見舞う。

――なぜ、後ろから？

たちまち小田原勢は大混乱に陥った。寡兵のはずの遊撃隊に、援軍でも来たのかと錯覚したのだ。


次々と八郎の元に、勇ましい戦況の知らせが届いた。

「見事でございますねえ」

長助が横で嬉しげに呟くが、八郎は素直に喜べない。弾薬には限りがあるからだ。今の調子で消費すれば、遊撃隊は今日一日しか戦えない。だが、補充はどこからも行われないのだ。あるいは、箱根の第四軍に頼めば少しは送ってもらえるだろう。が、ここが落ちたときは、一刻も長く箱根で持ちこたえてほしい。そのために弾薬を送ってくれとは決して言えない。

南の山上から銃声が落ちてきた。八郎は、誘われるように見上げた。総之輔も顔を向ける。

「敵が迂回してきたようですな、隊長」

「ああ、とうとう来たな」

八郎が予測した通り、小田原藩は迂回隊を出していたのだ。それが今、到着した。

二種類の銃声が聞こえてくるから、山上でも小田原藩兵と遊撃隊の銃撃戦が始まったのだろう。

（頼むぞ、條三郎）

條三郎は穏やかな男だが、いざ戦闘が始まると人が変わる。命知らずの働きは、まるで戦うために生まれてきた鬼神のようだ。味方をどれほど勇気づけるか。

そうは言っても、この戦いは人数が違いすぎる。そうせざるを得なかったのだが、條三郎の小隊はこの三枚橋辺りから入生田まで、長々と展開しすぎている。

総之輔も同じことを感じたようだ。

「隊長、援隊を出すべきかと」

八郎は頷いた。頷きはしたが、援隊を出せるほど、手持ちがあるわけではない。山崎から三枚橋の間には、滝沢研三預かる第一軍二番小隊が散開しているだけだ。

（やむを得ん）

「滝沢さんところの一部を上らせろ」

その言葉を受けて、総之輔がすっくと立った。

「わたしが率いましょう」

「頼む」

総之輔が鎌吉を従え、足早に去った。

ほぼ入れ替わる形で、山崎の戦場から使者が駆け込む。

「隊長、南方の山から新手が現れました。六、七十人はいようかと。南岸の銃撃隊が応戦しておりますが、苦戦しております」

南方の山を占拠されたら、相当の犠牲を覚悟しなければならなくなる。そうはいっても新たに出せる人数などいやしない。どこかの戦場から削って出すしかないのだ。

八郎のこめかみから汗が流れる。敵は次々と人数を補充してくる。こちらは少ない人数を分散せざるを得ず、打てる手も少ない。難しい判断を迫られるが、迷っている時間はない。隊長である八郎に、みなの命が掛かっている。死ぬ覚悟の連中といえど、稚拙な采配で無駄死にさせていいはずがない。同じ散るなら、だれもが最高の戦いの中で逝きたいだろう。

（迷うな。みな俺の指図にかかっているのだ）

八郎は己に言い聞かせる。

「第三軍と連絡を取れ。一部を割き、急襲させろ」

八郎は使者に命じた。

「はっ」

第三軍は、和多田貢率いる二十数名。

同じ南方の山上にいて砲撃を引き受けている。箱根の入り口防備のため、布陣は山崎から十町ほど離れた地点だ。

戦況はまだ遊撃隊が優勢だったが、時間の経過とともにひっくり返っていくだろう。

日がだいぶ陰ってきた。

左右の山からは八郎のところにも何度か弾が掠《かす》めたが、今はまた静けさを取り戻していた。

それぞれ援軍を送って一気に攻めると、小田原藩兵はほとんど抵抗せずに散っていった。こちらは決死の覚悟で臨んでいるが、向こうは命が惜しいのだ。嫌々やらされている戦だろうから、そんなものかもしれない。

総之輔も鎌吉も、もう八郎の元に戻ってきている。

山崎の方も、大風がおさまるようにどことなく静かになった。小田原藩兵が、いったん風祭村まで撤退したのである。

戦場に、不気味な沈黙が流れた。この沈黙の意味が、八郎には正確に理解できた。

小田原藩兵の後詰、新政府軍がいよいよ大挙して押し寄せてくる前触れだ。真打の登場というわけだ。

（そろそろ本番ということか）

竹筒の水で渇いた喉を八郎は潤した。額に浮かぶ嫌な汗を拭う。

「今のうちに怪我人を運んでおけ」

八郎の配慮で、立てなくなった怪我人はみな、戸板に乗せて後方の畑宿《はたじゅく》まで下がらせた。人数はさほど多くない。

八郎は立ち上がった。

「あっ、大将、どちらへ行かれやすんで」

鎌吉が慌てたが、

「戻らぬうちにドンパチが始まったときには、総さん頼むよ」

総之輔に後を託し、八郎は構わず五町先の山崎へと向かった。

思わぬ八郎の登場に、山崎布陣の隊士たちはワッと歓声を上げる。

「隊長」

「伊庭隊長！」

八郎は笑顔を見せた。

「これ以上ない見事な戦いぶりだ。だが、気を抜くな。すぐに次が来るぞ」

「はい」

「ついては、第一線を下げる。正面隊はみな三枚橋を渡れ」

三枚橋を渡って、早川沿いに南岸から攻撃を仕掛ければ、ちょうど狭隘の地を進む敵の正面と左横腹を狙える。

「畳で盾を作れよ」

今度は囮隊の必要がない分、さらに北方の山上に人数を割ける。新政府軍の頭上から弾雨を降らす算段だ。

八郎は、みなの顔を見渡した。

「俺が斃れたらそれが合図だ。退却しろ」

「隊長！」

「何を言うのです」

「我々の覚悟もできております。隊長だけを死なせはしません」

八郎は微笑した。

「わかっている。皆の覚悟はわかっているぞ」

「だったらなぜ」

「まだ本陣の箱根がある。そうだな」

「あっ」

「十分に戦えるうちはその命、無駄に捨てるな」

「だったら……隊長も同じではありませんか」

「俺は三枚橋を死守する。人見君との約束だ。後のことは海上君に全て指示してある。殿《しんがり》は前田君が務める」

　これも事前に話してあった。

「殿を頼む」というのは「死ね」と言うのに等しい。

「死んでくれ」

　真っ直ぐに目を見て頼んだ八郎に、條三郎はいつもと変わらず、

「もちろんだ、八郎さん。嬉しいよ、俺を名指ししてくれて」

　笑って引きうけてくれた。

　條三郎と共に動くのは、第二軍の中でも特に名乗りを上げた九人だ。誰一人無理強いはしていない。みな志願である。その男たちの顔を感謝を込めて一人ずつ思い浮かべながら、

「わかったな」

　八郎は再びみなの顔を見渡し、念を押した。

「しかし」

「お願いです。それがしも隊長と共に！」

なおも食い下がる者たちに、駄目だと首を横に振り、

「ただし」と八郎は刀を翳《かざ》した。

「俺が立っているうちは退くな。万死を冒して戦え」

金打《きんちょう》した。

男たちが次々と金打する。鯨波《とき》が上がった。

八郎が再び三枚橋に戻って間もなく——。

はるか東方から地鳴りが聞こえた。

（来たか）

八郎は三枚橋北岸の袂で刀を抜き放ち、仁王立ちになる。敵の姿が見えると、

「徳川家臣、遊撃隊の伊庭八郎がお相手致す」

怒号した。

七

新政府軍の進攻で、戦場の様相が一変した。それまで優勢だった遊撃隊は、瞬く間に追い詰められた。

敵は正面からもやって来たが、相変わらずその危ない位置には小田原藩兵が付けられ、大総督府から派遣された新政府軍の多くは、遊撃隊の多くが山上に上って待機したように、彼らもまた山上からやってきた。

弾丸の雨を降らされたのは、何も新政府軍側だけではない。

ほとんど両者入り乱れ、何が何だかわからぬ混乱状態の中、夕日がくるくると凄まじい勢いで落ちていった。

「怯むな、怯むな」

三枚橋を背に、八郎は大音声で北岸の戦場へと躍り出た。

あまりの混戦ぶりに、敵味方が遠目からはわかりにくい。このため、銃弾も飛ぶには飛ぶが、みな刀を抜き放ち、白兵戦に突入している。

八郎も斬った。久しぶりの刀に心が躍る。箱根に続く南岸を侵そうと橋に近づく敵を、得意の心形刀流の剣でなぎ倒す。

近くで鎌吉も、小さな傷を全身に作り、血に塗《まみ》れながらも奮戦する。

さすがに長助はそういうわけにもいかず、速い流れの早川の水飛沫に身を縮こませつつ土手に潜み、時おり近づいた敵に怖々と銃口を向けて引き金を引く。これが存外、命中するのだ。

気付いた敵が、複数で長助に向かう。

「長助！」

八郎が身を躍らせて立ちふさがった。刹那、先頭の敵兵の刀が上段から見舞われる。

八郎は姿勢を低くし、刀を横に薙《な》いだ。

眼前の腹に赤い筋が走る。着物越しに胴がぱっくりと割れる。と思うや血が噴き出し、傷口から押し出されるように臓腑が垂れ下がった。

流れ出る血と真っ赤な臓腑を抱き込むように、男が前のめりに倒れ込んだ。

八郎はその敵に一瞥もくれず、次の兵に袈裟《けさ》斬りを浴びせた。

左肩から右腰にかけて斬り割られた敵兵は、横にふらりとたたらを踏み、上から押しつぶされたように地面に突っ伏した。

体の下から滲《にじ》みだした血が土の色を変えてゆく。

そのときには身を翻し、八郎は次に向かってくる男を斬り倒した。まだまだ続く敵に向かい、不敵な笑みを浮かべる。

「三枚橋を通るなら、この伊庭八郎を斃してからいけ」

剣士八郎の名は、剣を遣う者たちの間では全国に轟いている。ほとんどの者が伊庭八郎という名に怯んだが、

「お相手致そう」

遣い手とわかる身ごなしの男が眼前に立った。いい面構えをしている。敵に不足はない。

「行くぜ」

言うが早いか、八郎は足を踏み出す。そのとたん、
ドンッ
腰に大きな衝撃を受け、八郎の足から力が抜けた。

（なんだ……）

そのままたたらを踏む。堪え切れず、転倒した。

「八郎さま」

「旦那」

長助と鎌吉の声が同時に聞こえる。

（やられちまったか）

腰を撃たれたのだ。

「くそう」

八郎はすぐさま立とうとしたが、激痛が脳天まで走る。眩暈《めまい》がした。

ふらつき片膝を突く八郎の頭上を、すかさず男の剣が襲う。

男の動きは、訓練された八郎の目にはゆったりと動いて見えた。いつもなら抜き胴で斬り沈めることのできる太刀筋だ。だのに、体が思うように動かない。

八郎は歯を食いしばり、受け流しの体勢を取ろうとしたが間にあわない。金属がぶつかり合う音が高く響いた。振り下ろしてくる男の刀を八郎は刀の腹でかろうじて止めた。が、まともに受け流せたときのように敵の刀は八郎の刀を滑って下方へ落ちず、勢い余って撥《は》ね返った。

（しまった）

思ったときには遅かった。

敵もなかなかの遣い手だ。撥ね返る刀の勢いを生かし、そのままヒョイッと八郎の左手首を狙う。

「八郎さま！」

長助の悲鳴のような声が上がった。バシャッと血飛沫が上がる。

その血飛沫の向こうに透けて見える夕日に淡く色づいた山々が、八郎の目に真っ赤に染まって見えた。

まるで、一面が季節外れの紅葉で燃えているかのようだ。

次の瞬間、ズンッと右手に刀の重みがのしかかった。完全に左手が利かなくなった証だ。見ると左手首がぱっくりと斬られ、皮とわずかばかりの肉で繋がり、ぶらぶらと手首の先がぶら下がって揺れている。

「ちっ、ざまァねェな」

「死ねェ」

男が、再び上段から頭上目掛けて打ち下ろしてくる。

「ぐっ」

八郎は再び奥歯を食いしばり、右手に力を入れる。

「うおおおおっ」

男が咆哮《ほうこう》する。

「遅い」

右腕一本で片膝立ちのまま、八郎は愛刀を横一文字に払った。刃が相手の腹を割る。

ビシャッと八郎の顔に返り血が跳ねた。

長助がまた悲鳴を上げた。いや、あの声は鎌吉か。

ドウッと男の体が地面に沈む。

だが、敵は無数にいるのだ。傷付いた八郎の首目掛け、先刻怯んだ者も今はワッと群がってくる。

助勢に鎌吉が駆けつけるが、一人、二人を引きうけるのがやっとだ。

八郎は片膝を突いたまま、

「来いよ、遠慮はいらねェ」

口元で笑みを作り、敵兵の一人に向けて刀をむけた。誘われるようにその男の足が出る。

悲鳴のような雄たけびを上げ、男は突進した。

これまで何百、何千と門弟を見てきた八郎だ。構えを見ればそれだけで相手の腕はだいたいわかる。

可愛そうだが下手な男を誘った。低い位置の獲物目掛けて斬りかかるのは、存外難しいものだ。この男の腕では、自らの腰を沈めて斬りかかるような真似はできまい。

案の定、斬りかかった男は腰より先に腕が伸びている。八郎はさっきの男にやられたように男の腕を狙って刀を振るった。斬撃の速さは、片手といえど尋常ではない。敵の両腕が刀を握ったまま宙に舞った。八郎の頭上に血の雨が降る。頭から赤く染まった八郎に、取り囲もうとしていた敵兵たちは、後ずさった。

「旦那、旦那ァ、旦那！」

その隙に、泣くような声を上げて鎌吉が駆け寄ってくる。

「馬鹿野郎、気が散るじゃねェか」

鎌吉を横目に見て、八郎は苦笑する。

頰に笑みを刻みながらも全身の力を振り絞り、八郎はどうにか立ち上がった。血がぼたぼたと足元を濡らすが、興奮しているのだろうか、手首から痛みはほとんど感じない。

「あいにく、片手打ちができぬほど、柔にできちゃいないのさ」

八郎は、橋を背に位置を取った。ここなら背後を取られる心配はない。横からも打ち込まれにくい。

向かってくる男たちに向かい、刀を真っ直ぐに立てて、突き出した。ちょうど、敵に向いた刃が、八郎の眉間を隠す。

奇妙な構えに八郎に躍りかかろうとした男の足が鈍った。

その隙を逃さない。ザッと八郎の足が出る。

八郎の動きに釣られ、ハッと男も大きく踏み出した。八郎の動きに操られたのだから、勝負は見えている。

「トヤアッ」

互いに縦一文字に斬り下げるが、男が振り下ろす前に、八郎の体が男の間合いを侵す。

ああ。

悲鳴のような溜息《ためいき》が男から漏れた。次の瞬間、男の額が割れる。男の目尻に涙が滲む。

「南無」

八郎は口中で経を唱え、一気に男を斬り下げた。

「あっ、あっ」

後ろに控えていた男は、鬼神でも見たかのように、八郎を恐れている。

そうだろう。ぷらりぷらりと割れた左手をぶら下げ、手首から多量の血を噴き出させながらも鮮やかに縦一文字、片手一本で眼前の敵を斬り捨てた。しかも、腰に鉄砲玉をめり込ませたままだ。

こいつは人間じゃない、と言いたげな恐怖に歪んだ顔で、ぶるぶると震えるだけの木偶《でく》の坊《ぼう》を、八郎は容赦なく右上段から袈裟がけに斬り下げた。

「ぐはっ」

血を吐いて男は昏倒した。

八郎は、腰に思うように力が入らぬせいか、斬り下げた勢いを消すことができず、地面まで刀を振るってしまう。

ガツッと刀は岩に当たったが、そのまま八郎は斬り割ってしまった。

そこに隙が生まれた。

(しくじった)

崩れた体勢を、満身創痍《そうい》のこの体で、次の刃が襲いかかってくるまでに立て直すことができるのか。

が、杞憂であった。

「ひいいい」

群がりつつあった敵は、尋常ではない八郎の戦いぶりに怖《おそ》れをなし、後ろを見せて逃げ去っていったのだ。

張っていた気が急に抜けたからだろうか。目の前の景色の輪郭が、二重、三重に重なって見え、視界全体が薄ぼんやりとしてきた。

ぐらりぐらりと体が揺れ、立っていられない。

（ああ、血が……）

八郎は気付いた。左手首の傷口から血が流れ過ぎている。

（チェッ、縛っとくんだった）

そうしたらもう少し戦えたのだが……。

（すまんね、勝さん。守りきれなかったようだ）

ここまでとは情けない、と思ううちにも体は宙を舞い、どさりと倒れ込む前に意識が途切れた。

八

夜の蒼《あお》い闇の中で、蛙《かえる》がしきりと鳴いている。田圃《たんぼ》が近くにあるんだな、と八郎は思い、どこの田圃だ？　と訝《いぶか》しさを覚えた。

が、すぐに自分がどんな疑問を抱いたのか、忘れてしまった。

体がひどくだるい。それにまだ寝ていたい。思ったとたん、スーッと意識が落ちていく。

「ほら、お兄様、お起きになってくださいまし」

せっかく心地よく眠りに入りそうになった八郎を、二歳下の義妹の礼子が揺さぶった。

「なにをするんだえ、お礼。男の部屋に立ち入って起こすなんて真似なんざ、男勝りもほどほどにしないと……」

嫁の貰い手が、と続けようとして止めた。元来、自分が貰ってやらねばならなかった娘だ。

妹といっても、二人の間に血の繋がりがあるわけではない。礼子は、八郎の実父心形刀流八代目軍兵衛秀業《ひでなり》から九代目を授かった門弟垪和惣太郎《はがそうたろう》の娘だ。惣太郎は宗家を継いだときに秀業の養子に入り、伊庭軍平秀俊《ひでとし》を名乗った。八郎が二歳のときである。それから十三年後に八郎の実父秀業が死んだとき、その子ら八郎を含めた五人はみな、秀俊の養子となった。

妹になったとはいえ、礼子は十代目を継ぐはずだった八郎の妻となるべく育てられ、そういう末を信じて疑っていなかったはずだ。だが、それは叶わぬ将来でしかない。

こんな時代になってしまい、八郎はもう家には戻らないのだ。八郎の行きつくべき先は、〝上様〟の御許《おんもと》しかなかった。

（すまんね、礼子。もう俺のことは忘れてくれ）

「お兄様、ほら、私のことは構いませぬから、起きてくださいまし。御役の途中でございますよ」

（御役？）

そうだ。自分は何かをしていた途中ではなかったか。それをどうやら不覚にも、うたた寝してしまったようだ。いったい、なにをしていたのだろう。

急に早川の流れが脳裏に浮かんだ。次に、三枚橋が浮かび、左腕の先がずきりと痛んだ。

そうだ、戦だ。

思い出したとたん、ハッと八郎は目を覚ます。

心配そうな長助と鎌吉の顔が目の前にある。小太郎も総之輔もいたが、條三郎の姿は見えなかった。

頭がはっきりし始めると、ようやく全てを思い出した。

三枚橋で左手首を斬られた後も、敵を何人か斬り倒したが、流血が激しかったからか、腰の銃創が響いたのか、八郎は意識を失くした。

それほど長い時間ではなかった。が、次に目を覚ましたときは戸板の上で、炎に包まれた湯本茶屋を、ちょうど通り過ぎるところだった。

そのとき遊撃隊は、八郎の後を引き継いだ総之輔の指図で全軍撤退の最中であった。

「何もかも御指図のままでございますよ」

長助が戸板に横たわる八郎を覗《のぞ》き込んで言った。

「いや、俺ァ……」

生きて三枚橋を渡るつもりはなかったのだ。が、どうやら死にそこなってしまったようだ。

殿《しんがり》を務めた條三郎ら十人が見事に敵を食い止めた、と総之輔が教えてくれた。

「それで、條三郎は……」

無事なのか、とは愚問であった。

もう二度と八郎たちの誰もが、條三郎たちと会うことは叶わない。條三郎たち十人は、最後は堂ヶ島の旅籠《はたご》、近江屋に籠《こも》って弾が尽きるまで戦いぬき、小田原藩兵の銃弾を浴びて散った。

退却した八郎らは、箱根の坂を一里半上った畑宿に着陣した。一軒の旅籠の奥座敷に蒲団が敷かれ、八郎は横になったのだ。

そこで、昌之助の御典医遊山《ゆうざん》に、ぶら下がったままの手首を切り落としてもらい、傷口を縛って止血した。

「血管を縫った方がいいが、それに見合う針も糸もない」

と遊山が言う。このため、縛るだけの応急処置となった。

「このままだと傷口が腐っていくからね、どこか、きちんと道具のあるところで診てもらった方がいい。傷口も縫い合わせないと駄目だ。そのためには骨ももっと奥から切らないといけないし、肉もその分、削らないといけない。とうてい、私の腕では無理だ。蘭医でなければ」

そう言われても、この状況ではどうすることもできない。しかしそのことは、今の八郎にはどうでもよかった。

腰の銃創も、弾と、砕けた骨片を抜き、焼酎で傷口をえぐるように洗ってから包帯を巻いた。こちらも縫う必要があるだろうということだ。

出血がひどかったせいか頭がぼんやりして、八郎は再び眠りに落ちたのだ。

(礼子の夢を見たな)

八郎の中に、敗北感やら、生き延びてしまった情けなさやら、條三郎らを失った激しい胸の痛みや喪失感やら、あらゆる感情がごちゃ混ぜになって去来する。

「もう二度と目を覚まさないかと思いました」

畳の上で長助が泣き出した。

八郎は蒲団から上体を起こそうとして腰に走る痛みに顔を顰めたが、そういう自分をすぐに恥じた。

「痛むか」

枕元に正座している小太郎が野暮な質問をするから、

「いいや」

と答える。

「今後のことだが、まだやれると言う隊士も多いが、殿《との》さんはもう決断している。撤退だ。明日、熱海に向けて出発する」

「撤退したあとはどうするんだえ」

「戦える者だけが榎本艦隊と合流する。そうじゃない者も、安全なところまでは一緒に連れてゆくそうだ」

「殿さんらしいな」

「ああ。実に殿さんらしい。明日は第四軍が置き去りにされている怪我人を探して拾ったあと、殿を務められるそうだ」

八郎は瞑目《めいもく》した。

「涙が出るな」

「殿さんは、手負いの者、一人として置いていかぬとおっしゃっている。この意味がわかるな、八郎。お前もだ。連れていくぞ」

八郎は言葉に詰まった。歩けない自分は迷惑を掛けるだけだ。腹を切るつもりでいた。そうでなければ條三郎に申し訳が立たない。

そういう気持ちを小太郎には見抜かれていたのだ。小太郎だけではない。じっと見つめてくる総之輔も鎌吉も長助も、そして「一人として置いていかぬ」と言った殿さんこと昌之助も。

負けたな、と思いつつ「わかった」と八郎は頷いた。

苦い思いが八郎の中に広がった。

(俺はこれから先、條三郎ら今日死んでいった者たちの無念と共に、この身が朽ちるまで戦い続けよう)

たとえ最後のひとりになったとしても。

第二章　櫓のない舟

一

遊撃隊の、箱根からの脱出が始まった。追撃する小田原藩兵をかわしながら、八郎らは箱根峠から十国峠を越え、日金山《ひがねやま》を抜けて熱海へと辿《たど》りついた。そこで思わぬ男、人見勝太郎と再会した。

「無事だったのか。良かった」

八郎は友の無事が嬉しかったが、勝太郎は八郎の怪我に蒼褪《あおざ》め、援軍が間にあわなかったことを、

「すまない」

泣きそうな顔で謝った。謝りたいのは八郎の方だ。

「仕方ないことだ。あまりに敵の進軍が早かった。俺の方こそすまない。持ちこたえることができなかった。……多くの同志を失った。面目ない」

「なにを言うてんのや。みなが八郎はんは鬼神のような働きやった言うてたで。八郎はんの采配やなかったら、壊滅やったろうて」

「……條三郎が死んだよ」

ぐっと勝太郎は息を詰めたが、一度はうなだれそうになった顔を、真っ直《す》ぐに上げなおした。

「條三郎はんが……。そうか……。勇敢な男やから、さぞ壮絶な最期やったろう」

「最期の姿を誰も知らないんだ。共に殿《しんがり》を引き受けてくれた者はみな死んだ。……俺が殿をやってくれと條三郎に頼んだんだ。あいつは……躊躇《ためら》いなく引き受けてくれたよ」

「嬉しかったと思うで。八郎はんにそないな大事な役目を頼まれて、誇りやったと思うで」

「あいつらが敵の進軍を食い止めてくれたおかげで俺たちは助かった。條三郎たちのくれた命だ。生きていればあいつらは戦い続けたろう。俺は、これからも條三郎や亡くなった同志と共に戦うつもりだ」

「八郎はん……」

涙を滲《にじ》ませ、勝太郎は八郎の残った手をしっかりと握った。

「そうだ。遊撃隊はまだまだやれる。釜はんも一緒にやろうて言うてくれてはる。釜はんとこまで行けば、怪我人はみな、ええ医者に診てもらえるやんか、なあ。せやから、傷が癒えたら、また共に戦おうや」

箱根の戦で失った隊士はおよそ三十人に及ぶ。預かった命の多くを散らしたことで、八郎の胸奥は申し訳なさにきりきりと痛んだが、二人の間にこれ以上の言葉はいらなかった。

八郎も、勝太郎の手をしっかりと握り返した。

遊撃隊は、人見勝太郎が準備した数隻の船でまずは安房《あわ》の館山へ行った。そこから壮健な者たちだけが榎本釜次郎が遣わした長崎丸に乗船し、休む間もなく次の戦場へと旅立っていった。目指す地は、常州平潟だ。今すぐにでも戦える男たちの数は、百四十人にまで減っていた。

残りは八郎と共に品川沖の釜次郎の元で快復を待つ。足手まといにならぬくらい体が動くようになれば、再び戦場へと向かうのだ。

だが、老いた者たちや怪我のひどい者たちで帰る家がある者は、ここで離脱するよう説得もした。ここから先、いっそう戦場が過酷になる中で、気概があっても十分に戦えない者たちは、戦地に置き去りにせざるを得なくなる。とうてい連れてはいけない。

八郎も戦闘が可能だと仲間たちに認められなければ、離脱させられるかもしれなかった。

今後、どうなるのか……。

榎本釜次郎に会うため、旗艦開陽丸に乗船しようと艀《はしけ》に乗った八郎は、「おーい」という聞きなれた声に上を見上げた。

釜次郎が甲板から八郎を見つけて手を振っている。八郎は、手首から上のない左腕を掲げるようにして、

「やり損いました」

大声で告げた。

釜次郎は驚いて、

「君は旭日丸だ」

病院船に行くように勧める。八郎は素直に従った。「また一緒に戦おう」と言って

くれた勝太郎に応えるため、今は一日も早く快癒させたい。

だが、本当に治るのだろうか。腕からは腐れたような異臭が放たれ始めている。腰もじくじくと痛んだが、腕の痛みは尋常ではなかった。人目があるから気力一つでなんとか平静を装うが、誰もいなければ七転八倒したいほどだ。

旭日丸に八郎が乗船すると、さっそく医者が腰と腕を診てくれる。

「ふうむ」

難しげな顔で唸《うな》るから、

「どうなんです」

心配顔に訊《き》いたのは八郎ではなく、小太郎だった。小太郎の横には鎌吉の顔があり、その横には長助がいる。

いったい、この男たちはなんなのだろう、と八郎はおかしくなった。まるでひっつき虫だ。長助は自分の連れている従者だから、くっついて回るのがいわば仕事だ。だから長助はいいとして、小太郎と鎌吉は江戸がまだずっと平和で穏やかだったころから、気付けばいつも側《そば》にいる。

「お前さんたちはどこも悪くないいんだから、開陽丸の方に乗せてもらえよ」

八郎が言えば、

「何を言ってるんですかい。あっしは、旦那がいるから遊撃隊に付いて回っているんです。旦那のいるところがあっしのいる場所なんですよ」

聞いているこちらが恥ずかしくなることを鎌吉が真顔で言う。さらに、

「本山の旦那だってそうですよ。ねえ」

小太郎にも同意を求めた。

「そんなことよりどうなんです、先生」

小太郎は取り合わず、話を元に戻した。

「なに、腰の治療はすぐに終わるよ。壊れた組織を切り取り、縫い合わせればそれで仕舞いだ」

「腕は……」

そこにいた全員の目が八郎の左腕に注がれる。皮膚は黒ずんで傷口はぐしぐしと湿り、悪臭を放っている。先端からかなり大きく腐り始めているのは素人目でもあきらかだ。

八郎は腕を隠してしまいたかったが、動揺している自分を知られるのはもっとたまらない。表向き平然と、この遣《や》り取りを見守っている。

医者は一瞬、躊躇《ちゅうちょ》してから告げた。

「先がすでに壊死《えし》している。切り直さねば生きながらに体が腐れていく。肘下から切って縫合する手術をすぐにでも行いたい」

「わかりました」

八郎の返答に躊躇いはなかった。

「一刻も早い方がいいのだが」

「いつでもかまいませんよ」

「なに、君が眠っている間に全てが終わる」

麻酔を使って手術を行うという医者に、八郎は首を左右に振った。

「いえ、麻酔なしで」

「なんだって」

医者が目を見開く。

「伊庭君と言ったか、一体どれほどの苦痛かわかって言っているのかね。君の腕を生き返らせるには、ただ真っ直ぐに切るだけじゃ駄目なんだ。内側に向かって肉を深く抉《えぐ》るように切り、骨にくっついている周りの肉をそぎ落とし、さらに骨をのこぎりで落とさねばならない。そうしなければ、骨を覆うように皮膚を縫い合わせることができないからね」

げっ、と鎌吉が顔を歪《ゆが》める。ひっ、と長助が震えだす。小太郎までも青ざめ、眉を曇らせる。

「麻酔なしでお願いします」

ただひとり顔色を変えることなく、八郎は重ねて頼んだ。

医者は大きく首を振る。君はなにもわかっちゃいないと言いたげだ。

「いいかね。それだけじゃないんだよ。人間の体には痛みを伝える『神経』という管のようなものが行きわたっているけどね、腕や足を切ったときに神経をそのまま放って縫合すれば、日々そこが刺激を受けて、死ぬまで激痛と付き合わなければならなくなるんだ」

はあ、そういうものなのか、と八郎は思った。

「だから、そいつを肉の中から引きのばしながら引っ張り出して、切らなきゃならない。そうしておけば神経の先が奥へ縮んで退化して、痛みは感じなくなるものなんだ」

医者の口調がさらに真剣みを帯びる。

「だけど、神経は痛みを伝える管だからね、そこを引っ張ったときと切るときが、腕のどこを切るより痛いんだよ。その馬鹿みたいな痛みを我慢したからって、いったい何になるというんだ」

「別に何にもならんでしょうけれど、性分ですよ、先生。自分のわからぬうちに何もかもが終わっちまうことの方が、ぞっとするもんですから」

「そうは言っても、後悔するよ。手術の途中にやっぱり麻酔をやってくれと言われても、できやしないんだ」

「後悔はするかもしれませんが、文句は言いませんよ」

八郎の軽口に、医者も負けていない。

「あまりの痛みに、文句なんか口にできるものかね」

横で長助がおろおろしている。

「は、八郎さま。お願いです。お医者の先生の言う通りにしてください」

もはや泣きながら、拝むように八郎に頼む。まるで手術を受けるのが長助で、八郎が麻酔なしでやれと言い渡しているかのようだ。

「長助、大丈夫だから、見ていてごらん。おいらも武士だ。少しくらいは我慢強くできているんだよ」

八郎が慰めるように諭すと、

「み、み、見ているんですか」

泡を噴きそうな顔で、情けない声を出す。

「いや、言葉の綾だ。見ていなくてもいいから、長助は黙っておいで」

「い、いえ。八郎さま。この長助めはいつだって八郎さまとご一緒でございます」

鎌吉はさすがに武士の決めたことに口は出してこない。

「やっこさんは頑固だからな。先生、八郎の言う通りにしてやってください」

小太郎も諦め顔だ。

「一度、痛い目にあえば、次からは麻酔を受け付けますよ」

と付け加えるものだから、

「次ってなんだ、おい」

八郎が目を尖らせる。すぐに真顔に戻り、

「おいらは楽をしちゃァ、ならねえのよ」

意思を込めて言った。

箱根の戦では自分の指揮でたくさんの隊士を死なせた。戦場で死んでいく者の全てが、即死であるはずもない。弾を浴び、刀で斬られる。急所をやられればともかく、苦しみ抜いて息を引き取っていった者がほとんどだろう。

だから、八郎は自分だけが痛みもなく治療されるのが辛くて仕方がない。そんなこ

とを口にできるはずもないから、

「まあ、良順《りょうじゅん》先生のところはみな麻酔なしらしいから、大丈夫だ」

将軍の御典医松本《まつもと》良順のことを言った。

良順の父が経営している佐倉順天堂の外科手術は、日本全国から不治の患者が一縷《いちる》の望みをかけて集まるが、一切、麻酔なしで手術が行われている。

当時の日本では、海外の医者の使うエーテルが入手しにくく、毒草を処方して作られた薬を使う場合が多かった。世界で最初に全身麻酔で手術を成功させたのは、この毒草の麻酔を使った日本の事例である。一八〇〇年代の初頭だ。世界に先駆け、独自に開発された麻酔薬だったが、元が毒草なので患者が命を落とすことも多かった。それを憂いての麻酔なしの手術である。

佐倉に集まってくる者たちの中には、武士だけでなく、町人や農民も多く、女も子供もいる。みな麻酔なしの執刀に堪えているという。八郎にしてみれば、侍のしかも幕臣の自分が堪えられなければ、いますぐ侍をやめた方がいい。

こうして急遽《きゅうきょ》、八郎の麻酔なしでの再手術が船内の一室で行われることになった。

旭日丸には初めから、木の手術台が置いてある。着物を脱いで台の上に横たわった八郎の周りに、執刀をする医者と八郎の腕を手術の間中抱えている助手、手術道具を医者に渡す助手、それから灯《あか》り係の四人が集まった。

それとは別に、麻酔がないから、どうしても体が痛みに反応してぴくりと跳ねることがある。肩を押さえつける役の者がいるが、小太郎が、

「俺がやる」

有無を言わせぬ口調で八郎の頭の方へと回り込んだ。足は通常、手術台に縛りつけるが、武士への遠慮からこれも鎌吉と長助が押さえることになった。

「シャボンで消毒してください」

と言われ、全員が念入りに手を洗う。

八郎の左腕だけが木の台から空中に突き出され、布で包んだ腕の先端を助手の一人が抱え、支える。腕が切られる真下に盥《たらい》が置かれ、血はそこへ滴り落ちる仕掛けである。

「始めます」

医者は八郎の目を見て告げた。八郎は頷《うなず》き、右手で手拭いを口に押し込み咥《くわ》える。歯を食いしばったときに歯が砕けてしまわないためだ。八郎は船室の暗い天井を見た。灯りは、医者の手元にだけ照らされている。

まず、医者は焼酎を八郎の傷口に振りかけ、丹念に洗った。すでに腐りかけているからか、それほど痛みは感じない。次に消毒した術野《じゅつや》の周囲を、焼酎に漬け込んだ綿紗で覆う。血が流れぬように、術野から三寸ほど上を幅広の止血帯で二巻きし、中に棒を差し入れてきつく縛った。

新しい切断予定の場所に切開線を入れる。輪切になるような腕をくるりと一周する線は駄目で、斜め上に切れ上がるような半楕円《はんだえん》を腕の表と裏に描く。こうしないと、患部を皮膚で包み込むような縫合ができないからだ。

医者の描く切開線が、自分が思っていたよりずっと上だったため、八郎の心臓がひやりとなった。そういえば、初めから医者は肘下と言ってなかったか。思い出せば予告通りの箇所なのだが、上の空で聞いていたらしい。

やはり平常心というわけにはいかないようだ。

(おいらもまだまだじゃァないかえ)

最初は皮膚だけを切開する。いわゆるメスと言われるものには尖刃刀と円刃刀があるが、ここでは先端が丸みを帯びた円刃刀を使う。深く切り過ぎぬよう、また、深さに波ができぬよう、皮膚に対して垂直に当て、もう片方の手で皮膚を左右に開くように緊張させて切っていく。それが終われば真皮を皮下組織と剝離しておく。

八郎は天井を見詰めたままだから、医者が何をしているのかは感覚でしか摑《つか》めなかったが、まだ今のところはそれほどの痛みを覚えない。ピリピリッとする程度だ。

だのに、八郎の足を押さえる長助が、刃が皮膚に入ったとたん震え出したのが憐《あわ》れであった。


口の中の手拭いを右手で少し引っ張り出し、

「長助、痛くないんだよ」

声をかけてやったそのとき、ズンッと重い痛みが襲う。それがしばらく続く。何をされているのか八郎にはわからない。

血の臭いがするな、と八郎は思った。

医者は皮下組織の切開にすでに作業を移しているのだ。その後は筋膜を開き、最後が筋肉だ。骨が露出するまで切り開く。麻酔なしの手術だと、なるべく時間をかけずに終わらせることが、何をするより患者の苦痛が少なくなる。

うっ、うっ、と呻《うめ》き声が響いた。八郎のものではない。長助が、見ただけで自分も痛くなったのか、冷たい手で八郎の足を握ったまま、声を上げ始めたのだ。

「長助、目を瞑《つぶ》るんだ」

小太郎が叱りつけるように言う。

八郎は、といえば、グウッと歯を食いしばり、脳天に響きだした痛みに耐えている。脂汗が滲んでくる。そのくせなるべく無表情にやり過ごそうとしているのは、小太郎に見られているからだ。痛いときに痛い顔をしてやるのは、いかにも悔しいではないか。

そもそも武士道とはやせ我慢の道なのだ。

（このくらい泰然とやり過ごせなくてどうする）

八郎は漏れそうになる呻き声を呑み込み、天井を睨《にら》みつける。

医者の施術は淡々と進む。ちょうど蛇がぱっくりと大口を開けているような、深い切り込みのある格好に腕の肉は切られた。後は骨の切断が残っている。骨の周りの肉を削《そ》ぎ、切りやすく整えたあと、医者はのこぎりを手にする。

「ひいっ」

たまらぬといったふうな声を上げたのは鎌吉だ。いったい、何をそんなにいまさら驚いているのだと、さすがに八郎も不安に思ったが、肩を押さえる小太郎の顔色は平然としている。

（鎌吉の奴も大仰な）

後でからかってやろう、と思った刹那、ゴリゴリと嫌な音が耳を襲った。それも小刻みに六回くらいだろうか。ひょいっと左の腕が軽くなるのを感じた。

「よく堪《こら》えたね」

医者の顔が視野に入り込む。

「本当に君はすごいよ。こんなに我慢強い患者は初めてだ」

医者は骨の断面に処理を施しながら、感嘆の声を上げた。

八郎は初めて医者の方を見て微笑した。

「今から神経と血管の処置に入る。こいつは痛むからね、しっかり布を噛《か》んでいてくれ。これを越えればじき終わりだ」

説明を加え、医者は弟子から鉗子《かんし》を受け取る。

八郎はまた天井を見た。

三秒ほどの間があいたろうか。

ふいに、閃光《せんこう》が目から飛び出し、ビリッと稲妻が全身に走った。

自分の意志とは関係なく、全身がびくんと硬直したように跳ねる。

激痛などという生易しいものではない。腕が、引きちぎられたかと思った。ウワンウワンウワンと金属的な痛みが直接頭に響く。とたんに胸が痛くなり、息が苦しくなる。

気が遠のきかけた。なにくそ、と思ったとたん、

（うおっ）

第二波が襲った。先刻ほどではないが、やはり体が跳ねる。

うーん、と八郎は眉根を寄せる。ぎりぎりと歯と歯を擦《こす》り合わせるように嚙んだ布ごしに歯軋《はぎし》りした。そうしていなければ自分が保てない。

もう一度、激痛が襲った。

（気を失ってたまるかよ）

そんなことになったら、明日からどんな顔で小太郎や鎌吉の前で大口が叩けるというのか。それからふと気になって、上目づかいに小太郎を見た。

（馬鹿！）

いつからそんな顔をしていたのか。小太郎が泣いている。涙こそ流していなかったが、充血した赤い目をしっとりと潤ませ、瞬《まばた》きすらほとんどせずに、じっと八郎を見据えている。

（友とは有難いものだな……）

医者はすでに血管の結紮《けっさく》に入っている。止血帯を外したあと血が溢《あふ》れないようにするためだ。いつまでも止血帯をしているとそこから壊死が始まってしまう。

このいわゆる血止めの方法は、昔に比べてずいぶんと改良された。なんといっても中世のヨーロッパでは熱して滾《たぎ》った油を掛けるという荒っぽいもので、もちろん油を掛けたことが原因で死んでしまう者も多かった。

この方法は日本には伝わらなかったが、代わりに熱した鏝《こて》のようなもので血管を焼くやり方が、長いこと行われてきた。こちらも患部の火傷《やけど》が原因で腐敗し、命を落とすことになりかねない危険なものだ。

最近になってようやく血管を直接結紮する方法が用いられるようになり、施術が原因での死亡が減ったのだ。

医者は鮮やかに幾つも伸びる血管を次々と縫いとめていく。

最後は、分泌液を体外に排出する管を通し、切開した筋肉、筋膜、皮膚と順に縫い合わせれば終わりである。全ては短時間の間に行われた。四半刻ほどだろうか。

医者は八郎の腰の銃創も手当てし、

「終わりましたよ。伊庭さん、貴方《あなた》は素晴らしい。叫び声どころか唸り声さえも堪えなさった。初めてですよ、貴方のような人は」

尊敬を込めて褒めたたえた。

「先生、ありがとうございます」

頭が痺れたように働かなかったが、八郎はなんとか謝意を述べ、用意された病室へと移った。

「痛むかい」

小太郎が馬鹿なことを訊く。これで二度目じゃないかと八郎は苦笑した。

「いいや」

約束ごとのように、八郎も同じ答えを返す。

「本当に痛くなかったんですか」

長助が、八郎が手術中に「痛くないんだよ」と声を掛けたことを真に受け、大真面目に訊くものだから、八郎と小太郎は目を見かわして笑った。

「もちろんだとも」

鎌吉も含み笑いをする中、長助一人が他の三人が何を笑っているのかわからない素振りだ。

「なんにしても有難い。これでまた戦える」

八郎の言葉に小太郎が瞬時、顔を曇らせた。

「今くらい、ゆっくり休めよ」

（そんなわけにはいかねえさ。死んでいった者たちの分も、俺はまだまだやらねばな

らん）

二

甲板に上がると、青緑色の海が眼前に広がる。風が吹くと白い波頭が飛ばされ、太陽に反射して銀色の粒を作った。

関東近隣は、八郎ら遊撃隊の敗退で新政府軍にほぼ平定された。日本中で新政府軍に抵抗しているのは、あとは関東以北の奥州・北越方面の諸藩だけとなった。

彼らは奥羽越列藩同盟を結び、力を合わせて新政府軍に対抗している。まだ生きていれば歳三もそこにいるはずだ。ただ、戦況はあまり芳しくないと八郎は聞いている。

四月に大鳥圭介の呼び掛けで国府台《こうのだい》に集結した旧幕府陸軍は、桑名藩兵、誠忠隊、純義隊、回天隊、新選組を吸収し、三千の人数で宇都宮を目指して進軍したという。宇都宮藩が新政府軍の要請に応じ、会津征伐に乗り出していたからだ。

徳川幕府が消滅した今、もっとも幕府のために働いた会津藩は、新政府に抵抗する者たちの一縷の望みとなっていた。

会津へ——。

会津に行って共に戦うのだ、と男たちは北を目指す。会津に行って、共に戦い、その先に何が待つのか、本当のところだれもわからなかったが、そうせずにはいられない男たちだ。

彼らはやるせないのだ。三百年弱も続いた徳川という主家に、恩も義もなく刃を向けて襲いかかる薩長と、それに与《くみ》する者たちが許せない。そういう獣にも劣る者どもの作る新しい世も受け入れ難い。

正義を知らぬ者たちに膝を屈して生きるか、最後まで逆らい戦うか――。

前者は選べぬ者たちだ。

旧幕府陸軍は、いったんは宇都宮で勝利し、宇都宮城を奪取することに成功した。だが、大総督府から派遣されてきた新政府軍が宇都宮に到着すると、一転して押され、城を手放し敗走した。

旧幕府陸軍は会津と合流し、今市と大田原の奪取をもくろんだが、これも失敗した。今は、奥羽越列藩と共に戦っている。が、五月一日には白河城の戦闘で記録的な大敗を喫し、五月十九日には長岡城が落城した。

八郎の中に焦燥はあるが、今の自分が付いていっても足手まといになるだけだ。まずは安静にして一日も早く傷を癒し、再び勝太郎や林昌之助ら遊撃隊本隊と合流するのだ。今はそれだけのために生きている。

片腕でも、やりようによっては銃が使える。

右手に銃を執り、左肘に架け渡し、銃身を固定して撃つ。初めはまったく上手くいかなかったが、繰り返し同じ姿勢を取る練習をするうちに、体の方が覚えてくる。安定した姿勢がとれるようになると、瓶を吊るして的を作り、実際に狙って撃ってみる。

「なんだ、八郎。半月は安静にしていろと医者に言われたろう」

小太郎が呆《あき》れ顔だ。

「そうでございますよ」

長助がはらはらとした顔を八郎に向ける。

「まったくでさァ。もしまた腕が悪くなったりしたら、同じ手術をしなけりゃいけねエんですぜ」

鎌吉も口うるさい。

四肢の切断は、切断面が再び腐れて手術のやり直しをせねばならないことが多かったから、心配してくれるのはわかるが、それは、ろくな知識もない医者が手術刀を握った場合だ。

神経の処置が良かったからか、あの日の激痛と引き換えに、術後の痛みは緩やかだった。あの日の短時間の地獄と引き換えに、ずいぶんと楽になったのは、本当に驚くばかりだ。

畑宿の応急処置で手首を完全に落とし、直接患部を圧迫して血止めをしてもらった後は、じくじくとした痛みが、時間が経つごとにひどくなっていった。どうかすると気持ちが萎《な》えそうになって閉口したが、あのときとは大違いだ。

「先生の手術の腕は確かだ。日に日によくなっているのが自分でもわかるくらいだ」

だから心配は無用とばかりに八郎は己を駆り立て練習を続ける。戦場では常に役に立つ男でいたい。

八郎の術後の経過は当人が感じた通りに順調で、七日後には抜糸が行われ、半月後には包帯も取れた。

そんな折。

五歳ほど年上の幼馴染《おさなな》《じ》み、中根淑《なかねきよし》が八郎を訪ねて船に乗り込んできた。八郎の実父伊庭軍兵衛の弟子で、病で剣が振れなくなるまでずっと練武館に通っていた男だ。

親類筋に当たる忠内次郎三の親友で、八郎が幼いころは、これに病死した屋代貞次《やしろさだじ》郎《ろう》を加えた三人で、揉《も》み転がすようによく遊んでくれた。軍記物が好きで、しばしば八郎にも読んでくれたが、殊《こと》に『水滸伝《すいこでん》』が気に入りらしく、これは空で全部言えるほどだった。

八郎の知らぬことだが――明治になって八郎を偲《しの》び、「容貌は清秀なる中に和気有りて一個の美丈夫たり」と書き残した人物でもある。もし八郎が草葉の陰から見ていたら、「よせやい」と文句を言ったに違いない。

幕政時代は徒目付《かちめつけ》を務めた関係上、第二次幕長戦の最中に広島に出張したのをいいことに、誰の命令も受けぬ中、直《じか》に戦場まで足を延ばして戦いの様子をほしいままに見物した。

鳥羽・伏見の戦の後は江戸に戻り、軍事掛の勝海舟の下に属していたが、新政府軍の顔色をうかがってばかりいるように見える勝に腹を立て、

「御身、戦わぬなら、軍事掛の御役は辞退すればよろしかろう」

真っ向から文句を言って野に下った。

八郎からすれば気の置けない、兄のような存在だ。

「おーい、久しぶりだな。お前が箱根でやりそこなった話は、もう江戸のもんはみな知っておるぞ」

何やら一枚の紙を手にして八郎に近づき、鼻面にぴらぴらと押し付ける。

「なんなんです。子供みたいに、人のしくじりを肴《さかな》にはしゃぐなんざ、相変わらず兄さんは人が悪い」

八郎は久しぶりに会えて嬉しいくせに、にやけた顔は見せたくないから、うるさそうに押しつけられた紙を右手で押しやる。

「見ないのか。八郎が載っておるぞ」

「おいらが？」

なんだってと、八郎は奪うように紙を取り上げた。

「あーららららら。こいつはまた派手ですねえ、旦那」

覗《のぞ》き込んだ鎌吉が感心する。

「なになに、お尋ね者、伊庭八郎。この者、箱根にて斬られ、片腕にそうろう。色白、美丈夫、役者の如《ごと》し……ほう」

小太郎も八郎の手からひょいと紙を奪って書かれた文字を音読し、

「手配書じゃないか。それにしてもよく似ているなあ、この絵は」

八郎の顔の横に似顔絵を翳《かざ》して見比べた。

「旦那はもとより伊庭の小天狗として錦絵で馬鹿売れしてやしたから、面はもう江戸っ子ならみんな知ってるってもんでして、へい」

鎌吉が人ごとだからか、妙に嬉しげだ。

八郎にはどうしてそうなるのか自分ではわからなかったが、歌舞伎役者のように錦絵が刷られ、娘たちが争って買っていた。ことさら目くじらをたててうるさく言うのも大人げないので放っておいたら、伊庭八郎か、沢村田之助《さわむらたのすけ》か、と囃《はや》される始末。ちなみに三世沢村田之助は、十六歳のときに異例の早さで立女形《たておやま》を張り、当代一の女形と評された天才役者である。

八郎はふん、と手配書を丸めて甲板に転がした。長助が「もったいないことを」と拾って皺《しわ》を伸ばし、大事そうに折りたたんで懐にしまう。

「長助、そんなもんは海の藻屑《もくず》にしちまいな」

不貞腐《ふてくさ》れる八郎に、

「ふふん」

中根淑が鼻で笑う。

「なんです」

「いいや。それより八郎よ、なんでそうなってしまったのか詳しく話してくれぬか。代わりに俺の話も聞かせてやろう」

「やなこった」

「おっ、なんだ。さては拗《す》ねておるな」

「いいえ、別に」

「こいつはな」

淑は、そこにいた皆の顔を見わたす。

「ガキのころからちょいといじってやると、すぐ拗ねやがるんだ。ハッハッ。それが可愛くてなあ。なんと剣術なんざ十歳のころに拗ねて以来、五年も竹刀を握らなかったんだから、頑固もんだろう」

「いつの話をしているんです。拗ねていたんじゃありません。病弱だったんです。それに、おいらァ、今だって拗ねてないって言ったんです」

「八郎よ。いったい、幾つになっても変わらんなあ」

あんたこそ、と八郎は言いたかった。

（まったく人の話を聞きやがらねエ）

「兄さんは、憎たれ口を叩きに、わざわざここへ来ましたか」

「馬鹿言うんじゃないぜ。俺もまだまだ隠居にゃ早いんでね。一緒に行くぞ、戦場とやらへ」

どうやら心強い仲間が一人増えたようだ。

榎本釜次郎率いる旧幕府海軍が、品川沖を動かないのは、徳川宗家の為である。徳川宗家は、慶喜が隠居した後、田安徳川家から六歳の亀之助を迎え入れ、十六代当主とした。亀之助改め、徳川家達《いえさと》の誕生である。

新政府側は、家達に駿府七十万石を与え、お家存続を許したとはいえ、それはまだ口約束のようなものだ。旧幕府軍の動き一つで翻すかもしれない。人質を取られているようなものだ。完全に移封を遂げるまで、動きたくても動けなかったのだ。

ところが八月。徳川家達が移封先の駿府へと無事に移った。これで榎本釜次郎の憂いがなくなった。

「これより我らは、奥州と北越で戦う同盟軍の助勢のため、北へ航行する」

釜次郎の宣言に、旧幕府海軍と艦隊を頼りに乗船していた有志はワッと歓声を上げた。

だが、この出航は、戦場にいる奥羽越列藩及び旧幕府軍の同盟軍には遅すぎた感が否めない。

関東を制した新政府軍は、人数のほとんどを気兼ねなく奥羽・北越戦線に割けるため、容赦なく次々と軍勢を送り込んで行った。陸からだけでなく、海からも船を使って大量に上陸させる。かの地は、いつしか新政府軍の軍勢で溢れ返っていた。

人数と武器に劣る同盟軍は、それだけでも不利であったが、なにより同盟諸藩の足並みが揃わないことが、各戦地で敗北に繋《つな》がっていった。それぞれの藩が、互いの藩の手柄を牽制《けんせい》し合い、行動を縛り合う。的確な判断と迅速な動きを要求される戦場で、いつもぐずぐずと機会を逸し、敗戦に次ぐ敗戦を繰り返した。もはや同盟は崩壊しかけ、幾つかの藩は、寝がえりの時宜を探っている。

いや、すでに新政府軍と内通している藩もある。三春藩がそうだ。白河が落ち、棚倉が落ち、北へ北へと北上してきた新政府軍は、今まさに三春の手引きで二本松へ襲いかかろうとしている。二本松が落ちれば、いよいよ会津を蹂躙《じゅうりん》する番だ。

隣藩の米沢も裏切ろうとしている。仙台も揺れている。

北越の海は制海権を新政府軍に奪われ、新潟港を押さえられてしまった。新潟港に浮かぶ外国船から補充していた旧幕府軍に必要な武器弾薬は補給路を断たれ、もはやまったく届かない。

こういう中にあって、長岡は比較的、善戦した。いったん奪われた長岡城を、再び奪い返したのは、快挙であった。

だが、軍事総督河井継之助《かわいつぐのすけ》が銃弾に当たって負傷すると、たちまち大きく崩れた。日本で初めての本格的な衝背軍《しょうはいぐん》上陸作戦を敢行した新政府軍の手によって、長岡城は再び陥落した。

同盟軍の敗色は濃く、諸藩の心はばらばらだ。もし榎本釜次郎がもう少し早く北の地に現れていれば、もっと違う結末が望めたかもしれない。少なくとも、制海権は榎本艦隊の手にあったはずだ。

新潟港は封鎖されることなく、物資の補給は滞らなかった。もちろん、海さえ奪われていなければ、敵の背後に軍艦から大軍を上陸させて戦う、衝背軍上陸作戦は行えない。長岡の二度目の落城もなかったのではないか。

なにもかも今更だった。ただ、釜次郎にしてみれば、あまりに早い同盟軍の崩れようだったのだ。よもやこんなに早く立ちいかなくなるなど、思いもよらなかった。

全ての者に「機微を外した」と釜次郎は責められたが、声を大にしてこの男は言いたかったに違いない。

「士道とは何だ」

勝つことが第一の目的ではない。徳川宗家の御為に生きることが仕える身の釜次郎にとっての第一のことなのだ。

甲板が騒がしい。

八郎は船室の壁に寄り掛かって読んでいた本から目を離した。なにをあんなに騒いでいるのだろう。

「見て参ります」

八郎の気持ちに気付いて、長助が腰を上げた。が、その必要はなかった。

「おい、八郎。こんなところにうっかり籠《こも》っていると、美加保になるぞ」

淑がずかずかとやって来て、妙なことを言う。

「美加保？」

同じ部屋で、やはり同じように読書にいそしんでいた小太郎や、本を捲《めく》ったとたんに鼾《いびき》をかき始めた鎌吉が、淑の立つ入り口に首を伸ばした。

美加保丸といえば、榎本艦隊の持つ八艘の船のうち、咸臨丸《かんりんまる》と二艘のみ、蒸気機関を搭載していない船である。

咸臨丸は、かつては幕府自慢のスクリュー式軍艦の蒸気船で、太平洋横断を成功させるなど華やかな歴史を歩んできたが、今は故障がちになった蒸気機関の機能を外し、輸送船として第二の人生を歩んでいる。

一方、美加保丸は生まれたときからの生粋の輸送帆船だった。

「いや、もうすぐ品川から仙台まで航行するわけだが、かなりの距離もあるし、なんといってもこれから野分《のわけ》（台風）の季節に突入するだろう。それでな、誰がどの船に乗るかってことで大揉めだ」

みな、できるだけ大きく丈夫な船に乗せてもらって、より安全に航行したいと言いあっているのだという。

さすがに八郎は呆れた。武士がなんという体《てい》たらくか。

榎本艦隊の船は次の八艦だ。

開陽丸――排水量二八一七トン・四〇〇馬力・全長七二メートル。
回天丸――排水量一六七八トン・四〇〇馬力・全長六九メートル。
蟠竜丸《ばんりゅうまる》――排水量三七〇トン・一二八馬力・全長四一・八メートル。
千代田形――排水量一四〇トン・六〇馬力・全長三一・三メートル。
長鯨丸――排水量九九六トン・三〇〇馬力・全長七七・六メートル。
美加保丸――排水量八〇〇トン・帆船・全長五二・二メートル。
神速丸――排水量二五〇トン・七〇馬力前後・全長四一・六メートル。

咸臨丸――排水量六〇〇トン・帆船・全長四八・八メートル。

このうち、前四つが軍艦で残りが輸送船である。当然、嬉しいのは戦闘能力を備える軍艦だが、輸送船でも自力で航行できる蒸気船なら、嵐に呑み込まれたときに、生き残れる確率が高くなる。

誰もが乗りたくないのが帆船だった。それでも咸臨丸は太平洋横断の過去の栄光が光っているが、美加保丸には何の実績もない。もっとも不人気になっているようだ。

「おいらァ、かまいませんよ。なんだって」

八郎は、みなが嫌がるなら自分が美加保丸に乗ろうと申し出た。淑が、別に意外そうな顔もせず、にこにこしている。

「お前のことだ。そう言うと思ったぜ。上に行って、みなに聞こえるように言ってやってくれ。伊庭八郎はなかなかの人気もんだ」

八郎は戦の始まる前から元々江戸の有名人で人気者だ。それが主家のために戦い、腕を失《な》くした隻腕《せきわん》の戦士としてさらに名が上がり、先日の腕の手術の際に麻酔を断り、呻き声一つ上げなかったことまでなぜか世に広がり、評判がうなぎ上りになっていた。

八郎自身はほとほと困っている。

淑曰《いわ》く、その人気者が率先して美加保丸に乗ると言えば、騒ぎも少しおさまるだろうというのだ。

「いやさ、きっと八郎目当てに美加保に乗りたがる者も出てくるぜ」

「おいらで役に立つのなら」

八郎は逆らわず、淑の言うままに甲板に出て美加保丸に乗ることを告げた。

少しでもいい船に乗ろうとしていた者たちは、八郎の清々しい名乗りに自分たちの行いを恥じる気持ちが生まれたようだ。

あるいは、淑の言う通り、憧れの八郎目当てで美加保丸に志願する者も出てきた。

あとは、さほど揉めずに出航までの段取りが進んだ。


八月十九日。出航当夜。

八郎の乗った美加保丸は、旗艦開陽丸に纜《ともづな》で引かれる形で、品川沖を静かに滑り出た。もう一つの帆船、咸臨丸は回天丸に牽引《けんいん》されている。

美加保丸には、八郎にくっついて、当然の顔で小太郎や鎌吉、淑までもが乗ってくる。淑の盟友、旗本の多賀上総介も美加保丸を選んだ。

海上を滑りだすと、檣《ほばしら》が三本あるバーク型帆船の美加保丸は、蒸気船の見せるふてぶてしさとは違う優美な走りで、人々はそれなりに嘆息した。

完全に品川沖を脱出するまでは、各々《おのおの》私語は慎まなければならない。みな甲板に出て、それぞれの感慨にふけっているようだったが、言葉を発する者はなく、静まり返っている。

八郎も甲板に出て夜風に吹かれた。

視線の先は江戸である。先月、江戸は「東京」という聞きなれぬ名に変わった。

いや、読書家の八郎は、「東京」という名をまったく見たことがないわけではない。文政年間に書かれた『混同秘策』という書物に書かれていた。著者は佐藤信淵《さとうのぶひろ》という経世家で、出版されたことはなかったが、写し書きの模写本が何冊か出回っていたのだ。

内容は完全なる世界征服のための手引き書で、そのためには江戸を「東京」と名付けて遷都せよ、と記されている。

新政府を樹立した薩長の誰かがあの本を読んだのだ。そしてあえて「東京」と名付けたのなら、その野望の終着点は、世界征服だとでも言うのだろうか。

(薩長は、この国をどこへ持っていこうとしているんだ)

世界征服のための都――「東京」が、清らかで穏やかな江戸を、どす黒く覆っていく姿が見えたような気がし、八郎はうそ寒さにぞくりと体を震わせた。

三

翌朝。

海鳴りが聞こえる。

空を見上げると灰色の厚い雲が、やけに低く立ち込めている。空を覆う雲が厚ければ厚いほど、海鳴りは大きいのだと言っていたのは……あれは馴染みの吉原稲本楼の花魁《おいらん》、小稲《こいな》だった。

海鳴りは嵐の予兆でもある。

今の戊辰《ぼしん》の戦乱が嵐とすれば、確かに十年ほどの前から海鳴りはしきりと轟《とどろ》いていた。幕臣たちはそれを聞かぬ振りをして過ごしてこなかったろうか。

そのつけを今、払わされている。

八郎は船尾の船縁に凭《もた》れ、黒ずんだ青緑色の引き波を見ながら、ドオーンッドオーンッと不気味な轟きを聞いている。

(来るのか)

心中で呟《つぶや》いたとたん、

「来やがるな」

背後から低い声が聞こえた。

誰だ、と振り返ると斎藤辰吉《さいとうたつきち》が立っている。勘定奉行小栗上野介忠順《おぐりこうずけのすけただまさ》の下で勘定組頭をしていた男だ。歳《とし》は人見勝太郎の一つ上の二十七歳である。

チッと八郎が思ったのは、辰吉が小稲の馴染みだったからだ。花魁が何人も客を持つのは当然のことで、別に嫉妬も何もないものだが、こんな脱走兵ばかりの船の中で、雁首《がんくび》を揃えるのはどこか馬鹿らしかった。

辰吉は八郎を見ると目を細め、

「嵐が来るな」

相槌《あいづち》を求めてきた。八郎が黙ったままでいると、

「今日は独りなんだな」

ひっつき虫はどうしたと言わんばかりの口調に、どこか刺《とげ》を感じる。

ああ、向こうも知ってやがるのか、そりゃァ、知ってやがるだろう、と小稲のしっとりとした指先を思い浮かべながら肩をすくめる。

「その腕」

普通の者なら口にしにくいことに、辰吉はあっさり触れてきた。八郎はこれにも無言で目線だけ辰吉へと流した。

「噂で聞いたが、斬られてなお、百人斬ったんだって」

(斬ってねェし……)

八郎は答えない。

「いつもこんなに無口なのか」

八郎が口を開かないからか、さすがに苛立ちが辰吉の語尾に滲んだ。

「人見知りが激しい性質でね」

失礼する、と八郎は辰吉の横を通り過ぎる。そのすり抜けざま、「おいっ」と言いたげに辰吉は振り返ったが、くっつき虫の一人がこちらにやって来たので、それ以上は絡んでこなかった。

やって来たのは、中根淑だ。

「どこに行ったのかと思えば、なんだ、斎藤君と知り合いか」

淑は八郎と辰吉の因縁を知らないらしい。

「いいえ」

「あれはなかなか真面目でいい男だぞ。若いのにひょいひょいと出世街道をひた走っていたからな、幕府が続けばそれなりの御役に付けたろう」

「…………」

「それにしてもちょうど良かった。二人きりになったときに伝えようと思っていたのだ」

「二人きりじゃなきゃ話せない話なんざ、なんですかえ」

「榎本艦隊に来る前に礼子君に会ってきたぞ」

「礼子……」

ふいうちだった。ここで義妹礼子の名が出るとは思っていなかったのだ。ずっと気になってはいた。無事でいるのかどうか。本当は淑の顔を見たとたん、まっさきに身内の無事を知りたかった。だが、自分以外の他の者たちは父母兄弟や妻子の安否を知りたくてもできないのだから、自分だけがそうしてはいけない気がして口を閉ざしていた。

「……元気にしていましたか」

「気になるか」

「そりゃァ」

礼子は大切な妹ですから、と言おうとしてやめた。

大切な〝妹〟なら、礼子はとっくの昔に別の誰かの元に嫁に行っているはずであった。あの娘は、八郎がいたから誰にも嫁がず、今日を迎えたのだ。

そして、ずっと平穏な日々が続いてさえいれば、八郎も末は礼子と一緒になるつもりでいた。燃えるような激しい気持ちにはなれずとも、おそらく穏やかで支え労《いた》わり合える生涯を過ごせたろう。

だのに世の中がごちゃごちゃし始め、長州征伐などのために京・大坂への出張が増え、元々同じ家に暮らしているせいであと回しになっているうちに、戦が起きて負けてしまった。

八郎はもう家には戻らない。さよならさえ言わず仕舞いで、出て来てしまった。もう俺のことは待つなと、はっきりと言ってやる機会さえ持てなかった。

礼子はいつまで待つのだろうか。

子供のころからあまりに一緒にいすぎたせいで、八郎の中で礼子はずっと〝妹〟だった。

一方の礼子の方は、八郎のことを兄以上の想いで胸を焦がしていた。

（おいらァ知っていたってェのに……）

気付いてなお八郎は「いつか一緒になるのだから今はまだ」とそんな気持ちでのん

びり構え、一度も女として扱ってやったことがなかった。あまりに今更過ぎて照れていたのだ。

ずっと妹と見ていた娘を、年頃になったから女として見ろと言われても難しいではないかと、自分にいつも言い訳をして……。

「いつか」が永久に来ないとわかった今、残酷なことをしたと八郎は思っている。娘一人の人生を狂わせてしまった。

憎い娘ではない。誰より幸せにしてやりたいと慈しんできた娘だ。

八郎がしんみりしたので、淑は少し慌てたようだ。

淑も礼子のことは子供のころから知っているから、この件では八郎に目くじらをたてているのだ。今もチクリと言ってやろうと思っていたのかもしれないが、

「安心しろ。元気にしていた」

慌てて本当のところを教えてくれた。

「そいつは良かった」

「八郎のところに行くから、何か言いたいことがあったら伝えてやると言ったらな」

「はい」

八郎はどきりとする。一体、礼子は淑に何を伝えたのか。

「そうしたら、『こういうときは何を言われても困るだろうから、私のことは黙っておいてください』と、そう言いやがった。『それこそ、お元気で、と言われてさえ、兄上さまはお困りになる性質ですから』とな」

いい女じゃないかと淑は口の中で呟く。

ああ本当にその通りだと八郎は赤面した。

戦地に立つのに「お元気で」と言われても、一々真に受けて「そんなわけにはいかないだろう」と困る性質なのだ。

夕刻になるくらいから雨がぱらぱらと落ち始めた。重い空気が美加保丸全体に漂っている。

美加保丸には六百人もの男たちが、鮨詰《すしづ》め状態で乗っているから、ほとんどの者が大部屋にぎゅうぎゅう詰めだ。が、八郎は一隊の主将級の上に、腕を切ったばかりだからという理由で、狭い一室に従者の長助と一緒に入れられた。

「特別扱いは不要」

と断ったが、

「士官はみなそうだ」

にべもない。

もっとも、小太郎と鎌吉と淑がいつもたまっているから、そこもぎゅうぎゅう詰めと言えなくもない。

夜になるにつれて風も出てき、雨音も激しくなっていく。

間違いなく、嵐が来るのだ。

船は時間が経つほどに揺れが激しくなっていった。

それにしても奇妙な揺れだ。通常の船は、「上下に揺れる縦揺れ」か「左右に揺れる横揺れ」かなのだが、なにかこの縦揺れと横揺れが一度に襲って来たような、ひらりひらりとした複雑な揺れ方だ。そのたびに船底に積んである武器弾薬や食料の荷が、船底の板を削るような嫌な音をたてた。

船に慣れた者でも、船酔いで吐く者がそこら中に続出し、嘔吐物を受け止める桶《おけ》が間にあわない。たとえ桶があっても、揺れが激しすぎるため、ほとんど役に立っていない。

船中に饐《す》えた臭いが充満する。

嘔吐を繰り返す男たちを嘲笑うように、波はいっそう激しさを増す。日付が変わってからは、船をばらばらにする勢いで、船体にぶつかっては、しきりと轟音を立てた。

船室からはわからないが、間断なく噴き上がった水煙が船を覆い尽くしているに違いない。

八郎たちは不安な夜を過ごし、一睡もせぬうちに朝を迎えた。空は晴れるどころか、ますます風を呼び、大きな雨粒がしきりと美加保丸をいたぶり続ける。

こうして揺らぎ始めてどのくらい時が過ぎただろう。

バキバキと木の砕ける音が頭上から降った。直後、体が飛ぶほど船が揺れる。

「檣《とも》が折れたな」

灯りが点らない暗い部屋の中で、小太郎が呟く。平素通りの泰然とした物言いだ。

「八郎さま、大丈夫でございますか。この長助めにしっかりお摑まりください」

狭い船室の中で右に左に飛ばされながら、長助が健気《けなげ》な事を言う。

「おめェにつかまったら、転げる心配のねェ旦那が転げちまうよ」

ほら、見てみろよ、と鎌吉は、しっかり仁王立ちになったまま動かない八郎を指し、長助を叱った。

剣術遣いの八郎の重心は低く、たいてい揺れていても足は床に吸いつけられているかのように立っていられる。

「すいません、すいません」

「いいからおめェは、あっしに摑まっていな」

バンッ
このとき、何かが爆発したような不気味な音が耳をつんざいた。

次の瞬間、船は縦にひときわ大きく揺れた。

刹那、船ごと斜め後ろに放りだされたような感覚を覚える。

さすがにこの大きな衝撃には、八郎はたたらを踏んだ。

「さては、纜が切れたか」

八郎は、弾《はじ》かれたように部屋の外へ飛び出した。開陽丸としっかり結びつけられた纜は、美加保丸の命綱だ。あれが切れたら風任せの帆船では、目的の地に辿りつけるか余りに心許《こころもと》ない。

纜は二本。

今の衝撃では、切れたのは一本ではあるまいか。だったらまだ希望が持てる。

残った一本までもが切れる前に、何かできることはないだろうか。微力ながら、水夫たちに手を貸すことはできないか。

「俺が行こう。八郎は中にいるんだ」

八郎の意図に気付いた淑が、追いかけて大声を上げた。八郎の肩を摑んで中に引き戻し、代わりに自分が暗い船内を走る。甲板に続く階段は、ずっと向こうだ。

「俺も行ってこよう」

小太郎も着物を脱ぎ棄て、褌《ふんどし》一丁で外へ飛び出した。

「あっしも」

鎌吉も倣《なら》う。

「旦那はきちゃいけませんぜ」

そう言い残すことを忘れない。

大揺れがきたときに片手だけで摑まっても、体が海に投げ出されてしまうことを心配してくれているのだろう。が、

(甘やかすんじゃないよ)

八郎は舌打ちをして飛び出した。

「八郎さま」

へっぴり腰の長助が付いてくる。それをぐんと引き離し、八郎は船中の狭い通路を駆けた。八郎の部屋は、甲板に出る階段から一番離れた場所にある。

先刻の衝撃以来、何度となく船が波の上で跳ねている情景を想像させるような揺れ方に、八郎の中で「切れた」という予感が確信に変わった。

階段の二間ほど手前で、あまりの揺れの凄《すさ》まじさに、先を行った三人が尻餅をつき、這《は》いつくばっている。

八郎は足を止め、淑に右手を貸した。

「おい、八郎。なんでお前は立っていられるんだ」

「剣術の重心を守れば、ある程度は体勢を保てます」

「ちぇっ、これだから天才は」

淑は八郎に引っ張られてふらつきながら起き上がる。

「兄さんは足が悪いのだから、無茶はせぬがいいでしょう」

淑は昔、脚気《かっけ》になって足を痛めて以来、剣術ができぬ体になっている。一時は歩行もできなかったのが、歩いたり、遅くても走ったりはできるまで快復した。ここまでくるのにどれほどの努力をしたことか。

「なに言ってやがる」

淑は強がったが、あっけなくまた転倒した。

「あいたたたた」

鎌吉などは通路に転んだまま、右に左に転がされ体中をあちらこちらにぶつけている。

「鎌吉も上にはくるな。甲板でそんなざまだと確実に死ぬぞ」

「だ、旦那ァ」

小太郎が壁に摑まり、ようよう立ち上がった。

見るとあちらこちらに、八郎たちのように何か手伝えることはないかと船室を出て来た男たちが転がっている。まともに立っているのは、八郎を含めた数人だけだ。

その中に例の斎藤辰吉がいる。

八郎を見つけて、「ふうん」と笑みを浮かべた。

このとき——。

またもやドンッと大きな音がたつ。続いて、船が吹っ飛んだのではないかと思える衝撃が、男たちを襲った。今までで一番大きな揺れだ。これには八郎もたまらず飛ばされ、体を壁に打ち付けた。辰吉も片膝を突く。

「今のは……」

小太郎の掠《かす》れ声に、八郎は上を向いて頷く。

二本目の纜が切れたのだ。

「おーい。折れた檣を海に捨てるぞ。手伝ってくれ。小刀が必要だ」

風雨をついて、上から声が届いた。甲板から誰かが大声で呼ばったのだ。

「おう」

「今、行く」

八郎と辰吉が同時に応じた。互いに目が合う。

「無理するな、死ぬぞ」

と辰吉。

馬鹿にしたというより、大真面目に心配している言い方が、かえって八郎を傷つけた。

「俺の生き死になんぞ、赤の他人が気にしてくれるなよ」

「そうはいかねェ。おめェが死ねば、俺のよく知っている女が哀しむんでね」

臆面もなくこんなときに何ということを口にするのか。これ以上の会話は無駄だとばかりに、

「何のことだか」

八郎は惚《とぼ》けて辰吉を追い越した。

「待て」

辰吉がぴたりと後ろを付いてくる。

八郎は振り返りもしない。

「どうしても上に行くのなら、俺の側を離れるな」

「なんだって」

「波を被《かぶ》ったときに、両手で物に摑まれねェとなりゃァ、確実に体を持ってかれるぞ。海を甘く見るな」

本気で心配してくれているのだ。八郎は足を止め、振り返った。

「俺は足手まといか」

「いや、すぐに転がる連中よりゃァ、使えるだろう。だが、今も言ったように、大波が襲ってくりゃァ、いちころだ。そして、こんな荒れた中じゃ、大波は必ずやってくる。お前を甲板に出すということは、死にに行かせるに等しいわけだ。わかっていて、見殺しにはできねェ。……勘違いするな、俺は相手が誰でも、この場合、止めるぞ」

「お前さんが俺を見殺しにできないように、俺もこんな火急の事態を前に、命が危ういという理由で退くことはできない性質なんでね。気持ちだけもらっとこう」

「とんだわからず屋だ。本当に死ぬぞ」

「だったら斎藤さんは、鉄砲の弾が雨のように飛んで来るからってェ、命惜しさに戦をやめるのか」

「お前はどこの屁理屈野郎の頑固親父《おやじ》だ。もっと優しく、素直で、聞く耳を持ったいい奴だと聞いていたぞ」

「……誰のことだ」

「わかった。お前が一度決めたことを翻さない男だということはよくわかった。だったらせめて、こうさせてくれ」

互いの腰に縄の端と端を結わえ、命綱にしようという提案だ。

それはあまりに申し訳ない、と八郎は思った。が、こんなところでぐずぐず問答している場合ではない。

場合ではないのだが、「頼む」と頭を下げるのは屈辱だった。両手さえあれば、という気持ちがどうしてもはたらく。そうは言っても、意地を張り通すのも大人げない。出来ることと出来ぬことが厳然としてあるのだ。それを認めていかなければ、今後とうてい片手で戦場には立てない。

何もかも今まで通りに一人でやろうと肩肘を張れば、人手を借りて助けてもらうより、かえって足手まといになるようなことも出てくるはずだ。

仲間を信頼し、頼るところは頼る。やれることはやる。そう割り切るべきだった。他の人にやれぬことで自分ならできることもまだあるはずだ。借りはそこで返していくしかない。

「よし、では頼む。縛ってくれ」

八郎は辰吉に頭を下げた。

四

辰吉と八郎は、互いの腰に縄を結わえた褌姿で、外へ続く階段を駆け上った。

嵐の甲板に躍り出る。とたんに横殴りの雨が二人の体に刺さった。

視界が咄嗟《とっさ》にはきかない。

「よく来てくれた。濡《ぬ》れた甲板は滑るぞ。気を付けてくれ」

現場の指揮を執っているのは、艦員の山田昌邦だ。唇が青白かったが、目だけは気丈にも鋭さを保っている。

乗船した兵士たちを守るため、昨日から船乗りたちは、もうずっと嵐と戦い続けているのだ。頭が下がる思いだ。

目を凝らすと、一番船尾に近い檣《ほばしら》が根元からぽっきりと折れ、何本も複雑に渡してある綱にぶら下がるように斜めに倒れているのが見える。まだ折れていない真ん中の檣にのしかかっており、船が揺らぐたびに、ぎしぎしと悲鳴を上げる。

それに取りつく水夫たちの影が雨にけぶり、水墨画のようだ。

「櫓に掛かった綱を全部切って、櫓を海に捨てるんだ」

何をすればいいのか、手早く昌邦が説明した。

すでに幾人かの士官が、水夫たちに混ざって立ち働いている。

「纜《ともづな》は、無事なのか」

八郎の問いに、昌邦はひときわ険しい顔を作った。

「切った」

「切った？」

切れた、ではなく切ったというのはどういうことなのか。

なぜだ、と八郎が問う前に、昌邦が説明する。

「手信号を使い、咸臨丸と話し、我々二艘の船員は、纜を切ることを決めた。あのままでは、それぞれの親船、回天と開陽も沈む。わかって欲しい。共倒れより、被害の少ない方を選んだのだ。海では常に行われる選択だ」

聞きながら八郎は自分の未熟さを嚙み締めた。船室で、一片たりとも開陽丸にかける負担を思わなかったのだ。

なるほど、言われてみればその通りだ。嵐の中では、美加保丸は開陽丸のお荷物でしかない。

「自ら命綱を切るなど、すごい道が選べるのだな、海の男たちは」

「だが、生還を諦めたわけじゃないぞ」

「状況はわかった。全力を尽くそう」

「頼む」

纜は切られたが、むしろ清々しい。

「何をすればいいんだ」

ようよう小太郎が追いついて、甲板に上って来た。さっきは持っていなかった小刀を手にしているから、船室に取りに戻ったようだ。

「檣の綱を切るそうだ」

「よし」

三人はさっそく折れた檣に取りついた。

船は縦に横に揺れ動き、そのたびにぎしぎしと嫌な音をたてる。龍が食らいつくように波がうねって甲板に飛び込む。

時おりピカッピカッと顔の横が明るく照らし出される。

稲光が海に落ちる様は、まるで無数の白刃が、天から降って来ているかのようだ。

海に刺さる瞬間、そのときだけ真っ黒い水面に、ぼうっと群青の輪が浮かんだ。

「ああ、駄目だ、駄目だ。上がって来るなら、着物は駄目だ。布が水を含むとどっしりと重く、身動きできなくなるぞ」

着物を着けたまま上がって来た者は、艦員から下に戻される。

八郎は左脇に檣につながる綱を挟み込んだ。ビィンビィンと太綱が風に唸って暴れ回る。つるっと脇から綱が外れる。その拍子に体勢が崩れ、倒れそうになるところを、右手で綱を掴んでぶら下がる。なんとか倒れるのは免れたが、小刀が甲板上に落ちた。

（くそっ）

自分の体が自分のものではないように言うことを聞いてくれない。なんというもどかしさだ。あの小刀を拾うには、四つん這いのような体勢をとらなければならないのだ。どこか屈辱的だ。

躊躇ったのがいけなかった。船が揺れて、小刀が甲板を滑っていく。

（くそうっ）

こんなことで癇癪《かんしゃく》を起こしそうな自分が信じられない。

何をしているんだ、とばかりに辰吉が拾い上げる。

「ほら」

差し出された小刀を「すまん」と言ってすぐに受け取ったものの、八郎は居たたまれなさに、まともに辰吉の顔を見られなかった。

そんな自分の卑屈さも信じられない。今までに持ったことのない感情だ。

自分自身に戸惑いながら、八郎はまた綱に取りつく。綱の揺れる力の大きさに、半分しかない左腕はあっけなく翻弄《ほんろう》される。

気付いた小太郎が、八郎の取りついた綱の上部をがっしりと握って振動を消した。

(頼むから親切にしないでくれ)

八郎は喉元から出かかった声を呑み込んだ。

泣きそうな顔をしていたのだろうか。

「慣れろよ、八郎。これが現実だ」

小太郎が、この男にしては厳しいことを言った。

「俺の手は、俺のためだけにあるんじゃない。使えるうちは使ってくれ」

とも言った。

この男は何もかもわかっているのだ。友の心の内の深いところもなにもかも。

(おいらの悔しさも、恐れも、辛さも、嘆きも、みなわかったうえでただ側にいるってェのか)

「わかった」

八郎は小刀を握った右手を頭上より高く上げ、ヤッと気合いもろとも、一瞬で綱を切ってのける。

なかなかできる技ではないから、他の者はザッザッと何度か刃を縄に当て、引き切りながら、落としていく。

八郎は綱を摑むまでに手間取るが、切る時は一瞬だから、他の者とそう変わらぬ時間でことがなる。

（焦るな、焦ることはない）

口にしていないのに、小太郎が、「そうだとも」と言いたげに頷き、八郎から離れた。

水夫が一人、指揮を執る昌邦のところに駆けて来た。

「船底が浸水しました」

ぎょっとなることを告げる。昌邦は動じない。

「どの程度だ」

「まだ、汲《く》み出せるくらいです」

「船匠《せんしょう》（船大工）に伝えろ。あとはその指示に従え」

「わかりました」

水夫が風雨の中、よろけることなく素早く駆け去ってゆく。さすがに訓練されている。あれなら、揺れる船の上で泥鰌《どじょう》掬《すく》いも踊れそうだ。

それにしても、と八郎は小太郎の方を見た。ほんの一間先で小刀を使っていた小太郎も、八郎を見た。

浸水は大丈夫なのか……。

こういう木造船に浸水は付きものだ。昔は一々桶で掬って汲みだしていたのだが、今では汲みだすための喞筒《ポンプ》があらかじめつけられるようになった。もちろん、美加保丸にも付いている。だが、船に詳しくない八郎たちは、はらはらと心配になった。

このとき――。

突風が船を襲った。と思うや、船体が大きく揺らぐ。

ウインウインと、何かが撓《しな》る妙な音が頭上に降り注ぐ。それが何の音か確かめる間もなく、たちまちめきめきと木の折れる音にとって代わった。

間断なく、爆《は》ぜるような轟音が、風の唸りを押しのけ、甲板上に圧《お》し掛かる。

(なんだ)

八郎が見上げると、船の真ん中に位置するもっとも高い檣が、最初に折れた檣を横に振り落とし、こちらに倒れかかってくるところではないか。

「よけろ。その場を離れろ」

八郎は大声を発し、みなに知らせた。もちろんあれだけ派手な音をたてたのだから、みな、櫓が倒れかかっていることくらい、気付いている。だが、こういうとき、人間は唖然《あぜん》となって身動きが取れなくなってしまう者も多いのだ。

そういう場合は、「あぶない」と知らせるより、「どうすればいいのか」を具体的に叫んでやった方がいい。そうすれば固まった手足の緊張がほぐれ、命じられたままに動き出す。八郎は剣術稽古のときに、幾らでもそういう者たちを見てきた。

八郎の声に応え、小太郎がすぐさまそこから逃れる。他の者たちもばらばらと逃げ出した。不気味な音を立てて櫓が倒れ込んでくる。それは幾つもの綱の干渉を受け、いくぶん緩慢な動きである。

倒れきる前に、またもや横波が船体を叩いた。船が大きく揺れ、渦を巻いた波柱が噴き上がる。

あっ、と八郎は目を剝《む》いた。

櫓の倒れる方向がわずかに変わったのだ。その方角に、足を滑らせ、両手を甲板に突いた小太郎がいる。

櫓が、小太郎の上に濃い影を作った。

「小太郎っ」

八郎は叫びざま、だんと足を踏み出し小太郎目がけ、体ごと飛び込んだ。小太郎を突き飛ばす。十分すぎる手応えとともに、小太郎が吹っ飛ぶ。軋む音を発して、櫓が今度は八郎にのしかかった。

おびただしい数の綱も、びゅんびゅんと風に撓い、鞭《むち》のように降ってくる。

八郎は転がりながら、機敏に避けようとした。が、ただ転がるという動作でさえ、今までと感覚が違い、上手くいかない。綱が弾みをつけて八郎の背を打ち、さらに弾んで頭を襲った。意識がくらりとなる。

(ここで終わるのか)

それならそれで自分らしいが、そんなことになったら、助けられた小太郎はやるせないに違いない。

(駄目だ、あいつが自責にかられ、後悔する。おいらの死が、あいつの足枷《あしかせ》になる)

小太郎のためにもここで死ぬわけにいかなかった。が、綱に頭を打たれた八郎は急速に眠気を覚え、混沌《こんとん》とした闇の中に落ちていった。

五

八郎は闇の中を独りきりで歩いている。ここはどこなのだろう。やけに寒く、じめじめしている。誰もいないのはなぜなのか。歩けども、歩けども、人っ子一人見当たらない。

時おりだれかの声が聞こえるが、何を言っているのか、確かな言葉となって耳に届く前に、どれも聞こえなくなってしまう。

「おーい、誰かいないのか」

声を上げたが、すぐに闇の中に吸い込まれてしまった。

八郎は焦った。いったいここはどこなのか。右を向いても左を向いても何もない世界だ。ふいに恐ろしいまでの孤独が八郎を襲った。

友はたくさんいたはずだった。いつも自分の周りは人で溢れていた。……誰がいたのだろう。思い出せない。あれほどいた友が、誰一人、思い出せない。

そうだ、好きな女がいたはずだ。決して一緒にはなれぬが、二人で限られた時を大切に重ねた。哀しみに似た愛《いと》おしさに戸惑いながら、ただ精いっぱい誠実でありたいと願った。だったらなぜ、一緒になれぬと思い込んだのか。

将軍家だ、と八郎は思い出した。そうだ、俺は将軍家に仕える身だから、波風を立てるような生き方ができなかったのだ。自分の心を優先させることは、不忠であった。身も心も人生も将軍に捧《ささ》げるために生まれてきたのが、幕臣なのだ。

それに値する御仁だったと八郎は主君のことを思う。十三代から十六代の御世に生きたが、八郎のいつも浮かべる〝上様〟は、十四代将軍家茂だ。

おっとりした気性だが、存外、早口の学問好きで、記憶力は驚くばかりであった。八郎と同じ、甘い物が大好きで、八郎たち周囲の者に饅頭《まんじゅう》を配るのも好きだった。珍しい菓子が献上された際は、必ずと言っていいほどみなに分け与えていた。

小鳥を何羽か飼っていたが、その小鳥たちは、今はどうしているのだろう。仕える者たちはみな家茂が好きだった。病気であっさり逝ってしまったが、もし、今も生きていたら、大政奉還からこっちの江戸の動きも、もっと違っていたはずだ。少なくとも、こんななし崩しに敗走を重ねるようなことにはならなかったのではないか。

そこまで考えて、八郎は色々なことを思い出し始めた。そうだ、俺は箱根で敗れ、また戦うために北へ向かっていたのだった。

北へ。

ハッと八郎は目を開けた、とたんに頭がずきりと痛んだが、気分はさほど悪くない。

「八郎さま！」

最初に自分を覗いたのは、長助の泣き顔だった。すぐ横に安堵《あんど》の息を吐く小太郎の顔がある。

「おう、八郎、気付いたか」

淑の声が聞こえた。首を伸ばすと、船室の隅に凭れていた淑が顔を突き出してきた。満面の笑みである。

見まわすと、そこは自分に宛てがわれた元の船室だった。

「俺は……」

そうだ、櫓が倒れてきて、それからどうなったのだろう。船はもう揺れていない。

「嵐は……」

「過ぎた。今は南風のお陰で、北に向かって航行中だ」

「そりゃァ良かった」

「恩に着るぞ、八郎」

小太郎が助けられた礼を言う。

「俺を助けてくれたのは誰だ」

聞かずともわかる気がしたが、一応、八郎は確かめる。

「斎藤どのだ」

案の定の答えが戻ってきた。互いの腰に縄を付けて繋がっていたから、その縄を引っ張ってくれたのだろう。訊くとその通りだと小太郎が言う。

「八郎が俺を助けるために飛び込んで体当たりしてくれたろう。そのときに斎藤どのも一緒に転んでしまってね、縄を曳《ひ》くのが遅れたそうだ。そうでなければ、綱もぶつからなかっただろうにと悔やんでいたよ」

「そうか。礼を言わねばならんな」

最初に辰吉という男の名を聞いた昔、自分があの男に助けられる日がくるとは夢にも思っていなかった。

辰吉は吉原でちょっとした有名人だった。吉原一の花魁と称《たた》えられる小稲に入れ揚げる男は多かったが、辰吉は小稲にも気に入られ、その睦《むつ》まじさが評判になった。いったい、小稲の本命は、八郎なのか辰吉なのかと、吉原では好き勝手に囃し立てていたものだ。

花魁相手に惚《ほ》れたハレタは野暮のすることだが、八郎の純真は真っ直ぐに小稲に向いていた。

辰吉は違った。粋な遊び方で名を馳《は》せて、花魁遊びは出世のさまたげと上司に忠告されたその日から、ぴたりと吉原行きをやめてしまった。

ただ一人、小稲を振った男として辰吉は吉原で伝説になった。

そういう男だ。

美加保丸は三日、青空の下をゆるゆると航行した。三本あった檣はみな折れてしまったので、風に任せるしかなかったし、風に乗ることもできないから、亀の歩みのようだ。まさしく漂うといった表現がぴったりである。

それでも南風のお陰で、北へ北へと進んでいく。今日は鹿島灘まで流れてきた。それで安心している乗組員もいるようだったが、このままずっと仙台まで南風が吹き続けるというのも考えにくい。よしんば吹き続けたとしても、今の速さでは、積んである水が持たなかった。

「もう限界ですぜ。米はあるのに、それを炊く水がありゃしませんや」

手伝いで厨房に出入りしている鎌吉が、八郎にそっとそう漏らした。

次から次に……と八郎はおかしくなった。伊庭道場の御曹司として家でぬくぬくと暮らしていたころ、人生に何の困難も待ち受けていなかった。それが、家を出たとたん、一つ問題を片づけたと思えば、ほっと息を吐く間もなく、次の問題が発生する。

水の補給に港に寄るのは危険であった。奥羽に入るまでは、どこも新政府軍が目を光らせているはずだ。いや、奥羽に入っても、新政府軍の目の届かぬ港は、八郎たちの航行する太平洋側はもう仙台しか残っていない。

(絶体絶命じゃないかえ)

どこかで上陸しなければ六百人全員が干上がってしまう。美加保丸に乗り込んでいる士官らと艦員たちは、集まって協議をするが、どこなら安全ということはないから、なかなか話が進まない。

そうするうちにもまた風が出てきた。北風だ。船は南に向かって逆戻りを始める。しかも風の勢いが強く、船はぐんぐん目的の北とは逆に進んでいく。ほとんどなす術《すべ》もなく、美加保丸は翻弄されていた。

甲板で空を見上げた八郎は、鼠色《ねずみいろ》の重そうな雲からポツッと雨が落ちるのを見た。

(また嵐が来やがる)

なんという切なさだろう。だが、美加保丸に乗っているのはほとんどが幕臣たちで、自らの意志で戦うことを選んだ男たちだからだろう。こんなときでさえ、誰一人この状況を騒ぎ立てる者がいない。みな互いに協力的で規律が守られている。

嵐が来ても、もう櫓もないので八郎たちにやることはない。ただ、船室に籠って大人しくやり過ごすしかない。八郎も船室へと戻った。

夜が更けるに従い、船は大きく縦に揺れ出したが、今度は嘔吐する者の数がずいぶん減った。なぜだ、と八郎は不審に思う。慣れたというのだろうか。前回に比べて揺れ方が優しいからか。それはもちろんあるかもしれないが、揺れ具合が違う。あの妙な縦揺れと横揺れを一緒にしたような揺れがない。

一瞬、八郎は、それは風の違いなのかと思った。だが、よくよく思い出せば、前回のときも途中から妙な揺れはなくなった。

（いつからだ）

そうだ、と思い当たる。開陽丸だ。開陽丸とつないでいた纜を切って以降、あの揺れを感じない。だとすれば、あれは開陽丸の揺れだったのか。

八郎は眉根を寄せる。

（どういうことだ）

開陽丸が妙な揺れ方をする――。

船の重心がおかしいのではないか。なにか、とてつもなく嫌な予感がする。八郎の中に黒い靄《もや》が立ちのぼっていく。

このとき、かつてない衝撃が船に走り、鼓膜が裂けるのではないかと思える轟音が耳を襲った。それは、船の底から湧き起こった。

（なんだ）

八郎はベッドを飛び起きる。行李《こうり》の上に寝ていた小太郎たちも起き上がり、真っ暗い中でろくに見えやしないのに、互いの顔を探す。

「今のは」

誰かが答える前に、どこからともなく緊急喇叭《ラッパ》が鳴り、大きな声が響いた。

「座礁したぞ」

驚くというよりは、今度は座礁か、という気持ちが強い。

いったいどこに座礁したのか。陸から距離があれば、このまま船と共に海の藻屑になるしかない。上手く陸に上がれたとしても、そこには新政府軍が待ち構えているに違いない。船底に積んだ武器を下ろすことはできないだろう。それに、弾薬は前の嵐のときに水に浸《つ》かって使いものにならなくなった。いったいそれでどうやって戦うのか。

ギギギと嫌な音がして船が傾く。

「全員、甲板に上がれ。船室は危ないぞ」

水夫たちが大声を張り上げて、船室のある階を駆け回る。八郎らはすぐに他の者の避難の誘導に当たった。

「押し合うな、順番に上れ」

「大丈夫だ。船体が砕けるまでには時間がかかるからな。今すぐどうこういうことはないが、上がっておけ」

「順番だ、順番」

全員を上にあげると、八郎は最後に甲板に上って周囲を見渡した。辺りは真っ暗闇で何も見えない。

雨はいつしか小降りになっていたが、風はまだ強く、波が巻き上がって船体に当たるたびに飛沫《しぶき》が甲板に降り掛かる。体は塩水でたちまちぐっしょりと濡れた。

武士の道とは、やせ我慢の道だと教えられて生きてきた。幕臣たちは、誰も彼も不安を心中に押し込んで黙りこくり、いつ大破するとも知れぬ、まるで処刑台のような甲板の上で、ひたすら朝日が上るのを待った。

六

八郎の乗る美加保丸が座礁したのは、犬吠埼《いぬぼうざき》の南方、黒生浦《くろはえ》というところであった。幾つもの岩礁が波の間に間に見え隠れし、荒々しい表情の岩浜と狭苦しい砂利浜が、来る者を拒絶するように絶えず波に削られている。左右を仰げばぼつぼつとした奇岩が、黒い影をゆらゆらと海水に落とす。

あまりにも特徴のある景色は、一度見たことのある者なら、遠目でもそこと知れる土地だった。海の難所として昔から水難が後を絶たぬ地でもある。

陸地まではおおよそ一町半（百六十メートル）程度だ。海が凪《な》いでさえいれば、十分に泳げる距離だった。だが現実は、雨こそすでに上がっていたが、風波は人の背丈より高く盛り上がり、あれが頭上に落ちてくれば呑み込まれて溺死するのは一目瞭然である。それに、泳法を学んでいないものがいたとしたら、泳げないだろう。この時代の日本人は泳げないものの方が多い。

犬吠埼は銚子の先端にあるのだから、高崎藩大河内氏の飛地領だ。今は新政府軍に帰順しているが、元々は譜代大名である。上陸の際、攻撃を仕掛けて来るかどうかは五分といったところか。

「筋を通せば見逃してくれるのではないか」

というのが、会議を開いた艦員と士官らの共通した見方である。みな甲板に円陣を組んで胡坐《あぐら》をかいている。

「筋を通すといって……岸に上がれなければ通しようもないが、この荒波でいったいどうするつもりだ」

「上がれないからといって、こんなところでぐずぐずしているわけにはいかんぞ。船体がいつまでもつか、わからんのだ。それに、新政府軍に気付かれれば、拿捕《だほ》されるのは目に見えている。我々に悩んでいる暇はない」

旗本の多賀上総介がみなを見渡す。

上総介の言うとおりだった。船体は座礁した当時より、明らかに傾いている。船尾側が徐々に沈み始めているのだ。

もし、手を失う前の八郎なら、「高崎藩との交渉には、それがしが行ってこよう」と泳いで海を渡ることを志願しただろう。波に呑まれても慌ててもがかなければ、人の体は水に浮くようにできているのだ。加えて、八郎は泳ぎに自信がある。が、何をするのも以前通りにはいかぬ体に、躊躇いが生まれた。みなの希望を背負って海に飛び込み溺死したら、かえって絶望させるのではないか。

(どうするか)

迷ったそのとき、

「俺がまず泳いで渡ろう」

斎藤辰吉が声を上げる。

「高崎藩への使いだけでなく、土地の漁師へも助力を求めよう。すぐにみなを岸に上げられるぞ」

この場を明るくさせる力強い言葉だ。

「だが、高崎藩に渡す文書の作成は俺にはできんな。体だけの男だから」

さらにおどけて、みなを笑わせた。

「文書なら、それがしが引き受けよう」

中根淑が名乗りを上げた。

「ただ字が拙いゆえ清書を頼む」

八郎を振り返った。

「心得た」

三人はすぐに支度に掛かった。

その間にも浜辺に土地の者が「何だ、何だ」とばかりに集まりつつある。

甲板の上から誰かが手を振ると、みなが真似をして「おーい」と、集まってきた土地の者を呼んでいる。

「おーい」

淑が文書を作成している間、八郎も小太郎と一緒に、塩を投げつけたような飛沫の掛かる船縁から、浜を眺めた。

小太郎が身を乗り出すようにして浜辺の男たちを手招きする。懐から財布を出して振ると、怖々《こわごわ》とこちらを見ていた者たちが、一人、二人と舟を出し始めた。だが、せっかく舟を出してくれたものの、波が高過ぎて美加保丸に近づけない。うっかり近づけば、美加保丸の船体に跳ね返る波の煽《あお》りを受けて転覆する。

「できたぞ、八郎」

淑が作成した文書を八郎に渡す。それを流麗な字でさらさらと別の紙に写し取る間に、小太郎が縄の先に銭のたんまり入った袋を結わえ、沖に出てきた漁師目がけて思い切り投げた。

「おーい、その縄を海岸まで引っ張って、岸で固定してくれ」

沼津の砥倉の渡し場の真似である。あの縄を頼りに向こうまで渡ってしまおうというのだ。

とにかく六百人が渡らなければならない。漁民の船では小さすぎる。美加保丸の船匠たちが、船の木材を剝がし、筏《いかだ》を作り始めた。

そのころには八郎の清書も終わる。八郎は、辰吉の姿を探した。

すぐ近くの船縁に褌一丁になった辰吉が、腕を組んだ仁王立ちで、海を睨むように見詰めている。

「できたぞ」

八郎が声を掛けると、

「ちょっと待て。もう少しで読み終わる」

奇妙なことを言う。

「何を読んでいるんだ」

「波だ」

「波？」

「繰り返し大波が起こる場所がある。あそこだ……あそこもそうだな。しかしあそこは突き出た岩が多いな」

辰吉の指差した方角を見ると、確かによそより大波が起こりやすい場所のようだ。

ああ、そこを避けて渡るのだな、と八郎は感心した。

「よし、読み終えたぞ」

辰吉は、羽織袴《はかま》と大小、それから八郎の書いた文書を、海水に浸かってもいいように、桐油紙《とうゆがみ》で包み、木の板に括《くく》りつけた。板と自分を縄でつなぎ、ぷかぷかと浮かせて引っ張るのだ。

「行ってくる」

船体にぶつかりつつ爆ぜる波の動きを、梯子《はしご》を下りた辰吉はしばらくじっと見詰めていた。が、爆ぜると同時に海へ入る。次の瞬間、スーッと引いていく波に乗って、辰吉の体は船から一気に離れた。

（上手い、いいぞ）

立ち泳ぎで海を渡っていく辰吉を、八郎はじめ皆が息をつめて見守る。辰吉は先刻渡した縄に頼らず、よく波の動きを読んで泳いでゆく。

だが、「おや」と八郎が不審に思ったのは、辰吉が向かっていく方角が、まさしく八郎に「あそこだ」と言って指差した大波の起こる場所の一つだったからだ。

「斎藤さん！」

なぜだ、と八郎の頭が混乱する。あのまま進んでいくと間違いなく波に呑まれる。

上から見ているときと違い、実際に泳いでいる者には位置がわからなくなるのかもしれない。みなも気付いてざわめきだした。

「危ない、戻れ、戻れ」

懸命に叫声を上げる者もいる。嗄《か》れんばかりの声は少しも届いていないようだ。

「あっ」

見ていた者のほとんどが息を呑んだ。辰吉の横でひときわ大きな波が生まれたのだ。

「危ない！」

刹那、辰吉は縄で引いていた木板を抱き込んだ。跳ね上がる鯨に飛びつくように、盛り上がった波の背に飛びかかる。

（なんだと）

一瞬消えた辰吉の体が見る間に浮き上がり、波のてっぺんに移った。まるで辰吉自身が飛び魚になったかのように、しばらく空を跳ねていた。そう思うや、力尽きて崩れる波が前のめりに小さくなっていくのにあわせ、辰吉の体は不思議な速さで、岸辺に向かって進んでいく。

スーッと進み切ると、辰吉は立ち上がった。もう海水は膝ほどだ。辰吉は悠然と、歩いて浜に上がっていく。

歓声が船の中から上がった。

「やったぞ」「渡ったぞ」

小太郎が、

「すごいな」

感嘆する。

「まったくだ」

八郎も、認めないわけにいかない。

辰吉は美加保丸に向き直り、大きく手を振った。船側の男たちもはしゃぐように手を振り返す。

辰吉はさっそく漁民に何か伝えはじめた。時おりこちらを指差す。すると漁民がこちらを見る。

「泳いでも行けそうじゃないか」

船の中では、そういう声があちらこちらから上がりだす。泳ぎに自信のある者たちは、辰吉ほどはいかずとも、船から岸まで張った縄を手で手繰りながら渡れば、行けそうな気がしてくる。

「行ってみましょう」

水夫たちを中心に、三十人ほどの男たちが岸まで泳いで渡ることを志願した。

「我々が先に渡って、上陸後の宿所や飯などの手配をいたしますよ」

魅力的な提案であった。それに一人でも早く陸に上げたい。美加保丸の船体は傾き、少しずつ海中に沈みつつある。

「わたしも行こう」

艦員の山田昌邦も志願する。

「高崎藩がどうでるかわからぬのに、斎藤さん一人を陣屋に行かせるのは危険だ。わたしも追って加勢したい」

「頼む」

艦長の宮永荘正《みやながそうしょう》が、勇敢で屈強な男たちを送りだした。

船上では、下船の順番を決め始める。

筏が出来しだい次々に下ろすと言っても、一日で作れる数には限りがある。順調に下船作業を行っても今日中に全員を下ろしてしまうのには無理があった。だからといって、明日まで美加保丸がもつ保証はどこにもないのだ。誰だって、今、この瞬間にも沈みつつある船に残るのは御免こうむりたい、というのが本音だ。

「役に就いている者が最後に下りよう」

上総介の提案だ。士官たちに異議はなかった。身分の低い者から下ろすことに決まった。

「ああっ」

「波が！」

突然、船縁の辺りから悲鳴が上がった。泳いで渡る男たちを見守っていた連中だ。嫌な予感がする。

「なにごとだ」

八郎も海を覗く。架けてある縄にそい、一列に並び渡っていたはずの男たちの人数が、半分に減っている。

「何があった」

八郎の問いかけに、ずっと見ていた鎌吉が答える。

「へい。大波が襲ってきやがって、波が引けたときには頭数が半分になっていやした」

波に呑まれたのだ。

幾人かは縄からずいぶんと離れた海面に浮かび上がったが、気を失っているようだ。動かない体は、木切れが浮かんでいるように見える。

「なんとかならないのか」

言ったそばから波が襲う。

「ああ」

何人かがまた悲鳴のような声を漏らした。木切れのように浮かんだ体が、近くに突き出た刃物のような岩礁にぶつかり、血飛沫を上げたからだ。

波にひと揉みふた揉み揉まれ、木切れのような体はすぐに見えなくなった。海は何事もなかったかのように、すべてを覆い隠し、澄ましている。

船縁を握りしめていた右手の力を、八郎は無力に緩めた。

だが、半分は渡りきった。

艦長が、強張った顔のみなを見渡す。

「海は、常に死と隣り合わせだ。だが、美加保丸に残っても、また、確実に海の藻屑となるのだ。君たちも幕臣なら、粛々と渡りたまえ」

夜になった。

筏を使っての渡海は、今のところほぼ成功を収めている。五百人ほどを浜に上げたところで、予測通り日が暮れた。

ギギギギギギ

船は暗闇の中、嫌な軋みを立て続ける。時おり、がくんっと上下に揺れる衝撃を感じたと思うや、船尾が海中に大きく引き込まれる。

船に残った者たちは、船首の方に身を寄せ合い、まんじりともしない。

明日までもつのか……。

誰一人、喋る者はいない。示し合わせたように黙りこくるのは、昨日から水の配給が途絶えていることと無縁ではない。口中がからからだから、無駄口は叩きたくないのだ。

希望もある。高崎藩の返答だ。

【できるだけ早く立ち去って欲しい。我が藩から攻撃はしない。新政府軍が来る前に立ち去り、当地を戦場にしないでくれ】

十分だった。有難い返答だ。

だが、ぐずぐずしていれば、新政府軍はやってくる。襲いかかられれば、武器がないから嬲《なぶ》り殺しだ。

それにしても、誰もが息をつめるように朝を待つ中、高鼾で寝ている男がいる。本山小太郎だ。船体が斜めになっているから、鎌吉と長助ががっしりと帯を摑んで滑り落ちないように気を配っている。

（迷惑な男だな）

八郎は小太郎の鼻をピンッと弾いてやった。一向に起きる気配がない。こういう磊《らい》落《らく》さが友の魅力だ。

翌朝。

夜明けと同時に下船作業が始まった。美加保丸は、甲板近くまで沈み、悠長に筏を往復させている暇はなさそうだ。乗れるだけ乗せて、あぶれた者は泳いで渡ることになった。

「昨日に比べて海が穏やかだ」

行けるだろう、と上総介が言う。穏やかだといって、元々が波の荒い場所だから限度があるが、贅沢《ぜいたく》は言っていられない。

士官が泳ぐことになり、八郎も海に浸かった。

武士は鎧《よろい》を着て泳ぐことを前提に水練も積むから、立ち泳ぎが基本である。ほとんど足の力で進むから、片腕を失った八郎にも無理なく泳げる。それなのに、はらはらと自分の周りに寄ってくる男たちが鬱陶《うっとう》しい。

全員、浜に上がると休む間もなく、会議が開かれた。

「俺は無駄死には嫌だ」

率直に口を開いたのは辰吉だ。

「命は一つしかないからな。敵に一矢報いて死ぬなら望むところだが、武器もない中、囲まれて追い詰められて死ぬなんぞ、ぞっとしない。集団で動けばすぐに気取《けど》られ、征討されよう。いったんここでみな散り散りに別れ、それぞれが榎本さんを追うべきだ」

「賛成だ」

自分が足手まといになるだろうことを想定し、八郎は間髪いれず支持した。

「止《や》むを得まい」

淑も後押しする。

みな、行き先はわかっているのだ。まずは奥羽越列藩が戦う奥羽・北越へ助勢に向かう。ほとんどの者にはそうだと告げてある。八郎は人見勝太郎の戦う奥羽へ行き、まずは本隊と合流したかった。

だが、榎本釜次郎が最終的に目指しているのは蝦夷地《えぞち》である。

釜次郎は言う。

「蝦夷に新国家を創ろう」

釜次郎は新政府側にも、次のような嘆願書をすでに送っている。

【徳川に仕えてきた幕臣たちは、徳川家の領土没収にともない、多くは食禄に離れ、路頭に投げ出されてしまった。その者たちを集め、不毛の地として数百年もの間、開

発されずに置かれた蝦夷へ渡り、自らの手で一から開拓し、北からの列強進出の守りをなし、皇国の御恩に報ぜん】

八郎は北の大地を開拓し、食を得たいわけではない。幕府を滅ぼして徳川家を辱めた薩長政権に戦いを挑み、主家の仇を討ちたいだけだ。

初めは、新政府樹立を阻み、再び徳川の世を招きたかった。敗戦を重ねた今となっては、それも夢と消えたが、決起した以上、敵《かな》わなかったからといって敵の軍門には下れない。愚か者と呆れられても、それが士道だ。

(おいらみたいに、徳川のために最後まで愚直に戦って死んでいく者がいてもいいじゃァないかえ)

形を変えた殉死である。

――二君に仕えず。

(おいらは亡き上様の許へ逝くのさ)

そう決めている。他の選択は八郎に限っては永久に有り得ない。他の者たちの思惑はどうでもよかった。

「そうだな。ここで別れてまた会おう」

上総介も言った。

全員が頷き、そうすることが決まった。ただ、ほとんどの者が昨夜は眠れていない。今日は地元の者たちの協力で宿と食事を得、十分に休息を取って体力を回復させたあと、出立することが決まった。

出立はそれぞればらばらに行う。まとまって動きたい者は、そういう者たちと一緒に移動すればいい。一人、二人でいきたい者もまた、好きにすればいい。

辰吉は一人で動くと言う。

「しばしの別れだな」

声を掛けてきた辰吉に、

「別れた後はどうするんだ」

そのまま離脱するのか、今後も戦うのかを八郎は訊いた。辰吉は肩をすくめる。

「お前が北へくればわかることだ」

戦うな、と八郎は合点した。

「色々と世話になった」

八郎がこれまでの礼を改めて述べる。

「また会おう」

にやりと笑い、辰吉は身を翻して去っていった。

第三章　士道の値

一

宿所として割り当てられた近くの寺院に入り、八郎は今後の段取りを遊撃隊の面々と話し合うために招集をかけた。

遊撃隊本隊は、人見勝太郎と共に戦場に向かったが、そのとき傷を負っていた者や、病に伏していた者は、療養第一として榎本艦隊に預けられた。箱根の敗戦直後のことで、結構な数が残った。

品川を出航するとき、遊撃隊は蟠竜丸と美加保丸に分かれて乗船した。美加保丸に乗った者たちは、全員が八郎を慕って乗った者たちだ。そのせいで、いらぬ苦労を掛けたと思うと、八郎の胸は痛んだ。

これから行われる逃避行に、自分は同道してやることができない。まずはそれを告げねばならない。

八郎は車座になって胡坐《あぐら》をかいた面々の、一人一人の顔を見た。

「君たちのことは本山小太郎が責任をもってこの地から脱出させる」

とまずは切り出す。

うん？と正面に座していた小太郎が八郎を見た。事前に何も打ち合わせをしていなかったから、急に名指しされて戸惑うのも無理はない。だが、小太郎は豪胆な上に知恵者だから、この男が引導すると言えば、みなの不安も軽くなるだろう。

「隊長は？」

誰かが八郎はどうするのかと訊《き》いた。当然の質問だ。

「別行動だ」

八郎の答えにみながざわめいた。八郎が再びみなを見渡すと、しんっとその場は静まった。

「手配書が俺には出回っている。たいてい面が割れている上に、それにはご丁寧にも隻腕だと書いてあるからな。俺がいると目立つゆえ、行動は別だ」

「いや、それは」

「何を言われる」

「我らが隊長をお守り致す」

みなの言葉を有難く思いながら、八郎は首を横に振る。こういう連中を死なせるわけにはいかないではないか。足手まといになりたくない。

「気持ちは有難い。しかし、俺のせいで万が一の事態にでもなれば、死んでも死にきれんのだ。わかってほしい。頼む。我儘《わがまま》を聞いてくれ」

そう言われると「強いて」と言えないのが人情だ。それでも「わかりました」とも言えず、口を引き結ぶ者、項垂《うなだ》れる者、目に涙をにじませる者までいる。八郎には遊撃隊の仲間が愛《いと》おしかった。

「心配するな。おいらには悪友の中根さんが付き添ってくれるそうだ」

そんな約束はしていなかったが、八郎は淑の名を借りた。

「中根さんが……」

だったら少しは安心だという空気が、その場に流れた。ただ、小太郎だけが、鋭い目で八郎を睨《にら》んでいる。何も言ってこないのは、自分が発言することでみなの心を悪戯《いたずら》に乱したくなかったのだろう。

「隊長、必ず生きて我らの元に戻ってきてくれますね」

「もちろんだ」

「隊長は約束を破る男ではありません。だから、約束してください。仙台で再会すると」

この言葉は八郎の胸に刺さった。

（俺は……）

箱根の戦で勝太郎が援軍を連れて戻るまでなんとしても戦場を持たせると約束したが果たせなかった。條三郎に自分も三枚橋で死ぬからお前もみなを守って死んでくれと頼んだのだ。あのときも條三郎は約束を守って死んだのに、自分は生き延びてしまった。

そして今度も……。

（おいらァ、とんだ嘘つきだ）

苦いものが胸に満ちるが、この約束は目の前の男たちに必要なのだ。

「そうだ。仙台で会おう。だからお前たちも死ぬなよ。最後まで諦めるな。みな一人の脱落者もなく仙台へ行き、人見君と合流するぞ。それからもう一戦だ」

皆の目に、集まった当初にはなかった強い光が宿り、わっとその場が沸いた。

（閻魔《えんま》様に舌を抜かれちまうよ）

八郎は内心を気取《けど》られぬよう微笑した。

いったん解散したあと、小太郎が八郎を二人きりになれるよう寺院の一室に連れ込んだ。

「おい、面《つら》貸しな」

小太郎が納得していないのは表情からありありだったので、問い詰められることは八郎にしても覚悟していた。それに八郎自身、小太郎に話があった。

「ちょうど良かった。こっちも話があったんだ」

「話とは何だ」

先に話せよと小太郎が促す。その方が早いだろうと八郎は承知した。

「頼みがある」

「断る」

「まだ何も言ってないぞ」

「腹を切るつもりだろう。お前さんのことだ。首は隠して欲しいなぞほざく気だな」

「なんだ……お見通しか」

ハッと八郎は笑う。小太郎は笑わなかった。

「ふざけるなよ」

八郎の胸倉を摑もうとしたとき、「八郎さま」と長助が部屋の前までやってきて、来客を告げた。

中根淑が来たという。今は上総介と同じ宿舎に入っているから、八郎たちとは別なのだ。

淑はどこから仕入れたのか酒を片手に現れ、呑まないかと誘う。八郎と小太郎は目を合わせて苦笑した。

「いや、遊撃隊は規律で飲酒は禁じてあるんだ。兄さん、一人で呑んでくれ」

八郎が首を左右に振る。

「堅苦しい奴だなあ。遊撃隊は、というが、そんな規則は本隊と合流したあとからでよくないか」

「そういうわけにはいきません。たとえ少ない人数でも、隊士を預かっているわけですから」

「ふん。いつからそんないい子になったか知らんが、まあいい。それより八郎、本山君、君らはこれからどうするね」

「八郎は、切腹するそうですよ」

小太郎があっさりと答える。

淑に知らせると必ず止めに入るから、適当に誤魔化して部屋を出てもらうつもりでいた八郎は、慌てた。

思った通り、淑の目尻が吊り上がる。

「なにを情けないことを言っておるのだ、八郎」

「兄さん、わかってくれないか。この目立つ体です。潜行はとうてい覚束《おぼつか》ない。俺だとて今一度快戦し、江戸男児の手並みをあやつらに見せてやれぬのは悔しいが、今のままでは簡単に取り押さえられ、みっともない最期が待っておりましょう。歴史ある心形刀流の長子がそれでは困るのです。敵の手に掛かるよりは、ここで自らけじめをつけさせてください」

「駄目だ。それを言うなら、門弟としても承服できんな。みすみす師匠の御子息を死なせろというのか。ん？　俺にそんな不義理をせよと？」

「しかし」

「敵の手に掛からなければよいのだろう」

「………」

「俺が連れていってやる。必ず榎本さんの許《もと》に届けてやるさ」

「これ以上の迷惑は……」

「戦いたいんだろう」

「それは」

　もちろんそうだ。本音は戦場で散りたい。そのために腕の手術も受けた。そのために今日まで恥を忍んで生き延びた。こんなところで散りたくはない。だが……。

「八郎、お前はまだやれる。そこで存分に江戸っ子の肝っ玉を見せてやれ、な」

「だけど兄さん、だれかの足手まといになり、だれかに助けられ、だれかの迷惑になるのは苦しいのです。あまつさえそのせいで、自分の大切な人を命の危険に晒《さら》すのが耐え難いのです」

　兄のような淑が相手だったため、これまで隠そうとしてきた本音を八郎は口に出してしまった。淑は頷《うなず》いた。

「わかっているさ、お前の気持ちは。何を考えているかなんぞよくわかっているさ。俺はお前が洟垂《はなた》れ小僧のときから知っているんだぞ。けどなあ、俺の気持ちはどうなのだ。お前だって知っているんだろう。俺の本音を。なあ、少しも迷惑じゃない。俺がそうしたいんだ。友垣だからな。立場が逆なら、八郎だってそうだろう。俺に手を貸すのは迷惑か。小太郎のために命の危険に晒されるのは嫌なことなのか。違うだろう。俺はお前の助けになるなら喜びでしかない」

八郎の胸が詰まった。ああ、その通りだと頷かざるを得ない。淑の役に立つのは喜びだ。小太郎のためなら何度でも危険に晒されるつもりだ。もうこれ以上の反論はできない。

「いいか。潜伏の用意をして真夜中に迎えにくる。できればそれまでに少し仮眠しておけよ。人目のつかぬ暗いうちに、少しでもここから離れるぞ」

淑は小太郎に視線を移した。

「本山君、俺が迎えにくるまでの間、こいつを頼む。決して死なせんでくれ」

「わかりました」

淑は、さっと席を立った。

二人きりになると今度は小太郎が八郎を睨みつける。

「八郎、これ以上、俺を怒らせるなよ」

「小太さん」

「お前が死ぬのはこんな畳の上じゃない。戦場こそがふさわしい。だから俺も、全力を尽くしてお前を戦地へ連れていってやるよ。みなとの約束を果たそう」

「わかった。俺が間違っていた」

俺は友に恵まれた――。慟哭《どうこく》に似た痛みの中で、八郎は淑と小太郎に出会えたことを感謝した。

八郎は、仮眠を取らなかった。

出立までに、どうしても手紙をしたためたかったからだ。みなが寝静まったころ、小太郎を呼んだ。

「長助に渡してやってくれ」

突き出された手紙に小太郎は目を見開いた。

「八郎、長助は……」

置いていく気か、と口調が窘《たしな》めている。

長助はすっかり疲れ果て、今は鎌吉と一緒に泥のように眠っている。だが、時間になれば起こして連れていくものと小太郎は信じていたようだ。

「頼むよ、小太郎。一緒に江戸へ連れて戻ってくれ。おいらと一緒は危なくていけねエ」

「長助は、八郎の側《そば》に仕えるのが一番の幸せじゃないのか。置いていかれるくらいなら、お前と一緒に危ない目に遭う方を選ぶだろうよ」

「だからだ。だからこそ置いていく。このまま連れていくと、ずっと付いてくるだろう。それこそ奥羽にも、その先にさえ付いてきてくれるだろう。けど、長助は戦いに向いてない優しい男だ」

「それはそうだが」

「第一、ああ見えて、江戸にちゃんと言い交わした娘さんがいるんだよ」

「……そうだったのか。隅に置けないな」

「長助を選んだ娘さんは目が高いさ。優しい男が本当に強い男だからな。これを機会に江戸で普通の幸せを摑んで欲しいのだ。俺もお前も縁がなかったものを、せめて長助には手に入れてほしいじゃないか。お前さん、そんなふうに仕向けてやってくれないかえ」

小太郎は今度は頷いた。

「そういうことなら引きうけよう」

「それからこの文を……」

もう一通の手紙を小太郎に差し出す。

「礼子に届けるよう、長助に頼んでくれ」

今のままだと置いていかれた長助は、小太郎の説得も振り切って、八郎を探しながら追いかけて来るに違いない。そういう男だ。

八郎の許嫁《いいなずけ》だった礼子に手紙を届けるという、大切で特別な任務を与えれば、使命感の強い長助だけに江戸まで戻ってくれるだろう。

礼子宛の手紙の文面は、長助のことを頼むものだ。長助にはずいぶんと世話になったから、これから苦労しない分だけの報酬を渡して、負け組となった幕臣の伊庭家から解放してやって欲しいと書いた。

そしてようやく八郎は、自分はもう帰らないのだとはっきりと言葉にして礼子に綴《つづ》った。

もう俺を待ったりせずに、本当に好きな男を見つけてほしいと書いてある。礼子が本気で八郎を想ってくれていたことは知っている。だが、それもずっとあの男と結婚するのだと言い聞かされて育ったことが影響していないだろうか。

礼子は美しい娘だ。自分のせいでずいぶんと行き遅れてしまったが、礼子ほどの容姿なら、今からでもいい縁があるのは間違いない。それにこの数年のごたごたで、存外そんな女は多い。行き遅れているからといって、同じ幕臣なら「なぜだ」と問う者もいない。

「幸せになって欲しい」

そう書くのは、どこかずるく抵抗があった。自分が幸せにしてやるはずだった女に、別の誰かと幸せになれと言うのは、突き放した言い方にさえ感じられる。

だが、何度考えても、礼子への願いはその一言に尽きた。八郎は悩みに悩んで、その言葉を添えた。

「暇を出されたと知れば、長助はずいぶんと嘆くだろう。そのときに、おいらの願いを伝えてやってくれないかえ。いつか再会するときに、きっと長助の子を見せて欲しいってねえ」

八郎は重ねて小太郎に頼んだ。

もちろん、ここで別れれば、もう八郎と長助は二度と会うことはないだろう。それでも馬鹿正直な長助は、八郎との約束を守ろうとしてくれるはずだった。そんな愚直な男だ。だからこそ、言い交わした娘と一緒になり、子をなして助け合いながら生きていく——そんな平凡に思えてとてつもなく手に入れるのが難しい優しい未来を掴《つか》んでほしい。

「わかった」

小太郎は全て承知した。

「小太郎、お前さんには世話になりっぱなしだ」

「世話なんかしたつもりはないさ。俺は、いつも俺のやりたいことをやっているだけだ」

「ああ、そうだな」

と八郎はその言葉を受け入れた。きっと本当にそうなのだろうと今は素直に思えるからだ。

ひそやかな足音と共に中根淑がやってきて、

「八郎、急ぐぞ」

出立を促した。

どうしても暗いうちに出たいのだ。

「小太郎、また会おう」

八郎の口から自然と再会を約束する言葉が出た。腹を切らぬと決めたからには、生き延びることを信じて脱出するのだ。また、共に戦うために。

「また会おう、八郎」

小太郎の声を背に、八郎は先の見えぬ闇の中へ足を踏み出した。

二

八郎と淑は海岸沿いを歩いている。

しばらくはもう聞きたくない波の音が耳につく。岩に当たって砕けた波の噴き出す泡が、風に流れて八郎の髪を濡《ぬ》らす。

この辺りの海岸線は、屛風《びょうぶ》ヶ浦《がうら》といって、数里にわたって断崖絶壁が続いている。岩壁がおおよそ三十間（六十メートル弱）以上もある場所もあり、明るければ、そして逃亡しているのでなければ、実に物珍しくて楽しい行程だったに違いない。

こんなことでもなければ一生涯、来ることのなかった地だ。そう思うと、運命というのは不思議なものだと、八郎は思った。今まで自分は世の中のほんの豆粒ほどのことしか知らず、生きてきたのだ。そのくせ、それなりにわかっているつもりでいた。今も、豆粒に毛が生えた程度のことしか知らないが、以前と違い、「自分はほとんど何も知らないのだ」ということを知っている。

「きつくないか、八郎」

淑がときおり八郎に声を掛け、気遣ってくれる。脚気《かっけ》を患ったことのある淑より、脚は八郎の方がずっと丈夫だというのに。

五つ年上の淑は、幼い八郎をいろんなところに連れていってくれた。大人になれば五歳差など、ほとんど気にならないものだが、子供のころは違う。八郎が五歳のとき、淑は十歳で、八郎が十歳のとき淑は十五歳だ。歩幅も違えば、体力も違う。だからあの頃も、淑は八郎に今と同じことをよく訊いていた。

「兄さん、おいらァ、もう小さな子供じゃありませんよ」

「ふむ、そうか。なに、わかっておるぞ」

明日になったらみな、それぞれ思い思いの場所に、自分の選んだ道を逃走する。美加保丸に乗っていたのは、幕臣や八郎たち遊撃隊以外では、主に八王子千人同心と徳川家直轄領の駿府から志願してきた者たちだった。

家に戻るにせよ、榎本艦隊と再び合流するにせよ、まずはいったん江戸方面に向かうことになる。だとすれば、一番考えられるのが利根川沿いを江戸へと遡る道であった。途中、土浦を経由する。

よもや房総半島を外周りにぐるりと半周する者など、ほとんどいないだろうから、それ以外だと下総国、あるいは上総国の山間部を抜けるしか手立てがない。

追討軍が派遣されれば、逃走経路を予測して、待ち伏せするのは容易《たやす》いことだ。それゆえ八郎たちは、取り敢《あ》えず海岸線を西南に向かって歩いている。

「八郎よ、追討軍はくると思うか」

高崎の陣屋は、「手出しはせぬから速やかに出ていってくれ」という返答だったが、それは飛地ゆえ藩兵の人数がいなかったためとも考えられる。

こちらは総勢六百人。武器が使えない事情など、あちらは知らないのだから、下手に刺激して攻め込まれたら、と恐怖に怯《おび》えていたのは高崎藩の方だったかもしれない。

勢を得たら、潰《つぶ》しにくるのではないか。

今、新政府に少しでも点数を稼いでおけば、きたる新しい世で有利に生きられる。そんな考えの人間が、あちらこちらにうようよしているのだ。それら全てが八郎たちの敵である。

「そりゃァ、兄さん、来るでしょうな」

「どのくらいでくると思う」

「そうですね。陣屋から早馬が江戸の藩邸に向かって、新政府軍大総督府に伝えられることになるのでしょうから」

八郎は月のない空を見上げた。

「どれだけ迅速に動くかは別にして、明日には可能でしょうね」

そこまで話して八郎は、

（おや）

背後に人の気配を感じて眉根を寄せた。

「兄さん」

「うん？」

「誰か付いてきているようですよ」

小声で淑に知らせた。

いったい、何者なのか。

もしかして、こんな人煙をろくに見ない田舎にも、八郎の手配書が回ってきているのだろうか。賞金がかかっているのだ。この土地の誰かが、金欲しさに尾行したとしても不思議はない。

脱走兵の中で隻腕の者に八郎自身会ったことがないほど、稀《まれ》な存在だ。八郎は目立つ。

「撒《ま》きましょうか」

八郎の提案に淑が首を横に振る。

「いや、どこかで待ち伏せて斬り捨てよう」

「土地の者を手にかければ、その気のなかった者まで敵にまわりますよ」

そんなことになれば、自分たちだけでなく、他の脱走兵にも迷惑をかけてしまう。

「うーむ。断崖から捨てれば、わからぬのではないか」

「できるなら、土地の者に迷惑は掛けたくありません。……もう少し様子を見て、やはり撒けるようなら撒きましょう」

二人はまた黙って歩き始めた。

八郎はずっと背後の気配に気を配っている。八郎たちが足を速めると速め、緩めると後ろの気配もゆっくりになる。

一里ほど歩いたが、まだ付いてくるから、こちらが宿屋に入ったところを見届けて、その宿場町の役人に届けに行くつもりなのかもしれない。

「小うるさいな。やはりとっ捕まえて殺さぬまでも、腰が抜けるほど脅してやるというのはどうだ」

淑が少々苛立ち気味に提案する。八郎も同意した。

まず、八郎が突然、体ごと後ろを振り返った。付けてきた何者かが、びくりと歩を止めたのが気配でわかる。

八郎が、

「ほら、後ろ」

遠方を指さす。

こういうときは玄人の間者でもない限り、たいていの人間は振り返ってしまうものだ。暗がりではっきりとはわからないが、尾行人は素直に振り返ったようだ。

八郎はほっとした。相手は玄人ではない。

尾行人が振り返った隙に、淑がスッと横道に逸《そ》れる。

すかさず八郎が走り出す。

あっ。

尾行人も遅れまじと走り出した。

淑の潜む横道を通り過ぎた尾行人の背後に、今度は淑が付いた。とたんに八郎が振り返り、腰の刀を右手一本で抜き放つ。

「ひっ」

尾行人の喉が引きつれた。

「後ろにもいるぞ」

淑が声を掛ける。こちらもすでに抜いている。

ひゃっ、と尾行人は飛び上がった。

「や、や、やめてくだせい」

たたらを踏んでよろめく男の声に聞き覚えがある。

「おめェ……」

「へ、へい。あっしでごぜえやすよ、旦那」

聞き覚えがあるというよりは、馴染《なじ》みきった声だ。

「鎌吉……なのかえ」

八郎は闇の中で目を凝らす。

「へい。あっしでごぜえやす」

鎌吉がじんわりと寄って来る。

なんのことはない。熟睡していたはずの鎌吉が、どうしたわけか宿所からずっと付けてきていたのだ。

「おめェ、いってェ、なにしてやがるよ。まさか賞金欲しさにおいらの首を狙ったのかえ」

八郎がからかうと、

「め、滅相もねェ。小便に起きたら、ちょうど旦那たちが出掛けるところだったんでさァ。格好からしても、どうやら旅立つ感じじゃないですか。水臭いってもんですよ。

あっしなんぞは侍でもなし。徳川さまだァ、薩長さまだァ、御贔屓《ごひいき》はあっても、難しいことはなんにもわかりゃしませんや。ひとえに旦那に付いてここまできやした者に対して、あまりに冷てェ仕打ちじゃねェですかい」

「だったらすぐに声を掛ければいいじゃァないかえ」

「すぐに掛けたら、戻れって言われるんじゃないかと思いやして。もうこれは連れていくしかねェってところまできてから、声を掛けさせていただくつもりでござえやした。それで、旦那はどうしてあっしに置いてけ堀の仕打ちをしたんです？」

「おいらと歩くのが一番危ないだろうと思ってね」

「水臭せえや」

鎌吉はふてくされた声を出した。が、すぐに心配そうに、

「連れていってもらえるんでしょうか」

急にしおらしくなる。

「仕方なかろう。それこそ、今更一人で戻しても危ないじゃないか」

淑が刀を納めながら呆《あき》れ顔で答えた。

「ありがとうござえやす」

鎌吉が飛び上がって喜ぶ。

三人は、また西南に向かって歩き出した。

「あのう……ところでいってェ、どこに向かっているんです?」

鎌吉が訊《たず》ねる。

「木更津だ」

答えたのは、淑だ。

「この半島の、山を越えた向こう側ですね」

「そうだ。急げば三日後には着くぞ」

「どうして木更津なんです」

「親父どのの門弟がいるからさ」

と八郎。

「大丈夫なんですかい。お言葉ですが、門弟と言っても、こんなときに匿《かくま》ってくれるとは限りませんぜ」

鎌吉が訝《いぶか》るのも当然だった。逃亡に手を貸したことが新政府の者に知れれば、その者も罰せられる。逆に密告すれば褒められる。どちらを選ぶのが利口か、子供にもわかる理屈だ。

ハッハッと淑が笑った。

「まあ、行ってみなけりゃわからんが、そいつは……大河内一郎《おおこうちいちろう》というのだが、ただの門弟ではないのだ」

「と申しますと？」

「先生に免許を頂いて彼《か》の地で道場を開いておる。門弟はこの近隣にまで及んでおる結構な道場だぞ」

「いわゆる高弟という奴ですね」

「そうだ。ただの門弟よりは、絆で結ばれておるものだ。あげくに奴はずいぶんと頑固もんでなあ」

「ははあ。段々とどんなお人か摑めて参りやした。利に聡《さと》い御仁ではないというわけですね」

「そういうことだ。さらに大の徳川好きだ。常同子《じょうどうし》先生（伊庭軍兵衛秀業）を誰より尊敬していたからな、その忘れ形見の八郎を無下にはすまい」

匿ってくれないかもしれないが、少なくとも密告はしないだろうと淑は言う。

「それでしたら確かに当たってみる価値はありやすね」

「だろう」

夜のうちは普通に左手を垂らして歩いていたが、辺りが白み始めて人通りができた辺りから、八郎は袖がぶらついても不自然にならぬよう、懐手をして歩く。

「あら」

「ま、いい男」

などと、擦れ違う土地の女たちが振り返るから、

「頬かぶりをして歩け」

淑が半ば本気でからかう。

八郎たちは昼前には、犬吠埼から四里ほど離れた飯岡という地に着いた。

「今日はここに宿を取るぞ」

淑が決める。

まだ早すぎる時刻だが、八郎には有難かった。もう二日も寝ていないのだ。実際、ふらふらだ。

それにしても、宿に入るときはもっとも気を付けなければならない。草鞋《わらじ》を脱ぐには手を使うことになるが、片手で外せば左腕がないことを宿の者に知られてしまう。宿屋というのはその土地で今後も平穏無事に商売を続けていかなければならないのだから、不審な客がいれば、番所にすぐに届けるはずだ。手配書も一番に配布される。

「あっしが外しやすから、旦那はふんぞり返っていてくだせえよ」

鎌吉が八郎付きの小者の振りで世話を焼く。

気のせいかもしれないが、

「よくおいでくださいました」

挨拶をする女将《おかみ》の目が、不審げに八郎の懐手をじろじろ見ているような気がする。

部屋は当然、相部屋などはせずに一室を借りきった。

「俺は出立前に一眠りしたからよいが、八郎のことだ、寝てないのであろう」

すぐにも寝て体力を回復させろと淑が言う。何が起こるかわからないのだ。もしかしたら、役人が何かを嗅《か》ぎつけて踏み込んでくるかもしれない。そのときは窓から飛び出しても逃げねばならないが、体力がなければそれもままならない。

八郎はすぐに手枕を作り、眠りに落ちた。

「まあ、よく寝てらっしゃいますこと」

どのくらい眠ったのか、女の声が背中の方から聞こえ、八郎は驚いて目を覚ました。

鼻をくすぐるのは焼き魚と味噌汁《みそしる》の匂いだ。

「そうなのだ。なにやら風邪気味のようでな、寝かせておいてくれ」

淑の声だ。

「まあ、せっかくの御食事はいかがいたしましょうか」

「俺が食うさ」

驚いたな、と八郎は思った。もう夕飯の用意がされているのだ。そういえば、窓から差し込んでいた日の光がなくなっている。だとすれば、自分は三刻（六時間）ほども眠っていたことになる。

女は給仕のための女中だ。

「そうだ。酒を持ってきてくれぬか。舌を濡らす程度の量でよいぞ。熱いのが好みだ。人肌程度などと言わず、十分に熱してきてくれ」

「へえ。けどお客様、それじゃあ、お酒じゃなくなってしまいますよ」

「いいのだ。俺はそれが好みだ」

「じゃあ……」

女が部屋を出ていった。八郎が振り返って起き上がる。見ると鎌吉と淑が急いで握り飯を作っている。

「おう、起きたか、八郎」

「何をしているんです」

「お前の握り飯を作っているんだ」

ああ、と合点する。人前で食事を摂ると、どうしても片腕だとばれてしまう。片手だけで飯を食う者はいない。だから、女中に用を言いつけて部屋から出した隙に、こうして握り飯を作り、八郎だけ後で食べろというわけだ。

それにしても淑は生まれて初めて握り飯を握ったに違いない。少し手に水を付けてからでなければ、飯粒が皮膚にべたべたとくっついて、とうていまともなものが握れないと知らなかったようだ。

「む、うっ、これはいかん」

（俺はあれを食べるのか）

八郎は青ざめた。

「次からはみな、あっしが握りやすから」

鎌吉が気の毒そうに、出来そこないの握り飯を握り直す。

女中の足音が聞こえる。戻ってきたようだ。

「どうすればよいのだ」

淑が飯粒だらけの手を持てあましているから、

「兄さん、これを」

八郎が手拭を渡す。

「おお、これは有難……くはないぞ、八郎」

淑はいそいで手拭で拭ったが、よけい手に飯粒を擦り込んだだけで、まったく誤魔化しようのない姿だ。

女の足が部屋の前で止まった。

淑の目が宙を漂う。

八郎は素早く寝た振りをしたが、淑はあの手をどうするつもりか。

「失礼いたします。お酒をお持ちしましたよ」

声を掛けて女中が入ってくる間際、淑が憤然と立ち上がった。

「あれ、お客様、いかがいたしました」

「かっ、厠《かわや》だ」

女中と入れ替わるように、淑は飛び出していった。

三

どうも女中や女将の目つきが、こちらを怪しんでいるように見え、あまりに落ち着かない。この宿もほとんど夜中に出立した。遭難の場所から四里ほどしか離れていないことが、不安を大きくした。もうすでに聞き及んでいる者も、相当数になっているのではないか。

宿を出てからしばらくは早足で歩く。見えない影がひたひたと追い掛けてくるようで、落ち着かない。

「実はな、宿屋では声が響いて言えなんだが、八郎が寝ている間に少し宿の近隣を回って、いろいろ聞いてみたのだ」

淑が言う。

「そんなことを。すみません、一人で寝てしまって……」

八郎はいたたまれない。今の自分は本当にお荷物にしかなっていない。淑は馬鹿だなあ、と言うように首を左右に振った。

「いや。起きていようが寝ていようが、お前はなるべく人目に触れぬ方がよいからな。それで、まだはっきりはせぬが、俺は茶屋で大変なことを聞いてしまったのだ。これから行こうとしていた大河内だが……」

「どうかしましたか」

「噂ではなんでもあやつも新政府に反発してな、お前や俺と同じだ。一矢報いようと門弟を掻《か》き集めて蜂起したとかなんとか」

八郎は正直ひどく驚いた。

その心意気を嬉しく感じると同時に、大河内一郎の身の上が案じられてならない。自分たちのようにある程度組織立って武装した集団でさえ簡単に捻《ひね》り潰されたことを思えば、一道場主が門弟を掻き集めて抵抗しても、小競《こぜ》り合いにすらならなかったに違いない。

「それで、大河内さんは、どうなったのでしょう」

「捕縛されて、牢獄にいるそうだ」

やはり、と八郎は嘆息した。あとはせめて牢獄で生き延び、なんとか釈放されて欲しいが、捕縛された男たちは、次々と処刑されたり、拷問にあったりしているという。

「まだ確かなことはわからんのだ。ただ、奴はこの近隣にも門弟が多く、かかわった者も一人二人でないのだろう。噂になっておった。これからどうするか考えねばならんが、今日のところは予定通り蓮沼へ向かおう」

遭難場所からなるべく遠くに離れたい。

蓮沼は、八郎たちが歩いている海辺の道を、ひたすら真っ直《す》ぐに六里も進んだところにある村だ。

飯岡の旅籠《はたご》を出てから四里ほどは来ただろうか。途中で道中笠を求め、八郎はそれを左手に結わえつけた。こうしていると、胸元で笠を持っているように見えるからだ。

一刻ほど聞き込みのために別行動を取っていた鎌吉が合流した。

「訊いてきやしたが、大河内さんのことはよくわかりませんでした。美加保の方は、まだここまでは噂になっていやせん。知っている者でも、何の船でどういう者たちが乗っているのかまでは、はっきりわかっていないようでして、へい」

ひとまずほっとしたが、安心はできない。新政府から追討の命が下りれば、近隣に一斉に触れが回る。そうすれば、新政府軍の者だけでなく、付近の住民も入り混じった「狩り」が始まると見て間違いない。

八郎は後々知ったが、実は「触れ」はこの日の昼には出され、美加保丸の乗組員のほとんどが、この執拗《しつよう》な狩りの犠牲となって捕縛されたり殺されたりしたのである。無事に逃げおおせた者は多くない。追捕は、五十里（二百キロメートル）の距離にまで及んだと言われている。

昼の九つにはまだ一刻ほどはあったが、八郎たちは腹ごしらえをすることにした。椀を持たねばならぬ普通の食事では、八郎の手のことがばれ易い。三人は茶屋に寄って茶菓子で腹を満たした。

淑と鎌吉は餅に醬油《しょうゆ》を垂らして食べることにしたが、大の甘党の八郎だけは大福を三つも頬張る。

「うう、見ただけで胸がむかつくぞ。一つくらい甘くないのを選んだらどうなのだ」

淑は八郎に背を向けて台に座る。

「甘くないのも好きですよ。けど、今日は大福の気分ですから」

茶屋の娘が二人の遣《や》り取りにプッと噴き出した。おかめのような顔の娘だ。愛嬌《あいきょう》があって可愛らしい。

「うちの大福はふわふわで、おいしいですよ。自慢の一品です」

「まことにその通りだな。ところでこの辺りに大河内なんとかという剣の強い男がいるそうだが、知らぬか。できれば腕試しをしたいのだが」

「あら。この間、捕まった人かしら？　この辺の人じゃないわ。確か木更津の方よ」

「そうなのか。捕まったとは、またどうして」

「よくはわからないけど、薩長さまに逆らったらしいの」

「この辺の者のことではないのに、詳しいのだな」

「触れ書が回ってきたのよ」

大河内一郎が捕縛されたのは、間違いないようだ。三人は食事を終えると、九十九里浜へと下りていった。これからどうするか、話しあうためである。

「匿ってもらえるかどうかはまったく覚束ないのですが、木更津の近くに中島というところがあります。忠内家の領地ですから、他に良い手立てがないなら、一か八か、行ってみませんか」

と八郎が提案する。

「忠内家の……そうか、次郎三の家の支配地か」

淑の顔も懐かしい名に輝いた。

忠内家は八郎の親戚筋で、そこの息子の次郎三は淑の大親友だ。一族の支配地ということもあって、八郎はこれまでに何度か中島に行ったことがあった。見知った者もいる。が、所詮《しょせん》はそれだけの縁であった。

「とんだ運だめしになりそうだが……他に手立てがないのだ。とにかく行ってみよう」

淑は迷わず同意した。

木更津と中島はほとんど離れていないから、今まで考えていた道順を変えることもない。

「海岸沿いを行くのは今日までだ。今夜は蓮沼に泊まり、東金の方に向かって山間に入るぞ。それから長南方面を目指すが、途中、茂原ぐらいに宿を取るのがよかろう。さすればその翌日には中島だ」

二泊三日の行程である。

蓮沼には、昼の八つ過ぎ（午後三時ごろ）には着いた。飯岡のときと同じように旅籠では鎌吉が小者の役をこなし、八郎の草鞋の紐《ひも》を解いた。

「ちょいと外を見て回ってきますよ」

部屋に入ると同時に鎌吉が、座る間もなく偵察にいくと言う。

「気を付けろよ。無茶はするな」

「へい。板前に変装していきやすから、大丈夫ですよ」

八郎の心配をよそに、軽口の一つも口にして、鎌吉は出ていった。

半刻ばかりで戻ってきたろうか。八郎と淑に自分の方へ寄ってくれるよう頼み、声をひそめる。

「だ、旦那。とうとう美加保の触れが回ってきたようですぜ。土地のもんが、集まって話してやした」

覚悟していたとはいえ、八郎の心臓はひやりとした。淑の方を見ると、やはりまったく平静とはいかないようだ。

「じたばたしても仕方がありません」

八郎は言い切った。

「そういう態度は余計に不審がらせることになりましょう。いざというときのために逃走経路だけ確かめておき、後はどっしりとかまえておくのがよいかと」

「うむ。そうだな」

淑も首肯する。

「逃げ道を調べに、あっしはもうひとっ走りいってきやす」

鎌吉がまた飛び出していった。

二人きりになると八郎は改まって淑と向き合った。旅籠での会話は、通りにまで筒抜けになるほど響きわたるものだ。きわめて小声で話をする。

「取り決めをしておきましょう。もし、敵が踏み込んでくれば、ここはおいらが踏みとどまって食い止めます。兄さんは必ずや鎌吉を江戸に送り届けてやってください」

「お前は、なにをまた馬鹿なことを言うのだ」

淑が憤然と言い返す。

「兄さん、お静かに」

「む、これはすまぬ。それにしても、まったく面倒臭い男だな。見捨てるような真似はせぬぞ。同じことを何度言わせるのだ」

淑は八郎の頭に拳《こぶし》を押し付け、子どものころのようにぐりぐりと回しながら小声で文句を言った。

「見捨てるとかではなく、共倒れになるよりはそうすべきです。美加保丸が開陽丸との綱を切ったように」

「だったら、俺が残ろう」

「けど、兄さん、片手でも俺の方が強いと思いますけど」

「むむ」

「兄さんが残れば確実にやられます。その点、おいらなら、もしかしたら生き残れるかもしれません」

「むむむ」

「箱根じゃ片手でも数人倒しました。おいらァ、伊達《だて》に伊庭の小天狗じゃありませんよ」

「むむむむうぅ。しかし八郎、鎌吉はお前が残るならどんな場所でも残るだろうよ。あやつを死なせたいのか」

うっ、と今度は八郎が言葉に詰まった。

淑がにやりと笑う。

「八郎、敗れたり」

これで、この話は終わりになった。

夕食前に鎌吉が戻ってきた。矢立てを取り出して地勢を図示し、八郎と淑が逃走経路を頭に叩き込むと、その紙は燃やした。

別の紙に三人が逃げる道とは別の道を図示し、こちらは帯に挟んでおく。もし本当に逃げねばならなくなったときは、この紙をわざと落として捜索を攪乱《かくらん》する策だ。

「旦那、妙な噂を聞いちまいました」

と鎌吉は顔を曇らせた。

「なんだえ」

「薩長の奴らが、会津城下にとうとう踏み込みやがったってェ」

八郎からも淑からも咄嗟《とっさ》には声が出なかった。

「……それで、城は」

落ちたのか、まだもっているのか。

「わかりやせん。どうなっているのかそれ以上は、さっぱりで……ここは会津とは離れていやすからねえ。正しい話は伝わりようがありませんや」

会津は奥羽越列藩の中心になる藩だ。会津が崩れれば、もう同盟軍はもたないだろう。

同盟軍へ助勢に向かった勝太郎たち遊撃隊はどうしているのだろうか。

（無事でいろ、みんな）

八郎には、こんなところで羽をもがれた鳥のようにもがいている自分が、もどかしくて仕方がない。

夜。

八郎たち三人は、時間を決めて交代で見張りをし、誰かは必ず起きているようにした。

が、蓮沼の旅籠では、拍子抜けするほど何も起こらなかった。

四

これまではずっと海岸沿いを進んでいたのだが、今日から房総半島を横断するため、内陸へ向けて道を折れる。

今までは空がどこまでも開けた感じの景色だったのに、道を曲がったとたん、両脇の並木のせいで頭の上になにかがのしかかってくるような印象だ。

木漏れ日がゆらゆらと絶えず地面に躍っているのも、騒がしい感じで落ち着かない。

「暗い道ですねえ、旦那」

鎌吉が、ぼやく。

「箱根はもっと暗かったろう」

「そうでしたかねえ」

浜から二里ほども内側へ進んだろうか。東金村というところで昼食を摂ることにした。今日も茶屋で簡素にすませる予定が、鎌吉が一軒の一膳茶屋の前で足を止め、

「旦那、この暖簾《のれん》ですけど、ほら、似てやせんか」

小さな暖簾を指さす。

うん、と八郎も視線を移し、

「ああ、小糸屋《こいとや》の暖簾だな」

懐かしく頷いた。上野にある一膳茶屋の〝小糸屋〟の暖簾によく似ている。鎌吉が板前をしていた料理屋〝鳥八十〟はなかなか値の張る料理屋だったから、いつもそこばかりというわけにいかない。八郎も、なぜか鎌吉も、時おり〝小糸屋〟に寄って腹を満たしたものだ。

「懐かしいな」となかなかそこから二人が動かないものだから、

「食べていくか」

淑が負けたと言いたげに顎をしゃくった。

八郎が茶碗を摑めないから、

「いいか、鎌吉。端の方に席を取ってだ、八郎を真ん中に、俺たちでがっちりと挟み込み、他の客によく見えないようにして食べさせるぞ」

こういうところの飯は膳にのって出てくるわけではない。器は床や床几に直《じか》に置き、胡坐《あぐら》をかいて食べることがほとんどだ。椀を持つことができないと、箸でつまんでも口までが遠くなるので、食材によっては行きつくまでにぽろぽろと零《こぼ》れてしまう。椀を左手に持たずに食べるのはあまりに不自然なのだ。その不自然な動きを、二人の体の陰に隠してしまおうというわけだ。

暖簾を潜ると中はこぢんまりとして、客はまばらに四人ほどしかいなかった。

四十代くらいの女が、

「いらっしゃい」

やつれた笑顔で迎えてくれる。

「似ているのは、暖簾と店の狭さだけですねえ」

鎌吉が八郎に耳打ちする。それというのも〝小糸屋〟に入ると二十歳になったばかりの若い女が、艶やかな丸い頰をほころばせ、元気いっぱい「っらっしゃいな」と出迎えてくれるからだ。それだけで客も元気になる。そんな店だ。

「あんたら、余所者《よそもの》だね。ここは鰺《あじ》の干物と麦飯と茸汁《きのこじる》しか出ないよ。それでもいいのかい」

女が素っ気なく言う。声だけは〝小糸屋〟の女房に似ている。

鰺の干物は大歓迎だが、余所者という言い方がひっかかった。が、おおらかな淑は気にしない。

「おお、十分だ」

「おっ、ここは炭火じゃねェかい」

鎌吉も鼻をひくつかせ、店の奥に引っ込む形で作ってある厨房から流れてくる匂いを嗅いだ。

「あんたァ、飯、三つ」

「あいよ」

奥から亭主らしい男の返事が聞こえる。

しばらく待つと、じわりと脂の染み出た鰺の干物と麦飯、茸汁が出てきた。

このとき厨房から初めて亭主が出てきたが、八郎たちに視線を走らせ、怪訝《けげん》な顔をする。いったん奥に引っ込み、また出てきて、目の端でちらちらと八郎たちを窺《うかが》う。

再び引っ込んだかと思うと、難しい顔をまた覗かせた。

手配書が回っているのではないか、と八郎は訝《いぶか》しんだ。厨房の方に人相書が置いてあり、八郎の顔と見比べているのかもしれない。

淑も警戒したようだ。八郎に目配せしてくる。

だのに、鎌吉は干物にかぶりつき、

「肉厚だねェ。焼き加減が絶妙だ。下手が焼くとぱさぱさになっちまうからさ」

と目尻を下げた。

亭主の顔が微妙に明るいものに変わった。

「そうかい、あんた、わかるかい」

「わかるよ。実は、あっしも板前でして」

「そうかね。お江戸の人かね」

「へい。上野でさァ」

「上野……」

夫婦は顔を見合わせた。

「ごっそさん」

客の一人が金を置いて店を出て行く。

「ああ、上野か。まいったねェ、こいつは」

別の客もそんなことを言いながら、暖簾を外に払う。

「上野が何か」

片手でも食べやすい干物ばかり齧《かじ》りながら八郎が訊いた。

「いえ、娘夫婦の店が上野でしてね、お侍さま」

おっ、と鎌吉の目が輝いた。

「なんてェ店です。知り合いかもしれねェや」

「〝小糸屋〟だよ」

「ええっ」と鎌吉は腰を浮かせる。

「あんた、知ってるのかい」

身を乗り出すように女房が訊いた。

「知ってるも何も、お美路《みち》ちゃんと仙吉《せんきち》さんだろう」

「そ、そうだよ。あんれまあ、こんなことって」

「うめェ料理を安く、腹いっぺェ食べさせてくれるいい店だァ」

鎌吉の言葉に亭主が眼尻に涙を滲《にじ》ませた。

「嬉しいことを言ってくれるよ」

「本当にねえ」

女房も言葉を詰まらせる。

「こちらの旦那と常連だよ、あっしたちは」

鎌吉は、「ねえ、旦那」と八郎にも相槌《あいづち》を求める。

「ああ。何日通っても飽きの来ぬ、よい味だった」

「けど、あの辺りは戦でみな燃えちまったんじゃないかい。いってェ、今はどうしてるんで」

こっちに避難してきていないかと、鎌吉は期待したのか、店の奥の方を覗くような仕草を見せた。

が、亭主はしょんぼりと肩を落とす。

「死んじまったよ、二人とも」

「えっ」

声を上げたのは鎌吉だが、八郎にとっても強烈な衝撃であった。

お美路のつやつやした頬や、仙吉のきりりと吊り上がった一本気そうな眉が、脳裏に浮かんだ。

「なんでまた」

まさか戦いに巻き込まれたのか、と八郎は訊く。

「あの上野の戦に呑まれちまいましてねえ。そんなお人は、たくさんいたんでしょうけど……たまんないですよ」

「本当にねえ」

客の一人も口を挟む。亭主が目を落としたまま続ける。

「徳川様だ、薩長様だってねェ、あたしらには、どちらがどうでも、かまやしない。娘や息子が元気いっぱいで暮らしてくれれば、それでいいんですよ。お美路は、あの子は難産で、女房をうんうん唸らせて、やっとこさ生まれてきた娘でしてね。手前味噌ですけどね、あたしらに似ず、ずいぶん美人に育ってくれたって、喜んでいたんです。いい男に貰《もら》ってもらって……なあ」

と亭主が振り返ると、女房が相槌を打つ。

「ええ、そうですよ。亭主の仙吉もこっちの男でございましてね、人のおおぜい集まるお江戸で包丁一本で勝負がしたいって、お金をためて、やっとの思いでねえ……上野なんていい場所だから、豆粒ほどの店を、やっと持ったっていうのに……ねえ、あんた」

「ああ。どうして戦ばかりあるのか。何も関係ない人を巻き込んで、死に追いやって、いったい本当になんの正義があるっていうんです、お侍さまには」

夫婦の言葉に、八郎は言葉をなくした。淑の胸にもずしりときたようだ。矜持《きょうじ》だ、義理だ、忠心だ、と平素口にしている言葉を、この夫婦の前で言えずにいる己はなんなのだ、と八郎は呆然となる。「すまない」という思いしか出てこない。

「人と人とが殺しあうなんざ、馬鹿なことでございます。悔しいことです。情けないことです。あまりに愚かなことでございますよ。もうどこかで、えいっ、と止《や》めていただくことはできないものでしょうかねえ」

亭主は真剣な目をして言った。それから八郎の瞳を見て、とうとう核心に触れた。

「なんでも御公儀の御遺臣方の乗られた御船が、犬吠埼に漂着したとか」

「…………」

「それで、この近隣も騒がしくなりましてね、長南の方では、お代官様が蟻《あり》の子一匹も通さぬって、目を光らせているようでございますよ」

長南といえば、これから向かおうとしていたところだ。そっちへ行っては駄目だと、亭主の目が言っている。

亭主は気付いている。八郎が、亭主の言うところの、馬鹿で、悔しくて、情けない、同じ人間同士で殺しあう愚かな幕臣の一人だと。気付いたうえで教えてくれているのだ。

　亭主の気持ちが八郎の胸に染みる。

「ところでお客さま方はどちらへ」

　と亭主が訊く。

「木更津だ」

　八郎は亭主を信じて正直に答えた。他の客に気付かれぬよう、

「間道を教えてもらえぬか」

　声は出さずに唇をゆっくり動かす。

　亭主は頷き、奥へと引っ込んだ。それがなかなか出てこない。

「ごっそさん」

　客の一人が出ていった。入れ替わりに三人の男たちが連なって入ってくる。

「ああ、腹が減った。頼むよ。三人前」

「はあい」

　女房も奥へ引っ込む。間もなく鰺の干物の香ばしい匂いが漂ってくる。

　おかしい。まるで女房が魚を焼きに厨房へ引っ込んだかのようだ。女房が魚を焼いているのなら、一向に出てこない亭主は何をしているのか。

（まさか）

お美路の両親というだけで、相手を信用しすぎたのではないか。

不審な客が来たときに、裏から番屋に知らせに走るというのは、よくある話だ。八郎は淑に視線を送った。淑も疑い始めたようだ。

（おい、八郎）

目顔で話しかけてくる。

（出ますか）

（おう、出るぞ）

（よし）

二人が立ち上がろうとしたそのとき、鎌吉の手が八郎の右手を静かに摑んだ。首を小さく左右に振る。

（お美路ちゃんの親父《おやじ》と嬶《かかあ》なら大丈夫でさあ）

鎌吉の目が言っている。

もう一度八郎は、お美路と仙吉の姿を思い浮かべた。

「見てくだせえ」

鎌吉は声に出して食べかけのまま置かれた八郎の飯を指した。

「噛《か》むとじわっと脂の滲み出る鯵に、艶やかな色に炊き上がった麦飯。これは毎日の天気に合わせて細かな工夫がなけりゃ、できやしません。それに鰹出汁《かつおだし》と、茸本来の出汁の効いた澄まし汁。値段以上に手間を掛けた誠実な飯でございましょう。もてなしの心が詰まってまさァ」

こういう料理を作る人間に、間違いはない、と暗に言っているのだ。

「まったくその通りだ」

（おいらは恥ずかしい人間だな）

八郎は自分の非を認めた。もう一度箸を取り、麦だからぽそぽそと摑みにくい飯を、零しながらも掬《すく》って食べる。

そのうち亭主が厨房から出てきた。

「へい、まいど。うちの名物菓子の柚子羊羹《ゆずようかん》でございますよ」

どう見ても、亭主の言う通りの菓子の包みを突きだしてくる。

（これに描いてございます）

亭主の目が語っている。どうやら柚子羊羹の包みに、間道の地図を描いてくれたらしい。

八郎は感謝と共に受け取った。

後から来た三人の客の目が輝く。

「おっ、いいねえ。柚子羊羹」

「ここのは絶品だからな」

「親父、俺たちにも飯の後にひと切れずつ出してくれ」

三人が三人とも弾んだ声を上げる。本当に店の名物のようだ。

「まことに世話になった」

八郎たち三人は、飯を食べ終えると夫婦に深く頭を下げた。

「ここの飯がよっぽど美味《うま》かったんだな。あんなに丁寧に礼を言う人なんて、滅多にいねえよ」

「けど、頭を下げたくなる飯だものなあ」

などと三人の客が話す声を背に聞きながら、外へ出る。八郎たちは、人通りのない場所に入り込み、柚子羊羹の包みを解いた。

思った通り、包みの内側に克明な間道の道筋が、たどたどしく描かれている。これを描くのに時間が掛かったのだ。

「この道筋には関所がございますが、旗本の領地ゆえ通していただけるでしょう」と添え書きがしてある。

旅の途中だからと気遣って、あらかじめ食べやすいようにひと口大に切り分けてくれている羊羹を、八郎は一つ摘まんで口に入れた。口の中にそっと広がる甘みとすっぱさの調和が素晴らしい。亭主と女将の人柄を映すような優しい味だ。

「こいつは美味い。こんなに美味い羊羹は、おいらは初めてだ」

どれ、と淑も摘まんだ。

「うむ、まことに」

鎌吉も倣《なら》う。

「ああ、美味ェ」

みなで美味い、美味い、と頬張りながら、八郎は亭主の言葉を心の中で反芻《はんすう》する。

――ああ。どうして戦ばかりあるのか。何も関係ない人を巻き込んで、死に追いやって、いったい本当になんの正義があるっていうんです、お侍さまには――

――人と人とが殺しあうなんざ、馬鹿なことでございます。悔しいことです。情けないことです。あまりに愚かなことでございますよ。もうどこかで、えいっ、と止めていただくことはできないものでしょうかねえ――

重い言葉であった。自分という男を貫き通せば、罪のない者が巻き添えになって死ぬというのか。少なくとも遊撃隊は、これまでずっと侍以外の者たちへの配慮はできうる限り意識してやってきた。だが、これからもそれを貫けると言い切れるだろうか。

(無理だろうな。おそらく無理に違いないさ)

それでも戦うのか、と自身に問う。答えは一つしか浮かばない。

正義がなかろうと愚者であろうと、八郎の中に答えは一つしか浮かばないのだ。

お美路の両親のお陰で、八郎たちは翌日には目的の中島を目前に仰いだ。

だが、すぐには中島に入らない。一里半ほど離れた姉崎に宿を取り、翌日、まずは鎌吉だけが中島へ入った。八郎のしたためた手紙を知人の庄屋の家へ持っていくためだ。

果たして受け入れてくれるのか。

二刻ほどして鎌吉は戻り、取り敢えず会いたいという先方の返事を八郎に伝える。これだけでは相手の思惑がさっぱりわからない。もしかしたら、役人を呼んで、捕縛しようと待ち構えているかもしれなかった。

しかも中島に入るなら、手配書の回っている八郎であることが誰に見られても決してわからぬよう、身なりを変えてきてほしいとのことだ。そう言って先方が渡してきたのは、僧衣であった。髷《まげ》を落とし、頭を剃《そ》れと言っているのだ。

髷は武士の矜持の象徴だ。そして、忠義の証だ。自分には命を賭す主君がいるのだという「心」を「形」にしたものが髷である。そう簡単に切れるものではない。だが、それを切らねば来るな、と言っているのに等しいのだから、なかなか厳しい条件を突きつけられたと言えるだろう。

ただ、もう一つ提案をしてくれている。身なりを変えぬのなら、人目につかぬ真夜中に村へ入って来てほしいということだ。

八郎の覚悟が試されているのだ。先方は、八郎を匿うとすれば、それこそ命懸けということになる。新政府に逆らうということは、そういうことだ。先方にだけ命の覚悟を突きつけ、自分はなにも失わないというのは虫のよすぎる話だろう。相手は八郎が憎形で現れるか、そのままの姿で現れるか、見てやろうという気持ちに違いない。

（おいらは試されているというわけか）

だったら、坊主になるしかないではないか。

夕刻前には宿を発《た》ち、人目のない林の中で、八郎は淑に、「兄さんの手で剃ってくれ」と頼んだ。

「いいんだな、八郎」

「ああ、むしろもっと早く、誰かに言われる前にこうするべきだったのさ」

八郎にしてみれば、追われるこの地で髷を落とすのは、一つの儀式のつもりであった。

「兄さん、おいら死人になるよ」

「死人に……」

八郎はそこで黙して微笑した。淑は敢えてその続きを訊いてはこなかった。言わずとも八郎の決意が伝わっているのだろう。

（生身の俺はここで、死ぬ）

今日から自分は死人になるのだ。

（上様も、もう亡くなられておられる）

むしろ自然だ、とさえ思えた。死んだ上様にお仕えするには、死人になった方が道理に合う。

死人にならぬのなら、徳川家十六代当主家達に付いて、駿河府中へ行くのが筋だろう。八郎の義父軍平などは、一家を伴って徳川家の移住する場所に付いていき、今後も心の中ではお仕えするのだと言っていた。それこそ、それが地獄でも、どこでも、「付いて参ろう」と。

義父の選ぶ道も、確かに〝最後の幕臣〟の生き方の一つだと八郎は認めている。そちらの生き方も、直に剣を持ち、銃を取らぬだけで、凄《すさ》まじいまでの闘いなのだと八郎は知っている。

理不尽に徳川家を排除した薩長の作る世の中で、敗者の主君を守り生きることが平穏な道であろうはずがない。もしかしたら……いや、おそらく、自分たちのように武力で抗《あらが》い散っていくよりも、もっと忍耐を強いられる険しい道となるだろう。

頭を青々と剃り上げられながら、もっと早くこうすべきだったと八郎は悟った。

（今日、伊庭八郎は将軍家に殉じた。これからの時はすべて、それを体現するためにのみ、天が与えてくれたものなのだ）

八郎はまた、お美路の父母の言葉を思い浮かべた。

（お美路ちゃんのおやじさん、おふくろさん、すまないねえ。おいらは大馬鹿者の道をただひたすらに進むことになりそうです）

髪を全て剃り終えたとき、八郎はそれまでとは違う八郎になっていた。

中島の知人は、座敷で八郎に相対したとき、険しい目でしばらく睨むように八郎を見据えていた。

淑が、来たのはしくじりだったかというような、こちらも厳しい表情になりながらも、

「それがしがいったん江戸へ戻ります。そして、八郎を安全に迎え入れる手筈《てはず》を整え

必ず迎えに参ります。どうかその間、匿っていただけないでしょうか」

事情を説明する。

淑の話が終わっても、中島の知人はしばらくの間は黙っていたが、ふうと息を吐いた。

「苦労なされたようですな、八郎さま。以前お会いしたときとは、まるで別人のような……。こう申してはなんだが、お尋ね者の罪人を御預かりするということの意味を私もぐるぐると考えざるを得ませなんだ。正直に申せば、どうすべきなのか、こうして実際にお会いしてもまだ決めかねております」

「申し訳なく思います」

八郎はこうべを垂れた。が、すぐに顔を上げ、男の目をまっすぐに見つめた。

「とんだ厄介事を持ち込み、心痛まぬはずもございません。しかし、この八郎、すべきことがあるゆえ、ここで果てるわけにいかぬのです。されば、強いて」

「強いて……」

「無理を承知でお頼み致す」

八郎は畳に、残った手を突いた。沈黙はどのくらいあったろう。長かったような、短かったような……。ようございます、と男は確かに返答したのだ。頼んだのは自分だが、八郎は耳を疑うように瞠目《どうもく》した。

「ようございます、八郎さま。その御身は、私、一命に代えて御預かりし、お守りいたしましょう。それほどの宿願がおありなら、是非ともお果たしなされませ」

八郎は息を呑み、

「かたじけない」

万感を込めて礼を述べた。

これで八郎の中島への潜伏が決まった。

匿ってくれた男は、村はずれに別の小屋を用意し、飯炊きの老婆を一人つけてくれた。

「これでいったんは別れだな」

小屋の前で、淑が泣くような顔で言う。八郎は感謝を率直に言葉にした。

「兄さんの厚情にはどれほど感謝しても、し切れません」

「良いか、八郎。必ず迎えに参るゆえ、早まった真似だけはせんでくれよ」

「大丈夫ですよ。ただ、薩長の奴らに居場所が知れ、縄をうたれそうになったそのときは、兄さんの労を無駄にすることになりますが、お許し願いたい」

「仕方あるまい」

「そうでない限り、自ら命は断ちません」

安心してくれと八郎は約束した。淑が嘆声を吐く。

「なにか怖いのだ、八郎よ。お前が頭を剃って以来、どこか透き通っていくような気がしてなあ」

「なんですか、それは」

八郎は笑った。

「いや、口では説明し難いのだが、何か人ならみな持っている濁りのようなものが失くなっていっているとでも言おうか……」

八郎はやはり微笑する。淑がこつんと自らの頭を叩く。

「俺は何を言っているのか、さっぱりわからんな。とにかく、潜伏は辛いものだが、八郎、待っていてくれ」

「わかりました。兄さんも、お気をつけて」

鎌吉はいったん淑に付いて江戸に行き、気になっている会津や奥羽のことでわかることがあれば調べてまた戻ってくるという。

「頼むよ」

二人が去っていくのを、八郎は一人、中島で見送った。

五

中島で八郎は特にやらねばならないことがあるわけではない。僧形をしているのもきっと偶然ではないのだと思い、せめてもの思いで散っていった仲間の供養に日々を費やした。経を読み、写経をする。

そんな八郎のところに最初に姿を現したのは鎌吉だった。鎌吉は嬉しい知らせを持って戻ってきた。

「小太郎様はご無事でございますよ」

「そうか、良かった」

「へい、まったくでさあ。中根様と江戸……今はなんですか、東京ですか……」

「江戸でいいさ」

「お江戸で再会なさいました」

「なによりだ。他の者はどうしたろう」

同じ美加保丸に乗船していた六百人ほどの男たちの行方が八郎は気になった。人数が多いから同じ船に乗っていたといっても顔すら覚えぬまま別れた者も多いが、みな同志に違いない。無事ならいいが——と願っていたが、鎌吉は首を左右に振った。

「ほとんどが捕まっちまったようです。沼津方面に逃げた者もいたようですが、執拗な追手が掛かっていると聞いております」

そうか、としか答えようがない。箱根の戦からずっと何度も味わってきた「俺は無力だ」という思いがまた八郎の中に湧き上がった。

(それでも俺は諦めぬ)

無力だから、やれることをやるしかないのだ。どれほど条件が悪くても、どれほど不利な立ち位置でも、やれる範囲の精一杯を遣り尽くし、一歩でも、いや半歩でも進んでいくしかない。八郎は髪を切ったときからもう迷わないと決めている。

「今、中根様と小太郎様は横浜に行っております」

と鎌吉は言う。

「横浜に」

横浜という言葉に八郎の声はわずかに弾んだ。八郎の一番の望みは、東北で戦っているはずの人見勝太郎や林昌之助ら率いる遊撃隊の元へ馳《は》せ参じることだ。それには横浜から異人の操縦する商船に乗るのがいい。

淑も小太郎もわかってくれている。なんとしても八郎を彼の地に届けてやろうという気持ちがなければ、横浜という土地は浮かばない。

（兄さん、小太さん……）

二人は八郎を中島から横浜へとまずは落とし、今度は横浜に潜伏させ、そこから船に乗せようとしてくれている。

薩長の目がぎらつく中で、それがどれほど大変で命がけの仕事になるか、わからない八郎ではない。自分は稀有《けう》な友を持ったのだ。

横浜での潜伏先はもう目星がつけてあると鎌吉は言う。

「横浜の北方村というところで通訳もやっている英語塾の先生で、尺振八《せきしんぱち》先生を頼ってみようという話になっておりやす」

「尺振八先生……」

八郎の知らぬ名だ。

「もう中根先生がお話をされてほとんど頷いてくれてはいやすが、最終的に八郎の旦那を見てからだと言われて……へい」

ああ、と八郎は目を細めた。一本気で曲がったことが嫌いな男の姿が浮かんだ。

「信用できる御仁だな」

「へいっ」

「それでおいらはいつ横浜へ行けばいいのかえ」

「そのことでごぜえやすけどね、もう少しお待ちください。この上総にも横浜にも、新政府の役人がうようよと目を光らせていやす。もう少し時を稼げば上総の方は手を引きましょう」

上総の役人たちは、まさに八郎ら美加保の乗組員を狩るために派遣されたいわば追手たちだ。この連中はすでにずいぶんと〝狩り〟を成功させ、ほぼ房総では狩り尽くしたつもりでいるはずだ。すでに狩場は駿河の方に移りつつあるのだ。確かに時間と共に手薄になるかもしれない。だが、横浜は船の出入りが頻繁ゆえに常に警戒されている地だ。こちらの警備は臨時態勢ではない。常時、厳しい目が光っているのだ。

「上総は海路を使って脱出いたしやす。本当はまっすぐ横浜に行ければ良いのですが、横浜の港は船の出入りも多く、昼夜問わずの監視態勢で、港も狭く見張りも行き届いてございます。比べて江戸は、さすがに水の町と申しましょうか。蜘蛛《くも》の巣のように水路が広範囲にわたり巡っておりますゆえ、とうてい監視の目も行き届かぬでしょう。ここはいったん真夜中にそっと江戸へ入り、そこから陸路を取って、横浜へ入るのがよろしいでしょう」

「承知した」

「手引きする側が横浜の地理や情勢に詳しくなければ、いかんともし難いということで、小太郎様も中根様も今は横浜を何度も歩いて、あの町を体に叩き込んでいるところでございますよ」

その土地をとことん歩いて体に叩き込むのは、いつも八郎がやっていたことだ。八郎は感謝を込めて頷いた。今、八郎にできることは、友を信じてこの地で息を潜めていることだけなのだ。

鎌吉は数日滞在しただけで、

「それではあっしはまた向こうの様子を探ってきやす」

また姿を消した。

それからどのくらい八郎は一人でこの地で待ったろう。

一日千秋とはよく言ったものだ。中島に一月《ひとつき》以上も足止めとなり、八郎は実際、ひどく焦《じ》れていた。だが、ここで我慢しきれずに自分勝手に動けば、横浜で奔走する淑や小太郎の努力が無駄になる。日々、ぐっと耐えた。それだけに、とうとう迎えにきてくれた小太郎の姿を見たときの嬉しさは、どう表現したらいいものか。

「八郎、待たせたな」

苦労の染みた顔で破顔する小太郎をぽかんとしばらく眺めた後、ようやく八郎は口を開いた。とはいえ感無量過ぎて、

「君か」

と言ったきり気の利いた言葉は何も出てこない。

小太郎も、

「よく無事で……」

それ以上の声は出なかった。

高揚した気持ちも落ち着いたところで、小太郎は八郎の書いては積んでいった写経の山を手に一枚一枚丁寧に見ながら、

「お前に伝えなければならないことが山ほどあるのだ」

少し重そうに口を開いた。

「ああ、俺も訊きたいことがたくさんある。ここでは飯炊きのばあさん以外、誰とも口をきいていないからな」

いったい奥羽の戦はどうなったのか。かの地に援軍として出軍した遊撃隊はどうなったのか。そのことを思わなかった日は一日もない。

みな無事でいるのだろうか。戦をしているのだ。全員が無傷ということはまず考え

られない。必ず同志のだれかは命を落としたことだろう。

小太郎の顔を見ればわかる。今から目の前の友が自分に伝えようとしてくれていることは、あまりよくない話なのだろう。話したいことが山ほどあると言っておきながらなかなか続きを口にしない小太郎に、

「大丈夫だ。俺は聞く準備ができている。さあ、話してくれ」

八郎は促した。小太郎は、「そうだな」と頷く。

「八郎は、改元の件は聞いているか」

「いや」

「そうか。薩長のやつらは、世の中がもう新しく変わったのだと日本中に知らしめるため、改元を行ったのだ。〝慶応〟はなくなり、今は〝明治〟という」

小太郎は文机の上に置いてあった筆に墨を含ませ、「明治」と書いた。

「明治……明るく治めるか。一々、癪《しゃく》に障るな」

江戸が東京に変わったときと同じ不快さと、体の奥底から沸き上がる怒りを八郎は覚えた。

「もっと癪に障る話がある」

小太郎が眉宇《びう》に影を宿して言う。

「言ってくれ」

「会津が落城、降伏したぞ」

八郎は一瞬、息が止まりそうになった。会津の落城は、実質奥羽越列藩同盟軍の敗北を意味する。盟友土方歳三はどうなったのか。遊撃隊の戦地は会津ではないが、会津が落ちたのならのっぴきならない状況にさらされている可能性の方が高いのではないか。

小太郎が詳しく話してくれる。

「八月下旬に会津城下は新政府軍に攻め込まれ、籠城を余儀なくされたそうだ。それでも一月の間、持ち堪《こた》えて戦った。力尽きて落城したのが九月二十二日だという」

「会津落城後、ほかの同盟軍はどうなった」

「ほとんどの藩が落城を待たずに降伏した。会津が落城してもなお抵抗を示したのはわずかに三藩だ。一関藩、盛岡藩、庄内藩だ。だが、それもとうてい持たず、月が変わらぬうちに、全てが降伏・開城した。翌月の十一日に彼の地の全ての戦闘が終結し、奥羽・北越は新政府軍の手に落ちた」

八郎は深く目を閉じた。

「遊撃隊は、どうなった」

「わからん。わかるのはかろうじて大勢だけだ。一隊の詳細までは伝わってこない」

「そうか」

仕方のないことだ。仲間との連絡は一切、遮断されているのだ。小太郎の教えてくれる情報は、江戸や横浜で拾ったものなのだろう。それだとて、どれほどの危険の中で集めてまわったものか。

「榎本艦隊はどうなった」

陸は敗北した。それは理解した。だが、まだ榎本艦隊がいる限り、制海権は新政府側に渡していないはずだ。そうであれば、満身創痍《そうい》とはいえ、旧幕府軍は戦える。

「蝦夷へ向かった」

蝦夷へ——。

確かに釜次郎は最初から蝦夷へ行くと言っていた。あのとき釜次郎は妙なことを言っていなかったか。確か、「蝦夷に新国家を創ろう」とかなんとか。

新政府側にも、この件に関して嘆願書を出していたはずだ。徳川の遺臣を集め、北の凍土を開拓し、露国侵攻の脅威から北方の守りを固めんと。

「小太郎、釜さんは蝦夷へ薩長政権と戦うために行くのだな」

八郎は小太郎に確認した。小太郎は奇妙な質問を受けたという顔で首を傾《かし》げる。

「ほかに何がある」

「いや……」

「仙台に碇泊していた榎本艦隊は、奥羽・北越の地で戦った旧幕府軍を吸収し、不毛の地と言われる蝦夷へ船首を向けたと、江戸でも瓦版が出ていたぞ」

「そうか。ならば、遊撃隊も釜さんらと蝦夷へ行ったに違いない」

八郎の言葉に小太郎も力強く頷いた。

「おそらくそうしたろう。八郎、行くだろう、俺たちも」

「行くさ。必ず」

「今から中島を脱出して横浜へ向かい、蝦夷地行きの船を探すぞ」

「蝦夷より北はない。そこが我々最後の戦場だ」

蝦夷で戦い、蝦夷に散り、極寒の凍土へ骨を埋めて土に還るのだ。そうして初めて自分は、箱根で散った仲間に顔向けできる。徳川の臣として忠義を貫くことができる。あの世で再び上様にも会えるに違いない。

これで話は終わったと、すっかり八郎は思い込んだが、そうではなかった。

「八郎、あと一つだけ、お前に伝えねばならん」

やはり言いにくい話のようだ。そんな顔を小太郎はしている。八郎は目顔で促した。

「中根さんのことだ」

「兄さん……」

「もう二度とお前は中根さんと会うことはない」

さっと八郎から血の気が引いた。なにかあったのだろうか。まさか、美加保の乗組員として追手に掛かり、捕縛されたというのか。

そうではない、と小太郎は首を左右に振った。

「中根さんは離脱したのだ。これ以上、戦い続けることはできないと言ってな」

心変わりだ。にわかには信じがたい話だった。

「まさか、兄さんに限って……」

「今からお前を匿ってくれる尺振八先生のことは鎌吉から聞いたと思うが」

「ああ、聞いた」

「尺先生は、今から榎本艦隊と合流してあくまで戦おうとする我らのことを、やめさせたいと思っておられる。会津が降伏した今、なお戦うことにどれほどの意味があるのかと……それよりは新しい人生を切り開いていくべきだと言われてな」

「説得されたのか」

「その説得を中根さんは尺先生に、八郎にはしてくれるなと掛け合ったのだ」

「ちょっと待ってくれ、話が見えない。それでなぜ兄さんが説得されているのだ」

「いわば交換条件だ。自分は尺先生に従おう。だが、八郎には言ってくれるなと。八郎だけは蝦夷地へ行かせてやってくれと言ってな」

八郎は呆然となった。小太郎は続ける。

「八郎は北へ行く手立てを失えば、必ず死ぬ。自ら死を選ぶ。だから、どんなことをしても、必ずや、蝦夷へ送ってやって欲しいと、そう中根さんは尺先生に言ったのだ。それで尺先生はわかったと頷かれ、八郎の身柄を無条件で引き受けて蝦夷行きの手助けをしてくれることを約束してくださった。だから中根さん自身も尺先生と交わした誓いを守り、横浜を発って徳川家十六代様（家達）を追って駿河へ向かったのだ」

しばし、息ができぬほどの衝撃を八郎は受けた。

「俺のために……」

「それもある。だが、中根さんは旅立つときにこうも言っていた。『〝小糸屋〟のお美路ちゃんの親父さんとお袋さんに会ってからこっち、心がずっと掻き乱されていた。無縁の者の、ただ精一杯に頑張って今日と同じ明日を迎えたいというほんの小さな幸せを奪うことが、俺にはできなくなってしまった』とね。俺にはなんのことかわからぬが、八郎にはわかると言ってな、伝えてくれと。決して八郎の犠牲になったわけではなく、自身が選んだ道でもあるのだと……そう伝えてくれと言っていた」

ああ、そうかと八郎は頷いた。頷くしかなかった。自分はたぶん、そんな淑の心の揺らぎを知っていたような気がする。あの東金の夫婦に会って以来、淑はずっと悩んでいたのだ。

(兄さん、わかるさ。兄さんの気持ちはよくわかる。親父さんとお袋さんの言葉は、あれは実際、おいらにも刺さったからな)

そうだ、やめられる者は戦いをやめたらいい。きっとそれが正解なのだ。だが俺は——と八郎は死へ向かって前を向く。

(戦うのみだ)

六

明治元(一八六八)年十一月上旬。

八郎は今、横浜にいる。

尺振八の英語塾の塾生に混ざり、塾生の一人として授業を受けたり、当番をこなしたりしている。振八は淑とほとんど変わらぬ年齢で、低い声が心地よい穏やかで温かな男であった。塾生からも慕われている。八郎もすぐに好きになった。

八郎は、塾の中で自身の正体が遊撃隊隊長の〝伊庭八郎〟であることは、隠し通している。尺振八とその細君以外の者には、嘘の名を告げていた。中島八英だ。ここに来るまで潜伏していた中島村の中島と、八郎の八、それに英語塾だから英の字を付けた、実に適当な名であった。

元々江戸で有名だった〝伊庭八郎〟が、「箱根で左腕を失った」ことはよく知られた話だから、塾生たちに自分が隻腕なのだと知られぬよう、気を配っている。八郎はいつも懐手にして、斜に構えた男を気取った。

ここはさすが横浜だ。海を渡れば東北も蝦夷もすぐだからだろう。行き来している異国の商人たちの口を通じて、ずいぶんと榎本ら旧幕府軍の動向も耳に入ってくる。奥羽の戦で敗れた旧幕府軍の者たちは、いったん仙台に結集した。そこに榎本ら海軍が停泊していたからだ。九月下旬に庄内藩が降伏したあと、もうここまでだと思い定めて仙台の地で新政府軍に降《くだ》った者も大勢いたということだ。それでもなお三千人ほどは、八郎のようにあくまで最後まで戦おうと海軍の船に乗った。榎本の従える船は次の七艦である。

開陽丸・回天丸・神速丸・千代田形・蟠竜丸・鳳凰丸《ほうおうまる》（六〇〇トン・帆船・全長三

六・四メートル）・太江丸（五一〇トン・一二〇馬力・全長四八・八メートル）。

彼らは蝦夷の大地を踏み、箱館五稜郭《ごりょうかく》を落として自らの根城とした。彼の地に新国家樹立の嘆願書を新政府軍に出して様子を見る一方で、蝦夷を預かる松前藩を攻めた。

ひときわ戦場で名を轟《とどろ》かせているのが、かの土方歳三だということも八郎は聞き知った。

（なんだ。トシの奴、生きていただけじゃなく、大暴れしていたのか）

まだ十代のころ、あの男としょっちゅうつるんで吉原に出入りしたり、喧嘩《けんか》をしたり、剣を交えたりした、なんの憂いもない日々が思い出される。いや、あのころも悩みはあったが、今に比べればどうということもなかった。毎日が楽しくて仕方なかった。

思えばあのころのつけを今、自分たち幕臣は払わされているのだ。

（おいらたちが平和な日常を謳歌《おうか》しているころ、薩長はなにをやっていたのだろうねえ）

世の中の変化を感じていなかったわけではない。なんの対策も取らなかったわけでもない。それでもなお、まるで足りなかった。

何が足りなかったのか――おそらく何もかもが足りていなかったのだ。

八郎は、一日も早く蝦夷へ行きたかった。行って、歳三に会い、遊撃隊と合流し、今もずっと胸にしくしくと疼《うず》く悔いも、仲間を失った狂おしさも越えて、ただ戦う鬼と化し、徳川の気概をほんのひととき示したら、あとは急速になくなりつつある古い時代に殉じるのだ。

馬鹿で意固地で融通が利かない男ということなのだろうが、侍とは主君のために生き、主君のために死ぬ者のことをいうのだから、徳川将軍を主君に仰ぐ侍として生まれた自分が、江戸幕府の崩壊と共に散るのはひどく自然なことだ。

一刻も早く蝦夷箱館に行きたいといっても、しょっちゅう箱館行きの船が出ているわけではない。それに外国船に乗せてもらうことになるので、運賃がひどくかかる。金策の見通しが、今のところまったく立っていなかった。

稼ぐことなどできないのだから、誰かに借りるしかない。だが、行ったきりもどらぬ旅だ。返すことなどできないではないか。だとしたら、貰《もら》うしかない。

小太郎と二人分の運賃で数十両かかる。いったい誰がそれほどの大金を、すぐに用意できるだろう。用意できたとしても、なんの見返りもなく、くれる者などそうそういるはずもない。

「賭場の用心棒でもするしかないかな」

小太郎が冗談交じりにそんなことを言う。だが、片腕の用心棒を雇う者もいないだろう。両腕の揃った小太郎は、あいにく用心棒ができるほどの腕がない。

江戸に潜伏している小太郎は、しょっちゅう横浜に通ってくる。本好きの八郎のため、来るたびに面白そうな本を持ってきてくれる。一方、鎌吉はあまり顔を見せない。少しでも旅費の足しになるようにと、江戸の料理屋にまた勤め出したからだ。休みの日しか来られない。

だが、真面目に料理屋で働いて、どれほど稼げるというのか。鎌吉の腕なら、どこも人より高額で雇ってはくれるだろうが、今すぐに数十両がどうにかなるはずもない。がんばっても半年はかかるだろう。

冗談で、横浜港に浮かんでいるストーンウォール号を奪い、箱館まで航行しようか、などと言い合ったこともある。

ストーンウォール号とは、一八六四年に造られたばかりのフランス船で、現在はアメリカが有している。幕府が五十万両で購入契約を結び、すでに四十万両を支払ってある。

ところが、アメリカが横浜まで太平洋を横断して航行させてきてみれば、買い手の幕府が消滅してしまっていた。

排水量一三五〇トン。全長五〇メートル。一二〇〇馬力。装備は三〇〇ポンドのアームストロング砲が一門と七〇ポンドのアームストロング砲三門だ。最高飛距離四キロメートル。威力は、一日で上野戦争を終結させた佐賀のアームストロング砲の五十倍だ。

船体全てに厚さ十二センチメートルの鋼鉄が巻かれた装甲艦で、これは日本にあるどの砲を撃ち込んでも、ストーンウォール号に穴を開けることはできないということでもあった。

つまり、無敵の艦船である。

この時点で、日本の艦船でもっとも優れたものは榎本釜次郎が箱館に航行させた開陽丸で、他の艦船に比べればこちらも突出して優れたものであったが、ストーンウォール号とでは比べようもなかった。

四月に横浜港に入港して以来、釜次郎は残金十万両を持って何度もアメリカと購入の交渉を行ってきた。幕府が契約を結び、自分たちは旧幕府軍なのだから、当然、購入の権利があると主張した。

当たり前のことだが、新政府側も指を咥《くわ》えて見ていたわけではない。新政権を樹立した自分たちこそ、購入の権利があると主張した。

一方、売り手のアメリカは、日本は内乱の最中にあるという認識を示している。そして、薩長が立ち上げた俄《にわ》か政府を、まだ正式な唯一の日本政府だと認めていなかった。経緯をじっと見守っている。旧幕府軍の希望もここにあった。薩長が王手をかけているとはいえ、まだ国際社会上、日本政府の座は空いている。

このため、アメリカは、

「自分たち外国人は中立の立場にあるのだから、どちらかに肩入れするようなことはできない。今は売れない」

との返事をどちらに対しても繰り返すばかりだ。

ストーンウォール号が、内乱の勝敗の鍵を握り得る武器であることを如実に証明している返答でもあった。それほどの軍艦だ。もし、ストーンウォール号を奪取することができれば、どれほど有利に働くか……。

もっとも、「奪おうか」などと言ったところで、八郎と小太郎の二人で何ができるわけでもない。よしんば、奪えたとしても二人共に船は操れない。なにより所有者はアメリカなのだから、奪ったとたんアメリカが喜んで報復参戦してくるのは目に見えている。

「中島さん、御来客ですよ」

同じ塾生の高梨哲四郎《たかなしてつしろう》少年が、八郎への来客を告げる。またですよ、といった顔をしているから、小太郎が今日も来たというところか。

「ああ、哲さん、すまないね」

八郎は左手を懐手のまま、哲四郎の頭を右手で撫《な》で、出入り口まで出ていく。そこに立っていたのは思った通り小太郎だ。

手にした風呂敷を掲げ、

「今回の土産だぞ」

八郎の方に突き出す。新しい本だ。

「嬉しいねえ」

上がるだろう、と屋内に引き返そうとする八郎に、

「ちょっと外に出ないか」

小太郎は意外なことを口にした。

横浜をうろうろするのは危ないのだ。だから外出などせずに部屋に閉じこもって本ばかり読んでいる。そのことを知らない小太郎ではないのに、こんな風に言うのは、なにかよほどの事情があるに違いない。

「わかった。行こう」

八郎はいったん部屋に戻って差し入れの本を文机の上に置いた。それから振八のところへ外出の旨を告げにいく。止められるかと思ったが、

「帽子を被《かぶ》っておいきよ」

振八は自分のシルクハットを八郎の頭に載せてくれた。

坊主頭が伸びかけてざんぎり頭になっている八郎に、シルクハットはすっぽりとはまる。羽織袴《はかま》に西洋帽子はいかにもちぐはぐな感じがするが、外国人のために作った新しい町の横浜には、そんな妙な格好をした者たちであふれていた。

横浜には、帽子を被り、ステッキや蝙蝠傘《こうもりがさ》を持った者が闊歩《かっぽ》し、革靴を痛そうに履いている者も多い。八郎の目指す箱館も似たようなものだと聞いている。

八郎の帽子姿に小太郎が瞠目し、

「顔に影が落ちて、俺がすれ違ってもお前さんだと気付きそうにないぞ」

これなら安心だ、と太鼓判を押した。

外へ飛び出した二人は町中へ向けて坂を下っていく。八郎にとってはあまりに久しぶりの下界だ。

「いったいどうしたんだえ。急に外出なぞ」

なにごとだ、と説明を求める八郎に、

「お前さんに会いたいという人がいてね」

小太郎は振り返らずに答えた。

「おいらにかえ。だったら塾の方で会ってもよかったじゃないか」

「いや、それはさすがに……。茶屋で待ってもらっているんだ」

「茶屋……」

色っぽいことに使われることが多いが、必ずしもそうとばかりは限らない。

「俺の知っている御仁なのか」

「ああ……よく知っている」

「誰だえ」

半歩分だけ先を歩いていた小太郎が、八郎を振り返った。

「お礼ちゃんだ」

「………」

――礼子。

八郎は驚いたが、どこかで予測していた答えだったような気がする。

「連れていけと言われたのかえ。それとも連れていこうと言ったのかえ」

「会いたいと言われた。俺も会うべきだと思った」

「そうだな。その方が、礼にはいいんだろうな」

きちんと顔を見て、きっぱりと別れを告げてやった方が、今は辛くとも結局は礼子も早く八郎を思い出に変えることができるのではないか。

「茶屋にはお前一人が入れよ」

小太郎は少しきつい口調で八郎を促した。

「わかった」

「俺は外で待っている。待ってお礼ちゃんを無事に藤沢へ送り届けてやらんと危ないからな」

「藤沢？」

なぜ、江戸ではないのか。

「これから駿府に向かうそうだ」

ああ、と八郎は思い当たった。

徳川家達が駿河府中入りしたのを追って、続々と幕臣たちが七月くらいから移動しつつある。だから淑も駿河に向かったのだ。伊庭家もこれから向かうのだろう。

駿府は雪など滅多に降らず、暖かいところらしいが、本格的な冬が到来する前に、みな移動を終えてしまいたいのだ。

「今からなら、もう最終組だな」

八郎の推測に小太郎はそうだと頷いた。

「御父君と御母君はとっくに移られたらしい。御二人が先に行って、生活の目途《めど》が立ってから呼びよせるということだったらしいよ」

「義父上らしいな」

「……人間、どんなときも、その人らしい行動しかとれないものさ」

「違いない」

茶屋の前に着いた。さあ、行ってこいと見送ろうとする小太郎に、八郎は訝《いぶか》し気に眉根を寄せた。

「けど、お前さん、なぜ外で待つんだ。もう一部屋借りて、そちらで待てばよかろう」

「そりゃァ、それでもいいさ。けど、なんとなく外で待ちたい気分なだけだ。そういうときもあろう。ただ空を見ていたいというときがさ」

空？

八郎は少し紫がかったこの日の空を見上げた。煙のような薄い雲が、寄り集まったり離れたりと忙しそうに動いている。

「なあ、八郎。余計な世話かも知れぬが……今日は逃げるなよ」

八郎は視線を空から小太郎へと移した。

何からというのは愚問だ。八郎はもうずっと礼子の自分に向けられた真っすぐな気持ちから逃げてきた。

今日はもとより逃げる気なぞなかった。いつもの小太郎なら、こちらの気持ちはお見通しで、こんな余計な言葉をわざわざ言いやしない。いったいどうしたのだと困惑しつつ小太郎の瞳の奥を覗《のぞ》いた八郎は、あっ——。上げそうになった声を呑み込んだ。

お前、もしかして礼子のことを……？

八郎はゆっくりと目を伏せた。もしそうなら、気付かぬふりをするべきだ。

「行ってくる」

八郎はシルクハットを小太郎の手に預けた。

「八郎！」

「せっかくお前さんが作ってくれた機会だ。しっかりと別れを告げてこよう」

「…………」

八郎は一人茶屋へと入った。

七

八郎が部屋に足を踏み入れたとき、礼子は窓辺に凭《もた》れ、襖《ふすま》に背を向けていた。八郎が入ってきても、一向にこちらを振り向かない。窓の外を見ているのかと思って近づくと、小さな寝息が聞こえてきた。

横に旅の支度が整えてある。女の足では、江戸を出て藤沢まで、いったん横浜に寄って一日で歩きおおせる距離ではない。この刻限に横浜にいるということは、昨日は途中で一泊したのだろう。だとしたら、川崎だろうか。

まさか駿府まで女一人旅のわけもないから、他の家族とはこれから藤沢で合流するのだろう。だから小太郎は藤沢宿まで礼子を送り届けるのだ。つまり、家族のみなが、礼子がここに立ち寄ることを承知しただけでなく、それを考慮して旅程を組んだということになる。

（そうだ。第一、駿府への移住には、そのための船が出ていると聞いていたぞ）

わざわざ陸路を選んだのは、礼子が八郎に会うためだ。それだけ礼子の気持ちが切羽詰まっていたというわけか。

当たり前かもしれない。許嫁なのだから。

(よく眠っているな)

今日はずいぶん歩いたろう。疲れているのだ。

寝顔を覗き込むと、八郎の中に懐かしさが込み上げてきた。だがそれは、今でもやはり妹に対する愛おしさだ。

それにしても、両手で包み込んでしまえるほど小さな顔だ。八郎も色白などと言われるが、「男にしては」というに過ぎない。礼子の肌は本当に透き通るように白い。スッと通った鼻筋に、小さいけれど十分に膨らみをもつ艶やかな唇。うっすらと桃色に色づく瞼《まぶた》の先に、濃く長い睫毛《まつげ》が時おり震えるように揺れた。

項《うなじ》の美しい娘であった。

このまま寝かせておいてやりたいが、時は無限ではない。

「礼」

八郎がそっと肩に手をかけて揺さぶると、「うん」吐息のような声を上げ、礼子はゆっくりと目を開けた。

「あっ」

礼子は目の前の八郎の姿に、不意打ちにあったかのように瞠目し、頬を染めた。戸惑いがちに左腕に視線を走らせたが、有難いことに何も言わなかった。

「お兄様」

本当は違う呼び方をしたかったに違いないが、瞬時迷って礼子は結局いつものように八郎をそう呼んだ。

「駿府に行くそうじゃないかえ」

「ええ……みな達者にしております」

それは、八郎が一番知りたかったことだ。

「文にも綴った通り、お前にはすまないことをしたね」

「いいえ。こんな時代ですもの」

「そんなありきたりのことを言わずとも、わがままを言っていいんだよ。これが最後なんだから」

礼子の瞳が瞬《またた》く間に濡れた。

「ええ。そうさせていただこうと思って来たんですものね」

礼子は少しためらって、勇気を出そうと自分を納得させるように息を深く吸って吐き、

「八郎様」

小さく呟《つぶや》いた。そのとたん、体が震え始めた。八郎は幾分ぎこちなく、礼子を抱きしめた。二人はしばらくそのまま動かなかった。

先に口を開いたのは礼子の方だ。

「私ね、今日は振られに来たの」

「振られにかえ」

礼子はこくりと頷く。

「八郎様の口でちゃんと振ってください。きっぱり諦めがつくように。お文では心が残ります」

言いながら礼子は泣いている。

なんといういじらしい娘だろうと八郎の心が揺さぶられる。

「そうしよう」

八郎は、真正面から礼子の気持ちを受け止め、せめて真っ正直に自分の心をさらしてやりたいと思った。今の自分にできる精一杯のことだ。

「私」

礼子は涙を拭くと改まって座りなおし、八郎をじっと見詰めた。八郎も改めて座りなおした。礼子の体は、今も小さく震えている。

「……八郎様が好きでございます。お兄様としてではなく、お慕い申し上げております。もう、ずっと……ずっと前から好きでした」

「ありがとうよ。けど、俺には惚《ほ》れた女がいる。お前の気持ちには応えられない」

八郎は嘘偽りのない気持ちを真っ正直に礼子へ告げた。

ぽたりと礼子の目から涙が落ちた。

うん、うんと礼子は頷く。その目から、ぽたぽたと涙が落ち続けた。

「それ、あの人なの。吉原の……」

八郎は小稲の顔を思い浮かべた。心形刀流宗家の跡取りが決して溺れていい相手ではなかった。もし、こんな時代にならなければ、八郎は一生、本音を語ることはなかったろう。だが、礼子は知りたがっている。八郎はそれさえも隠さず頷いた。

粋と言われた男の根っこの部分の野暮ったさを曝《さら》け出すのはずいぶんと恥ずかしかったが、それ以上に今は礼子に誠実でありたかった。

「そうだ。小稲だ。吉原の花魁《おいらん》に本気になるなど、野暮で馬鹿な男だが、それがおいらだ。礼、すまんな」

「ううん。……嬉しい。初めて……八郎様が答えてくれて、初めて……私をひとりの女として扱ってくれたのだもの」

（なんということを言うのだえ）

「私ね、本当は……三行半《みくだりはん》をくださいましってお願いしようかと思っていましたの」

「だっておめェ、俺たちは……」

許嫁だったが、結婚はしていない。

「わかっています。けど、けじめがつきますし、せめて夢が見られると思って……八郎様の妻だったときがあったんだって……」

それで気がすむなら、書いてやってもよかったが、礼子は無理に笑ってみせ、

「けど、こんなにはっきり振られたら、いただけないわ」

涙を拭った。

礼子は八郎の頬に白い指をあてて、そっと撫でた。

「変な髪形……」

「お前なあ。そういうことは普通、口にしないもんだ」

「ええ、でも……。……もう一つ訊いてもいいですか」

「もちろんだ」

「お兄様は死んでおしまいになられるおつもりなのですね」

なんと率直に訊くのだろうと八郎は目を瞠《みは》る。

「ああ、俺は死ぬ」

八郎も率直に答え、「父上と母上を大切にな」と付け加えた。

「はい。お兄様の分まで私が」

「ありがとうよ」

礼子は八郎に触れていた指を引き、立ち上がった。

「もっと一緒にいたいけど、これから藤沢まで行かないといけません……」

「ああ。気をつけておゆき」

そしてきっと幸せになってくれよと八郎は祈る思いで願った。

「お兄様も」

礼子は小首を傾げる。他に言う言葉も見当たらなかったのだろう。

泣きそうな顔で微笑した。

八郎が礼子を見たのはこれが最後である。

十一月も半ばになった。

「中島君、後でわたしの部屋に来てもらえるか」

振八が、八郎に声を掛ける。

「わかりました」

答える八郎の横で、例の高梨哲四郎少年がむっとした顔をしている。

哲四郎はまだ十三歳だが幕臣の出なので、これからの世を生きるには、出発点がすでに薩長側の人間に比べれば不利である。それがわかっているからか、これからの世に役立つのは「英語」だと目を付けて、懸命に学ぶ姿がいじらしい。

八郎より数カ月前にこの塾にやって来たというだけで、精一杯先輩ぶって八郎の世話を焼いてくれようとするのも可愛らしい。

だが、なにより哲四郎の二人の兄は須藤時一郎《すどうときいちろう》と沼間守一《ぬまもりかず》といって、戊辰の戦に身を投じた男たちであった。勝太郎と同じ奥羽に駆けつけ、銃を手にして戦った、いわば八郎の同志である。

その弟だから、こちらもつい世話を焼きたくなるのだ。八郎はよく哲四郎の頭を撫でた。今も撫でた。

「哲さん、どうしたんだえ。小難しい顔をして。眉間に皺《しわ》ができているじゃないか。まだ若いのに」

「わたしは怒っているんです」

「なぜだえ」

「なぜって、わたしたち他の塾生の前だけならまだしも、尺先生の前でも懐手にするのは、失礼に当たりませんか。他のときはともかく、先生の前では慎むべきです」

憤慨している。

哲四郎は、八郎が片腕なのを知らない。他の塾生の中には薄々左手の先がないのではないかと疑っている者もいるようで、何かにつけて確かめたがる困った輩《やから》もいた。が、この少年は寸分も疑っていないようだ。

八郎は微笑した。

哲四郎の威勢はそれで萎《しぼ》み、

「なんだかずるいや」

と呟いた。

「何がずるいんだ」

「だって、中島さんが笑うと、それ以上は言ってはいけないような気になるんです」

「そうかえ」

八郎はまた哲四郎の頭を撫でた。

「先生、ご用でしょうか」

八郎は振八の手のすく時間を見計らい、部屋を訪ねる。

「ああ。どうやら近日中に箱館行きの船が出るようだ。出港日時など、もっとわかれば随時知らせるが、支度などがあるだろうから、早く教えておいた方がいいと思ってね」

ありがとうございますと八郎は頭を下げたが、内心は焦った。

乗船のための費用をどう工面すればいいのか。自分の分と小太郎の分とで五十両。もう時間がない。

そんな大金の都合を付けてくれる者など、一人もいない。八郎の知り合いといえば、みな幕臣だから、自分の生活を守るのが精いっぱいの者たちばかりだ。

五十両が集まらなければ、箱館には行けない。八郎の頭に、とある女の顔が浮かぶ。

これまでにも何度か浮かび、そのたびに打ち消してきた顔だ。

「小稲……」

吉原稲本楼の花魁小稲。

（俺は残酷なことを考えている）

八郎が生涯でただ一人惚れた女である。

五十両もの大金を、身を売って生きねばならない女に無心するなど、そんな話は一度たりとも聞いたことがなかった。

遊女が、一両の金を稼ぎだすのに、どれほどの思いをしているのか。

五十両を男に渡せば、女は五十両分だけ、吉原という地獄から抜けられる日が遠くなる。

だが――。

八郎は筆を執り、小稲への手紙を綴った。綴っていると、小稲との思い出が鮮やかに蘇《よみがえ》っていく。

二人が初めて出会ったとき、八郎は十五歳で、小稲は十三歳だった。小稲はまだ花魁ではなく引き込み禿《かむろ》に過ぎなかった。引き込み禿とは、末は花魁になることが約束された特別な教育を受ける娘のことだ。小稲は芸事を習うために僅《わず》かな間とはいえ、吉原の外で過ごした時期があるのだ。そのとき、礼子と同じ師匠のもとで踊りを習っていた。だから、小稲は礼子とも面識がある。

意志の強さが炎となって燃えているような目をした娘だ。そのくせ唇はあどけなく、子供っぽさを残している。

八郎に小稲は「サダ」と名乗った。生まれたときに親から貰った大事な名だという。誰にでも教えるわけではない。おそらく初めて会ったときから、小稲にとって八郎は特別だったのだ。もちろん、八郎にとっても。

どうしようもなく魅《ひ》かれていた。それまで恋などしたことがなかったので、持て余す不安定な気持ちが何なのか、わかるまでに時間がかかった。

互いにとって許されぬ恋だったが、不器用なりに育んでいったといっていい。だから八郎にはわかるのだ。この八郎からの手紙を見たときの小稲の気持ちが手に取るように。

一晩かけて硬い石に刻み込むように書き上げた手紙を、八郎は一番の友の小太郎に預けた。

「小太よ、この文を稲本楼の小稲に届けてくれ」

そう言って、八郎は船賃を小稲に用立ててもらうことを打ち明けた。

「無茶だ、八郎。何を言っているのかわかっているのか。幾ら馴染みだったからといって、相手は遊女だぞ」

すぐさま否定した小太郎に、八郎は首を左右に振る。

「いや、小稲なら必ず用意してくれるゆえ、行ってきてくれ。他に頼む者もいない。船は近日中には出るそうだ」

「八郎……焦る気持ちはわかるが、頭を冷やせ。どうしてしまったんだ。お前ほどの男が」

「どうもしちゃいないさ」

「本気で小稲どのが金を用意してくれると思っているのか」

「ああ。思っている」

「吉原での遊び方を知らんお前じゃないだろう。向こうは誰に対しても惚れた振りをするものだ。そうして、一日でも長く、自分のもとに繋《つな》ぎ止め、言葉は悪いが金を一両でも多く落としてもらおうとするものだ。まさか、遊女との約束や、後朝《きぬぎぬ》の別れを本気にしているんじゃなかろうな」

「小稲は違う」

「入れ込んだ男はみなそう言うさ。吉原では一番の笑いものだぞ」

「小太郎。駄目でもいいから、頼む、行ってきてくれ」

「じゃあ、その前に俺の話を聞け。小稲どのはな、犬吠埼から戻ってきた辰吉さんを、匿ったそうだぞ」

「斎藤さんを」

「そうだ。危険を冒して匿い、無事に北へ送り出した。斎藤辰吉は小稲どのの協力で、今頃は戦地にいるぞ。な、わかったろう。お前にだけ一途な女ではないんだ。いや、むしろお前以外に一途に慕う男がいる」

「…………」

「それに有名な話だからお前も知っていると思うが、以前、小稲どのに十両を用立ててほしいと頼んで、こっぴどく振られた男がいるそうじゃないか。男が金をせびるほど、小稲どのはその男に惚れている素振りを見せていたのだぞ。だが、すべてが手練手管だったわけだ。女の本気はどこにも存在しなかったんだ」

「……サダというんだ」

「なんだって」

「小太よ、俺は花魁小稲に惚れたわけじゃない。一人のサダという幕臣の娘に、家のために身を売った優しい娘に惚れたのだ」

「だから、それが手練なんだ。みなに同じようなことを寝物語にしているはずだ。俺の馴染みの遊女もした。名前だって教えてくれたさ。本当の名前じゃないだろうけど」

八郎は、もう何も言わずに微笑する。小稲との間に流れるものは、他人に口で言って通じるものではない。

小太郎は正しいことを言っている。吉原に「本当」などほとんどありはしない。だが、「本当」だと勘違いする男は後をたたない。みな、自分だけは特別だと思うのだ。

勘違いした男が、いかに滑稽で憐《あわ》れな存在か、知らぬ八郎ではない。

それでも、八郎は小稲を信じている。もし、二人の間にこれまで流れた時間が、ただの客と遊女という以上のものでなかったとしたら、それはもう小稲にしてやられたとしか言いようがない。

だが、そうだったとしても、半分だけは本物だ。少なくとも、八郎の気持ちは本物だったのだから。

小太郎はどうしたらいいんだ、と困惑しきった顔でしばらく八郎を見詰めていた。友を傷つけたくない、とその顔は言っている。

だが、八郎のまっすぐな目に、「負けた」とでも言うように、最後には文を受け取った。

「わかった。渡しに行ってこよう。それでお前の気がすむなら」

「かたじけない」

「突っぱねられても泣くんじゃないぞ。そんなものなのだからな」

「ああ」

「信じ切っているお前には悪いが、怒らずに聞けよ。俺は場合によっては小稲どのがお前を東京の政府に売るのも有り得ると思っている。だからいきなり文を渡すのではなく、まずはお前の名を出してみる。そのときの反応次第では、この文は破り捨てるからな」

「そうしてくれ」

「自信ありげな顔をしやがって……」

「すまんね、お前には苦労をかける」

小太郎はフッと笑んで、

「まったくだ」

言い捨て、吉原へと向かってくれた。

八

深みのある黒に、少し紫がかった目をして、小稲は眼前の客を見つめた。

吉原の作法では、初会の花魁は客の顔さえ見ずに、上座でツンとすましているものだが、徳川の時代が終わり、遊びなれぬ田舎侍が大量に江戸に流れ込んでのさばるようになると、そんな作法は取り払わざるを得なくなっていた。

初会と裏は客が座敷に花魁を招いている形式なのだ。だから、接待を受けるのは花魁である。そういうことさえ知らずに女を買いにくる男が増えた。

客を野暮と言って時に笑いものにできたのは、粋な客がそれなりにいてこそだ。今はそんな客はどこを探してもいない。

頑なに作法を守ろうとする花魁もいたが、小稲は時代にあわせて少し自分を変えた。初会の後に裏を返してもらい、三度目にようやく馴染みになる、手間暇をかけた客との出会いの形こそ、まだ改めていなかったが、初会で客に視線を送るくらい、してやるようになった。

この、どこにも見たことのない不思議な瞳でじっとみつめ、微笑《ほほえ》むと、たいていの男はくらりときて、後はもういつも小稲の思うがままだ。

が、目の前の男は、眉間に皺を刻んだ難しい顔で、小稲を見ている。緊張しているのだろうか。間違いなくしているようだが、それは他の客が吉原一の花魁を目の前にしたときの緊張とは種類が違っているようだ。

小稲は小首を傾げる。

おかしい。この客は、いつもの客ではない。

「それがし」

奇妙な違和感を抱かせる客が、口を開いた。

花魁は初会では直接は客と口を利かぬものだ。だのに、本山と名乗ったこの男は、

「元は幕臣であるが、ここにいることでもわかろうほどに、新しい世に馴染み、過去は過去と割り切って生きていこうとしておる。だが、何人かはまだ、蝦夷地に渡り、無駄な抵抗を新政府に対して行っているとか。そこもと、このような男たちをどう思う」

小稲に返事を迫った。

しかもずいぶん妙な問いかけだ。

「姉さん」

花魁付き新造たちが、自分たちが代わりに返事をしましょうか、と伺いをたててくる。小稲は、

——いいえ、私が。

目配せした。

（なにかしら、この人、私になにか言おうとしているみたい。言葉を額面通りに受け取っては駄目なのだわ）

「それはそれで、御立派なことでありんすなあ」

小稲は言葉を探りながら慎重に答える。

「立派か。ばかばかしいとは思わぬか」

「自らが選び取る道に、困った道は多々あれど、ばかばかしい道などありんせん」

「そこもとの馴染みに伊庭八郎がいたであろう」

ハッ、と小稲はその名に胸を刺された。

箱根で腕を失くし、乗った船が犬吠埼で座礁し、その後、派手な手配書が回っていたが、まだ捕まっていないと聞いている。

いったいどこで何をしているのか。身を案じなかった日は一日たりともない。

斎藤辰吉は、もうすでに切れた仲であったのに、窮地に陥ると、しれっと自分を頼ってきた。勝手な男だ。面の皮が厚いといおうか。だが、そんなことがさらりと平気でできてしまうところが辰吉らしく、小稲は女の心意気であの男を匿った。

八郎はなぜ頼ってきてくれないのか。

もうずっと、小稲は八郎が自分を思い出してくれるのを待っていた。一言、「頼む」と言ってくれさえすれば、なにをしても庇《かば》ったろう。

それにしても、なぜ、目の前の客は伊庭八郎の名をわざわざ口にしたのだろう。

小稲は自分でも、揺れる心の分だけ、瞳もおろおろと揺らいでしまったことを感じた。涙が滲みそうになり、慌てて目を伏せる。

「ずいぶん、お懐かしい名でありんす」

　不覚にも声が震えた。

　本山小太郎は、そこでほっと息を吐いた。

「実はそこもとに、預かり物をしておるのだ。借りていたものがあるから返して欲しいと、それがし言われておってな」

　えっ、と小稲は顔を上げた。

　小稲が八郎に貸していたものなど何一つない。だのにわざわざそう断りを入れてくるのは、この座敷にいる新造や禿を気にしてのことなのだろう。八郎がお尋ね者なので、警戒しているのだ。

　ああ、と小稲にはわかった。

　今までの妙な問いかけは、小稲の心を試すためだったのだと。

　本当に八郎からの預かり物を渡してもよいものか、本山小太郎も迷っていたのだ。

　小太郎は、胸元から袱紗《ふくさ》に包んだ何かを、小稲に手渡した。指に触れる感触で、それが手紙と扇だと小稲には知れた。

（これは）

　チラッと小稲は小太郎を窺う。

（今、読んで欲しいのだが）

小太郎も目顔で答える。

小稲は新造に耳打ちし、しばし座敷を抜けることを告げた。サッと裾を捌《さば》いて立ち上がる。人目のないところへ行って袱紗を開けた。

表書きは何もない手紙と、徳川の紋の入った扇が入っている。小稲の手が震えた。

この扇は知っている。八郎が十四代将軍家茂に賜ったものではないだろうか。直に見せてもらったことはないが、話はきかせてもらったことがある。どれほどその扇を八郎が大切にし、誇らしく思っていたかも知っている。なぜそんな扇が自分のもとへ届けられたのか。

手紙を開くと、そこには見なれた流麗な文字が、つらつらと走っている。間違いなく、八郎の手だ。

ああ、と小稲は一度、手紙を胸に抱き締めた。

八郎は何と言ってきたのか。逸《はや》る心を抑え、小稲は目を落とした。

【日々、元気で過ごしているか。

俺は、箱根と犬吠埼でしくじってなお、いまだ生き恥を晒している。

久しぶりの便りが、このような内容になってしまい、申し訳ない。

事情は色々と聞き知って、お前も存じていると思うが、薩長との最後の戦いが箱館で繰り広げられることになるだろう。

幕臣として、ぜひそうせねばならぬ、止むにやまれぬ思いがあるゆえに、俺は箱館へ渡り、死んでくる。

だが、渡海の費用が足らぬゆえ、五十両を無心したい。

そのせいで、お前が苦界を後にするのが遅くなることは承知している。吉原は女の命を削って生きる場だとも知っている。一日出るのが長引けば、その分、小稲の命が削られる。それがわかった上で頼みたい。

おサダどの、お前の命を俺に分けてくれないか。お前の分けてくれた命で、俺を見事に死なせてくれ】

小稲の頰に涙が伝った。

これは恋文だと小稲は思う。

これほどの恋文を貰った女は、どこにもいないと小稲は思う。

今、この文に応ずることで、本当に自分と八郎が結ばれるのだと、人が聞けば笑うかもしれないが、小稲はそう信じた。

好いた男の本懐を遂げさせるために命を削る、それは暗く寒いだけの遊女の人生にとって、最高の彩りなのだ。

小稲は八郎がよこしてくれた扇を見つめた。八郎は今から自分の用意した金で戦地に散り、後にただ忠義の扇一つが残るのか――。

十分だ、と小稲は思った。この扇は八郎の士道そのものだ。値五十両では安かろう。だが、それも女一人が削った命の代価として捧《ささ》げてくれたのなら、きっちりと釣り合っていると小稲は思った。

小稲は座敷へ戻り、目前の八郎の友をまっすぐに見つめた。

「承知いたしました。朝までに必ずやご用意いたしますゆえ、お待ちいただけましょうか」

小稲はアリンス言葉を外して、素のおサダという娘に戻り、小太郎に対した。

小太郎の目に涙が滲んだ。

「かたじけない」

小太郎は、深く頭を下げた。

明治元（一八六八）年十一月二十五日。

八郎は、世話になった尺振八夫婦に心の底から謝意を述べ、小太郎と一緒に箱館行きのイギリス船〝ソンライス〟号に乗った。

左腕を失ってから、苦労の連続だったが、それはまた、人の情けの沁《し》みる日々でもあった。

八郎と小太郎は甲板に出て、見送りにきた尺振八夫妻と鎌吉の姿が小さくなっていくのを見つめていた。三人はやがて豆粒ほどになり、仕舞いには全く見えなくなった。

真冬の甲板を渡る海風は、身を切るほどに冷たかったが、どちらもしばらくこのまま風に吹かれていたい気分であった。

「小太郎よ」

八郎が口を開く。

どうした、と海を見ていた小太郎が振り返る。

「おいらはこれまで、ずいぶんといい加減に生きてきたようだ」

「八郎？」

「自分じゃ一所懸命生きているつもりでいたが、この一年に、それ以前の二十四年が匹敵せぬのだ」

「確かにそうだな。俺もそうだ」

こんな時代にならなければわからなかったことをたくさん知った。

「失ったものも多いが、得たものの方がはるかに多いな」

「……お前は、いい男だな」

「何を言いやがる。ところで小太よ、箱館にはいつ着くんだっけ」

「順調にいけば、三日後の夕刻だ」

「三日か。これまでずいぶん長くかかったが、乗ってしまえば三日なのか」

「途中、座礁しなければな」

「不吉なことを言うのはよせ」

二人は顔を見合わせていつものように笑った。

ようやく、これでみなと合流できる。

八郎の中に、人見勝太郎の顔が真っ先に浮かんだ。仙台で降伏した者も多いという。八郎には、勝太郎が箱館に行ったのか、仙台で降りたのかわからなかった。それどころか、生死も知らない。

だが、きっといる。そして土方歳三も。

船は、凍った大地——蝦夷へ向かい、海上を滑るように走ってゆく。八郎にはわずか三日がもどかしかった。

第四章　凍土に奔る

一

船は予定通り三日後の二十八日の七つ（午後四時）に箱館の港に入港した。初めての蝦夷は、重く垂れ込める雲の影が降り積もる雪の大地を覆い、一面薄鼠色《うすねずいろ》に曇っていた。

寒いと聞いていたが、痛いという表現の方が似つかわしい。息を吸い込むたびに、ヒューと胸が痛む。肌もピリピリと緊張する。

雪はこれまで見たこともないほどさらさらと細かい。べたつく水っぽい雪しか知らぬ八郎は驚いた。わざと雪の上に倒れ込み、その感触を確かめる。砂地で倒れたときのように、雪は粉となって舞い上がり、簡単に風に流れた。八郎の子供っぽさに小太郎が呆れる。

「ほら、起きろよ。みっともない」

手を差し出す小太郎に素直に起こされながら、

「ここがおいらの墓場かえ」

ふざけた笑いを引っ込めた八郎が真顔で呟《つぶや》く。小太郎は周囲をざっと見渡しながら風に煽《あお》られる髪を押さえ、

「八郎はもう徳川家の恢復《かいふく》を諦めたのか」

ずいぶんと意外なことを言った。

「徳川家は七十万石で存続が決まった。再び武家の棟梁にという話なら、当の十六代様にその気がないのだ。仕方なかろう」

「なら、何のために戦う。死ぬためか。お前は、死ぬことだけを考えてここへ来たのか」

「死ぬためだけに来たわけじゃない。戦いの果てに死があるだけだ。なぜ戦うのかと問われれば、答えは一つ。俺が十四代昭徳院様の遺臣だからだ。主君を追い込んだ連中の下では生きられん。だれもかれもが投降しちまったら、二百数十年続いた幕府の終焉《しゅうえん》に相応《ふさわ》しくないからな。このまま負けっぱなしでは終わらせぬ。俺が昭徳院さ

まへの手向《たむ》けの華を咲かせてやるのさ」

　八郎らしいと小太郎が笑う。

「お前はなんのために来た。まさかおいらに付いてきたわけじゃなかろう」

　今度は八郎が訊《き》き返した。

「俺は性分でまだ諦めちゃいないだけさ」

「なんだって」

「万に一つの奇跡のために戦う」

　ちぇっ、と八郎は舌打ちをした。

「ずいぶんと小太さんの方が、格好いいじゃないかえ」

「だろう。だのになぜお前の方がもてるんだろうな」

　旧幕府軍は、八郎が英語塾で学ぶ間に、洋式城塞五稜郭も松前藩の居城松前城も落とし終え、完全に蝦夷地を制圧していた。

　代表の榎本釜次郎は、箱館に政府を置くことを諸外国に宣言し、薩長の樹立した新政府とは別の政権が並び立ったことを喧伝《けんでん》した。日本国からの独立宣言である。

　国際法に詳しい釜次郎の、これは政治的駆け引きだった。独立国の形を作り、薩長政権よりも先に諸外国に建国を認めてもらい、あとは国際法に守られようという腹だ。

国際法を知らぬ薩長政権に、どれだけ〝ルール〟が通用するというのか。もし八郎が新政府側の立場なら、「笑止」の一言で叩き潰《つぶ》す。連中も同じなのではないのか。

八郎が泣くほど嬉しかったのは、〝遊撃隊〟が健在だったことだ。今は松前に駐屯しているという。

小太郎は事務能力を買われて戦が始まるまでは箱館に残留となったが、八郎は十二月三日には人見勝太郎の待つ松前に向けて出立した。箱館から松前までおよそ二十二、三里の距離だ。

八郎が松前に着くと、懐かしい遊撃隊の面々が泣き出さんばかりに迎えてくれた。

「八郎だ、八郎が来たぞ」

「隊長！」

「伊庭さん、お待ちしていました」

「夢じゃないんですね。またこうして会えるなど……」

みな八郎の周りに集まると、いっせいに喜びを口にする。よく見ると本当に泣いている者もいる。有難い、と八郎は思った。仲間とはなんと有難いものなのか。

「ここまで来るのに時間が掛かってしまった。すまない。奥羽ではみなにだけ戦わせてしまった。これからは遅れた分、俺を存分に使ってくれ。やれることは何でもやるぞ」

八郎も一人一人の顔を見つめ、まずは遅参を詫《わ》びた。

「八郎」

人の輪をかき分けて、あれほど会いたかった勝太郎が八郎に寄ってくる。日に焼けた浅黒い顔をくしゃりと崩し、

「よくぞ来はったな、八郎はん」

八郎の左肩を叩いた。その手を八郎は、がっしりと摑《つか》む。

「遅くなった。すまん」

参謀の岡田斧吉も人の輪の外から大声を上げた。

「伊庭さん、待っていたぞ。いざ、共に戦わん！」

斧吉はまだ二十歳の若者だが、もはや歴戦の猛者といっていい。顔つきがまるで以前と違う。残っていた幼さは鳴りを潜め、群衆の中でも際立つ男へと育っていた。眼光も鋭く、体も一回り大きくなったようにすら感じられる。

「いや、懐かしい。美加保丸の件は榎本さんに聞いて、みな捕まったという噂も流れ

てきたからなあ……本当によくぞ無事で」

いつの間に横にいたのか、海上総之輔も感無量とばかりに涙ぐむ。

「八郎。生きておったか」

大声を上げたのは、四つ上の幼馴染《おさななじ》みで親類に当たる忠内次郎三だ。少し口うるさいが、中根淑同様、八郎にとっては兄のような存在だ。八郎と同じ品川からの出航組だが、次郎三は美加保丸ではなく蟠竜丸に乗艦した。美加保が流されたことを知ったときには、「今すぐ引き返して美加保を探せ！　あれには八郎が乗っていたのだぞ。俺の八郎が、八郎が」と私情丸出しで大騒ぎをした男だ。

八郎は「次郎さんこそしぶとく生きておりましたか」とからかおうとしたが、みながその時の様子を、

「いや、大変だったんだぞ」

「無茶ばかり言うてなあ」

「八郎、八郎と大泣きしよって、本当に参ったさ」

口々に話して聞かせるから、憎たれ口など言えなくなってしまった。代わりに、

「心配をかけました。遭難先では、次郎さんのお陰で命拾いをしましたよ。おかげで蝦夷に来ることができました」

礼を述べた。忠内家が中島の領主だったから、八郎は無事に房総半島を脱出できたのだ。感謝してもしきれない。事情を知らぬ次郎三は「うん？」と首を傾《かし》げる。

「よくはわからぬが、貴様の役に立ったのなら、これほどうれしいことはないな」

「八郎よ。みな、お前に話すことが山のようにあるんや。歓迎会を開くで。今夜は飲も」

はしゃぐ勝太郎に、

「酒は解禁になったのか」

八郎は驚いた。遊撃隊は飲酒を禁じている。斧吉が大笑した。

「伊庭さんは来たばかりでここの寒さを知らん。酒なしじゃ死ぬぞ」

勝太郎がさっそく遊撃隊の面々を宿所に集め、みなで酒を酌み交わした。ざっと見渡せばいなくなった顔も多い。戦死したか、離脱したか……。殿さんこと、林昌之助の姿もない。みなのいるところでは、あえて八郎は問わなかった。

請われるままに、八郎はこれまでの経緯を語って聞かせた。

「そら、大変やったなあ」

しみじみと勝太郎が頷くから、

「奥羽の戦地を駆けた君たちほどじゃないさ」

八郎は首を横に振る。

松前に駐屯しているのは遊撃隊だけではない。あまり酔って騒ぐのも見苦しい。そこのところでお開きとなり、最後は八郎と勝太郎の二人でしみじみと語りあった。

「幸次郎《こうじろう》が死んだで」

八郎と同じ歳《とし》の昔馴染みだ。

「……そうか。すぐに続く身とはいえ、先に逝かれるのは辛いものだ」

「後で線香の一つも手向けてやってくれ」

「そうしよう。……殿さんの姿がないが……」

「殿さんは会津に惚《ほ》れはってな、あくまで会津と共に戦いたいと言わはって、兵を引き連れ出ていってもうたんや。会津と合流する前に若松城が籠城戦にもつれ込んでしもうて、仙台でまた一緒になったんやけど……。徳川家の存続も決まって、これ以上の戦いは私怨にならんかちゅうてな、降りはった。それでええと俺は思うたし、むしろ勧めたわ。やっぱ殿はんは殿はんやろ。戦地を転々とさすのは気の毒やで」

「ああ。そうだな。もう一度お会いしたかったが、仕方あるまい」

「ここから先はなあ……俺たちだけでええ」

箱根の時とは違う。あのときは徳川恢復をという明確な戦うための動機があった。

奥羽で戦った時でさえ、理不尽な形で逆賊にさせられた会津のために、奥羽北越諸藩のためにという理由があったろう。勝てば状況をひっくり返せるという希望もあった。

この蝦夷地では、全員が共有できる大義名分は見出《みいだ》しにくい。それぞれの胸の内に何があるのか、今日まで生きてきた道程がどうだったかで、大きく戦う理由が変わってくる。武器を措《お》く者が出てくるのは当然だった。残った者たちはだれがどうであろうと「自分は」というどうしようもない思いがある者たちばかりに違いない。

「ところでなあ、朗報がひとつあるんや、八郎はん」

「うん？」

「お前さんの悪友の、トシはんがこの松前に布陣してはる」

新選組の土方歳三のことだ。すでに箱館で釜次郎から友の無事を聞かされていたが、あらためてまたその名を聞くと、生きていたのだと実感できる。

「ああ。明日にでも会いにいってこよう」

翌日、八郎は十年来の友、土方歳三に会いにいった。互いに新選組や遊撃隊に入る前からの、まだ二人が何者でもなかった時代の友垣だ。

そのころ歳三が通っていた天然理心流試衛館は、武州に拠点を持つ田舎剣法の道場のひとつだった。素性の正しい心形刀流の知名度とは比べようもなかったが、荒削りで野性的な強さが、若く力を持て余していた八郎を激しく揺さぶった。

ずいぶんと気に入って、三日にあげず通った時期もある。自然と、のちの新選組幹部を形成する試衛館出入りの面々とは、親しくなった。

近藤勇、山南敬助《やまなみけいすけ》、永倉新八《ながくらしんぱち》、原田左之助《はらださのすけ》、藤堂平助《とうどうへいすけ》、沖田総司《おきたそうじ》、井上源三郎《いのうえげんざぶろう》、そして土方歳三……。

ことに総司や平助とは年齢も変わらず、犬が転げ回るように遊んだが、九つ年上の歳三との付き合いは格別だった。八郎からすれば少し大人の遊びを教えてくれる格好の先輩だったのだ。悪所通いもずいぶんした。

八郎がなによりこの連中を気に入っていたのは、彼らが幕臣ではなかったことだ。

幕臣仲間の付き合いは小太郎のような得難い生涯の友を得ただけに、大切なものに間違いない。けれど、なんといっても徳川家臣団は三百年弱と続いた歴史の中で、互いの家と家で婚姻を繰り返し、どこを向いても親戚縁者のような側面がある。意外な人物が意外なところでつながっている。うっかり羽目を外せない窮屈さがあった。

八郎がもっとも馬鹿をさらせたのが、歳三たちの前だったのだ。青春のころと時期が重なっている分、眩《まぶ》しい思い出でもあった。しょっちゅう顔を突き合わせて笑い合った日々に終わりが来たのは、文久三（一八六三）年の春のことだ。八郎、二十歳。

事情は試衛館側にあった。彼らが幕府の募集した浪士組に応募し、天誅《てんちゅう》の流行りで安寧と平穏を失った荒れる京へと出立したからだ。時代は京を中心に動き始めていた。なにか男として大きな仕事が京へ行けばできる、そんな気分に満ちていた。男をあげる好機だと試衛館の面々は捉えたのだ。

出立前、八郎は歳三と二人、多摩川の土手の斜面に寝転んで、ぽつぽつと話をした。

「さみしくなるな」

八郎が呟くと、

「俺は、侍になるのさ」

この好機を逃す気はないと、歳三は宣言するように言った。

生まれながらに侍だった八郎には、決してわかってやることのできない悲哀のような焦燥を、ずっと歳三が抱えて生きていたのだと、このとき初めて知った。

（おいらはトシさんのどこを見ていたのかねえ）

迂闊《うかつ》だったと思ったものだ。歳三と剣を交えることは、八郎にしては楽しいばかりだったが、友は別の思いを抱えていつも木刀を振っていたというのか。

歳三は、

「おめェは江戸にいても、いつか京の俺の名を聞くさ」

とも言った。

この後、本当に八郎は江戸にいながら、新選組を結成した歳三たちの噂をしょっちゅう耳にすることになったのだから、大風呂敷ではなかったわけだ。

「土方さあん。どこにいるんですか。土方さん。そろそろ出発ですよ」

土手の上を藤堂平助が呼ばわりながら、二人に気付かず駆け去っていく。八郎と歳三は苦笑した。

「あらら、平助のやつ、通り過ぎちまった」

「どこを探しているんだ、まったく」

歳三はよっと立ち上がる。

「ここだ、平助」

手を上げて声をかけた歳三は、平助が気付いたのを確認するとまた八郎の方に振りかえった。

「行ってくるぜ」

破顔一笑。

餓鬼大将のような不意打ちの笑みに、

「ああ、行ってこい。それでお前さんの人生がいいものになるのなら」

八郎も笑顔で応え、送り出した。

その後、八郎の方でも京への出張が何度かあり、京でも腐れ縁を続けた。鳥羽・伏見の戦のときも、伏見奉行所のところではち合わせをしたし、負け戦の後の大坂城内でも顔を合わせた。

最後に会ったのは、箱根の戦の少し前。場所は江戸である。

互いにまだ戦う意志を確かめあい、次は冥土で会おうと誓ったが、冥土の前に松前で会うことになろうとは……。

（とんだ腐れ縁だ）

「よう、トシさん」

宿舎を予告もなく訪ねた八郎を、冷静沈着を装うことが好きな歳三にしては目を見開いて、素直すぎる表情で迎えてくれた。

それにしても相変わらず洒落《しゃれ》っ気の多い男だ。髪は八郎のような坊主頭の伸びかけと違い、英国人の言うところの長めの〝オールバック〟に整え、粋に西洋式軍服を着こなしている。眩しいまでの男ぶりだ。

「八郎じゃねェか。とっくにくたばっちまったってェ話だったのに、のこのこ現れやがったな」

八郎は左腕を上げて翳《かざ》した。

「なあに、やりそこなったが、命はまだあるようだ」

「嘘をつけ。実は亡霊だろう」

「わかるか。ばれちゃァ仕方ねえ」

「ふん、だったら最前線で矢面に立たせても平気だな」

「もちろんだ。それにしても、くたばったなんぞ、誰に聞いたんだえ」

「榎本さんだ。八郎は美加保丸と一緒に沈んだってェ、みなに涙ながらに話してやがったぜ」

「あの男……」

「惜しい人物を亡くしたと、しばらくはしんみりしていたぞ」

「それで、トシさんは泣いてくれたんだろうな」

「いいや」

「相変わらず冷たいな」

「馬鹿言え。どうせすぐに地獄で会うんだ」

「お前さんらしい言い草だ。……釜さんと言やァ、美加保丸は開陽丸に曳《ひ》かれての航行中に嵐にあったんだ。それでちょいと妙なことがあってね」

「妙なこと」

「ああ。開陽丸の揺れ方がどうも妙でよくない感じだった。まあ、釜さんだって知らないはずもないだろう。故障ならまだいいが、元々だと嫌な感じが残ると思ってな。なんといっても我が海軍の旗艦だし」

「………」

歳三がなんとも複雑そうな奇妙な目で八郎を見る。八郎は訝《いぶか》しんだ。

「おい、トシさん。なんてェ顔をしているんだえ」

「誰からも聞いていないのか」

「なんの話だ」

「聞いてないかもしれねェな。禁句みたいになっちまってるからな。開陽丸のことだ」

「開陽丸がどうかしたのかえ」

「先月の中旬、江差沖で座礁して海の藻屑《もくず》と消えたのさ」

「なんだって」

八郎は胸に何かをぐっとねじ込まれたような気分に陥った。

開陽丸は、蝦夷に渡った旧幕府軍、箱館政府の要の軍艦である。ストーンウォール号ほどではなかったが、日本が所有している船の中では、最高の、そして圧倒的な戦闘能力を誇る。

開陽丸がある限り、蝦夷の制海権が新政府軍に渡ることは考えにくく、制海権を箱館の旧幕府軍が握っている限り、新政府軍の上陸は難しかった。

釜次郎の言う箱館政府の独立は、新政府軍と対等に渡り合えてこそ叶《かな》うものだ。あれだけ本州で敗戦を続けながらも、諸外国が建国の可能性を否定しないのは、開陽丸がこちら側にあるためだ。

新政府軍が旧幕府軍に対して圧倒的な力を誇るのは陸軍だが、開陽丸があればその陸軍を蝦夷の大地にすんなりと降ろすことができないのだから、実際の陸戦での戦闘値は箱館政府側が上回ることになる。

だが――。開陽丸が沈んだとなれば、そのすべてがひっくり返る。やりようによってはまだ新政府軍と互角に渡り合えるのではないかという可能性は皆無となる。新政府軍は、蝦夷の戦地に兵も武器も幾らでも補充できる形で戦闘に臨むことができ、鳥羽・伏見の戦い以降の戦で証明している通り、圧倒的な力で箱館政府を制圧してしまうだろう。

力が拮抗《きっこう》せずに雲泥の差なら、それはもうただの反乱軍の制圧である。

「中立」という考えも、諸外国側から消え去ってしまうだろう。

そうなれば、アメリカはストーンウォール号を新政府側に売るかもしれない。ストーンウォール号が新政府側に渡れば、戦う前から勝負は決まったことになる。

（そうか。そんなに条件が悪くなっていたのか）

それにしても昨日の遊撃隊の面々は、だれもみな明るかった。あらゆる覚悟はできているということか。八郎からふと笑みが漏れた。

「何を笑ってやがる」

歳三が眉間に皺《しわ》を寄せる。

「いや……いったい、どうして座礁なんてことになったんだ。しかも江差だと」

箱館に着いてから見せられた地図で、蝦夷地の地理は八郎の頭にしっかり入っている。江差と言えば、この松前から、日本海に接する海岸線をおよそ十四里（五十六キロメートル）北上したところにある比較的豊かな漁村だ。蝦夷三大漁港の一つである。戸数三千戸の規模で、箱館を除けば蝦夷経済の要所であった。

さらに、江差からは箱館に至る三本の道が延びている。まずは日本海沿いの海岸線を松前経由で南下し、津軽海峡側に折れ、箱館湾沿いへ入っていく道だ。

松前口

江差（日本海沿い）――上ノ国《かみのくに》――小砂子《ちいさご》――江良――茂草――札前――松前（ここから津軽海峡沿い）――吉岡――福島――知内――木古内《きこない》――札刈――泉沢――当別――茂辺地《もへじ》――矢不来――富川――有川（七重浜沿い）――箱館（箱館湾沿い）

二つ目は上ノ国から内陸地を東に進み木古内に出て一つ目の道と合流する道。

木古内口

江差――上ノ国――湯ノ岱《ゆのたい》――笹小屋――木古内（ここで合流）

三つ目は江差北方の厚沢部川《あっさぶがわ》付近から東に折れる間道で、箱館北方の大野に抜ける道だ。

二股口（厚沢部）

江差――鶉《うずら》――二股――大野――箱館

蝦夷支配ということを考えれば、江差は押さえねばならない地である。

だが、松前藩一藩との争いで、開陽丸が出ていかねばならないほどの接戦だったというのか。もしそうなら、旧幕府陸軍はよほど頼みにならぬ実力と言わざるを得ない。

「そこのところは、どうなんだ、トシ。攻めたのはお前さんだろう。戦上手に見えるその面《つら》は伊達《だて》か」

八郎の疑問に、歳三は意外なことを言った。

「海軍が出る必要なぞ、まるでなかったさ」

「だったら、なぜだ」

「蝦夷地平定が陸軍のみで終結してしまうことに、海軍側から不満が出ていたってェわけだ」

「まさか、そのためだけに出港したのかえ」

「榎本さんが、海軍にも砲の一つ二つぶっ放させれば、少しは気持ちも落ち着くだろうってな」

江差まで出てきたのは良かったが、そこはもう蛻《もぬけ》の殻で、敵兵の姿は影さえ見当たらなかった。釜次郎は開陽丸を碇泊させ、海兵の一部を上陸させた。異変が起きたのはそのあとだ。

その日の夕刻、突然、天候が変わったのだ。この地方にはよくある冬の風物で、タバ風と地元民に呼ばれている暴風が起こった。

江差の海底は岩盤で、錨《いかり》が上手く引っかからない。開陽丸はタバに煽《あお》られ、蒸気も利かず、一瞬間のうちに岸辺に寄せられ、岩と岩に挟まれるように暗礁に乗り上げたらしい。

その開陽丸を助けようと救援に向かった神速丸も座礁のうえ沈没し、箱館政府は何の戦闘もせぬまま、二艘の蒸気軍艦を失ったという。

それにしても出番のない海軍の気を静めるために必要のない船を出し、その挙句の座礁なのかと思うと開いた口が塞《ふさ》がらない。陸兵の誰もが同じ気持ちだったに違いない。

それだけに、かえって誰もが、なるべくその話題に触れようとせず、口を閉ざしてしまった。言うだけあまりに切なく、また詮ないからだ。八郎は今の今まで開陽丸座礁のことは誰からも聞かなかった。

「過ぎてしまったことは仕方がないな」

と言う八郎に、

「そういうことだ」

歳三も頷《うなず》く。開陽丸の話はそれで打ち止めになった。八郎は話題を変える。

「それより他の試衛館の面々はどこにいる？　蝦夷にこぞって来たからといって、隊が違えば任地も変わる。会えるうちに挨拶をしておきたい」

八郎の言葉に歳三は複雑そうに顔をゆがめたが、それも一瞬で、

「蝦夷に来たのは俺だけだ。みな死んじまったり、出ていったりしちまったよ」

妙にさっぱりとした、どこか優し気な言い方をした。

「トシさん一人になったのか」

「同情はするなよ。俺ァ、だれがいようといまいとやることは変わらねェ。お前がそうであるようにな」

ああ、そうだなと八郎は得心した。ここまで来れば他の誰かは関係ない。常に自分がどうするかだ。どれほど友と呼び合おうと思惑が違うのだから、選ぶ道が違ってくるのは当然のことだ。そして、常に戦っているのだから、一人、また一人と戦場に散っていくのも当たり前の現実なのだ。

「みな、死ぬときは一人だからな」

と言った八郎に、歳三はふんと鼻で笑う。その顔が寂し気に見えて八郎は胸を衝《つ》か

れた。

（そうだった。こう見えて、この男は存外寂しがり屋だったんだ）

この後、歳三は釜次郎に呼ばれ、松前を引き払って五稜郭へと引き上げていった。

歳三が五稜郭へ凱旋したのは十二月十五日だ。


――十二月十五日。

この日は、箱館政府にとって記念すべき一日となった。

旧幕府軍による蝦夷地平定の祝賀会が、外国人使節や船将を招いて華やかに開かれたからだ。

午前中から箱館の先に突き出るように作られた弁天台場の砲台と、五色の旗で飾られた軍艦から百一発の祝砲が撃たれる。五稜郭からも返砲が撃たれた。

これを合図に、勝将軍として馬上の土方歳三が、守衛新選組と額兵隊《がくへいたい》を従えて松前から凱旋するのだ。

勝ち喇叭《ラッパ》が高らかに鳴り響く。三千人の丈夫が歓喜の声で出迎える中、艶やかな白馬に跨る《またが》威風堂々とした歳三の姿は、完成された一枚の絵のようだ。釜次郎の狙い通りの将軍振りであった。

それから箱館政府の総裁や役職を決めるために、日本初の入札《いれふだ》（選挙）が行われた。
これは殊《こと》に外国人の目を引いた。諸外国の報道陣は国元に〝共和国誕生〟の記事を送った。各々《おのおの》の国のニュースペーパーが、大々的に蝦夷共和国誕生のニュースを報じた。

この日の選挙の結果は次の通りである。

榎本釜次郎　一五六票
松平太郎《まつだいらたろう》　一二〇票
永井玄蕃《ながいげんば》　一一六票
大鳥圭介　八六票
松岡四郎次郎　八二票
土方歳三　七三票
松平越中　五五票
春日左衛門　四三票
関広右衛門　三八票
牧野備後　三五票

板倉伊賀　二六票
小笠原佐渡　二五票

実際の役職は次のように決まった。

総裁　榎本釜次郎
副総裁　松平太郎
海軍奉行　荒井《あらい》郁之助《いくのすけ》
陸軍奉行　大鳥圭介
陸軍奉行並　土方歳三
開拓奉行　沢太郎左衛門
箱館奉行　永井玄蕃
箱館奉行並　中島三郎助《なかじまさぶろうすけ》
会計奉行　榎本対馬　川村録四郎
松前奉行　人見勝太郎
江差奉行　松岡四郎次郎

江差奉行並　小杉雅之進
海陸裁判官　竹中春山

昼過ぎからは総裁就任式が執り行われた。箱館の自治を海外に認めさせるための式典である。

榎本釜次郎は、

「我々幕臣は、幕府直轄領にして未開の蝦夷地を開拓し、ここに新国家を建国する」

総裁の正式な発言として、国際法に基づき、蝦夷共和国建国を宣言した。

箱館政府と行動を共にしている仏蘭西《フランス》人士官ブリュネが、これに応えて祝辞を述べる。

「諸君、フランス革命の精神である自由、平等、博愛は、我々仏蘭西人の誇りである。それらの精神に近いものを、私はこの蝦夷共和国で見た。今、諸君は選挙を行った。記念すべき、この国初の選挙である。これは平等の精神のなせる業だ。そして、諸君は戦いの中で傷ついた敵兵を看護した。これは博愛の精神である。最後に勝ち取ろうとしているものは、まさに、liberté、それは自由だ。自由のために共に戦おうではないか。蝦夷共和国に栄光あれ」

祝賀会は夜まで続いた。

町中に提灯《ちょうちん》が赤々と灯《とも》され、俄《にわ》かに不夜城が誕生した。

榎本釜次郎は開陽丸を失った欠損を、セレモニーの華やかさで覆い隠してしまいたかったのだ。

果たして諸外国の目にはどのように映ったことか。

少なくともアメリカには猿芝居に映ったようだ。アメリカは、この翌月には、ストーンウォール号を新政府側に無情にも売り渡したからだ。ストーンウォール号は新しく「甲鉄」と名付けられ、箱館への出港の日を待つことになった。

その名の通り、厚い鉄板に覆われた甲鉄艦の船体を貫通させることのできる砲が、箱館政府には一つもない。どれほど攻撃しても甲鉄は崩れない。まさに化け物だ。

ストーンウォール号が新政府軍の手に渡ったこの瞬間、箱館政府瓦解に向けて秒読みが開始された。

二

蝦夷地は完全に雪で閉ざされている。

この雪が融ければ新政府軍がやってくる。休戦の間をいかに過ごすかで、最後の戦いが徳川幕府二百数十年の幕引きに相応しくなるかが決まる。

八郎は、その時がくるのをじっと見据えている。

（薩長よ、最高の指揮官と軍備で蝦夷に来い。半端な戦いは無用だ）

戦は、エイが泳いでいる姿に似た蝦夷地の、二股に分かれた尾っぽの部分で行われる。遊撃隊は松前を守ることがすでに決まった。

一月の布陣は次の通りである。

五稜郭
伝習隊　本多幸七郎　二百二十五名
杜陵隊《とりょうたい》　伊藤善治　八十名
箱館
伝習歩兵隊　大川正次郎　百六十名
新選組　森常吉　百名
湯ノ川〜石崎
小彰義隊　渋沢成一郎　八十名

有川～吉岡
彰義隊　池田大隅　二百名
神木隊　酒井良介　七十名
会津遊撃隊　諏訪常吉　七十名
額兵隊　星恂太郎《ほしじゅんたろう》　二百五十名
鷲ノ木《わしのき》（内浦湾沿い）～川汲《かっくみ》・尾札部（太平洋沿い）
衝鋒隊《しょうほうたい》　古屋佐久左衛門　四百名
江差
一聯隊《いちれんたい》　三木軍司　二百名
松前
遊撃隊　岡田斧吉　百名
陸軍隊　春日左衛門《かすがさえもん》　二百名
室蘭
開拓方　二百五十名
他
海軍　六百五十名

砲兵隊　関広右衛門　百七十名
士官隊　滝川充太郎　百五十名
工兵隊　吉沢勇四郎　百五十名
護衛隊　山瀬主馬　二十五名
後日参加
見国隊　二関源治

指揮官は、戦地となる場所を予測し、視察を何度となく行い、体に蝦夷地を叩き込んでいく。

必要とあらば、各地に砲台、堡塁《ほうるい》を築き、地雷火を埋め、海軍は水雷火を作成した。松前にも台場が築かれ、十数門の砲が据えられた。

八郎も、勝太郎や斧吉らと、江差から木古内までの松前口の戦線を、もう何度も足で歩いた。今日は一月から松前入りした小太郎と、江差方面に向けて海岸沿いを歩いている。

黒みがかった海面を抉《えぐ》るように風が渡り、二人の体に体当たりしてくる。ボボボボボと衣服が風をはらんで絶えず音をたてる。

小太郎は西洋式の軍服を身に着けていたが、八郎は平時には和装も多い。ズボンは右手しか使えぬということもあり、釦《ボタン》が慣れぬから、厠《かわや》に行く時が少々面倒に感じるのだ。

このときは和服だったから余計に風をはらんで音がうるさい。

「そうだ、五稜郭で斎藤さんに会ったよ」

小太郎がふいに言った。

「辰吉さんのことか」

「ああ。斎藤辰吉のことだ」

一月下旬に、小太郎は一度箱館方面に足を運んだが、そのときに会ったという。まだ一年も経っていないのに、八郎には美加保丸の遭難のことがもうはるか昔のことのように感じられる。

「懐かしいな。相変わらずの男振りなのか」

「どうかな。偶然会って少し話しただけだ。八郎に会いたがっていた」

辰吉は元々どこの隊にも所属していない個人での参加の上、幕臣としての旧役職が高いから、隊外士官として各隊の折衝や使者、箱館政権内の政治向きの仕事を担当しているのだと小太郎が言う。

「ことに金策について榎本さんに泣きつかれるとかで、ほとほと困り果てていたよ。あの男の弱った顔は珍しいね」

金策と聞いて、八郎から苦笑いが漏れた。

旧幕府軍には金が足りない。

これまでの軍資金は、主に大坂城内に蓄えていた徳川の備蓄金で補っていた。十五代将軍徳川慶喜が、わずか数人の供を連れて大坂城を脱出したため、置き去りにされた金である。このまま大坂城を撤退すれば薩長にぶん捕られるだけだからと、榎本釜次郎が開陽丸にみな積み込み、持ち帰った。

十八万両の大金だ。

その金で、武器弾薬を買い込み、榎本艦隊に乗り込んできた男たちを養ってきたが、あれから一年以上が経ち、さすがに底をついてしまったのだ。

十二月の頭に蝦夷地平定に成功して今日まで、戦闘は一つもなかった。それでも兵は食わねばならない。金がかかる。第一、兵というのは戦時より平時の方が、何倍も統制が難しいのだ。

箱館政府では、適当にガス抜きができるよう、飲んだり遊んだりできる金を給金として全員に支給している。これをやらないと強奪を始める輩《やから》も出てくるからだ。遊撃隊などはみな出所が知れている上、隊の上の方の面々は元は将軍の親衛隊なのだから禁止事項は口で言えば事足りた。最後の義軍と称《たた》えられたほど、一人一人の出来がいい。だが、箱館にいる脱走兵らは、残念なことに全員が素性の確かな者ばかりではない。

「金策か。斎藤さんも気の毒なことだ」

と八郎が言ったのは、箱館政府が金を集めるためにとっている政策の数々が、行き過ぎて地元民を苦しめていることを憂えているからだ。地元民の多くが箱館政府を迷惑に感じ、人によっては憎悪している。

市中御用金として二万両を二回に分けて寄付させた。

五稜郭と箱館の中間にある一本木に関門を設け、通行料を取っている。

箱館政権下でしか通用しない貨幣を勝手に鋳造し、市民にも使用を強要した。

芝居小屋や見世物小屋、賭場それに屋台から運上金を徴収した。

果ては遊女からも、毎月営業許可証を発行し、代金を払わせた。

さらに、金だけでなく弾薬製造のための人員として、人足五百人を市中から出すよう命じ、ただ働きをさせている。

ひどいといえば、住んでいる者にとってこれほどひどい政権もないだろう。

自分が直接関与していることではなかったが、八郎自身も箱館政府に身を寄せている身だ。他人事《ひとごと》としてすますわけにいかない。

（人生最大の汚点を作っちまった）

己の意地を通す裏で、図らずもこれだけの迷惑をかけている。

（やってはならぬことだ）

もし、歳三が、「これ以上はよさないか」と強固に反発していなければ、八郎も持ち場を離れて五稜郭に怒鳴り込んでいたところだ。

死を見据えて蝦夷地を踏んだ者と、生き抜くためにこの地に来た者との齟齬《そご》が、少しずつ表面に現れ始めているのを八郎は感じていた。

三月になった。

新政府軍の「甲鉄」を旗艦とした艦隊が、いよいよ品川沖を出航したという。

新政府軍艦隊は次の十艦である。

軍艦

甲鉄艦　排水量一三五〇トン・一二〇〇馬力・全長五〇メートル・速力一〇ノット。

陽春丸　排水量五三〇トン・二八〇馬力・全長五六・二メートル。

春日丸　排水量一〇一五トン・三〇〇馬力・全長七四メートル・速力一七ノット。
丁卯丸《ていぼうまる》　排水量二三六トン・六〇馬力・全長三六・五八メートル・速力五ノット。
朝陽丸　排水量三〇〇トン・一〇〇馬力・全長四九メートル。
延年丸　排水量五〇〇トン・一〇〇馬力・全長四一・八メートル・速力七ノット。
輸送艦
飛竜丸　排水量三八〇トン・九〇馬力・全長五一・二メートル。
豊安丸　排水量四七三トン
戊辰丸　排水量三一六トン
晨風丸《しんぷうまる》　排水量五〇トン・全長二一・八メートル。

ちなみに箱館政府軍に現在残っている軍艦は、次の五艦だ。

回天丸、千代田形、蟠竜丸、太江丸。そして、秋田藩から拿捕《だほ》して手に入れた第二回天丸（高雄丸）だ。

新政府海軍はまずは、本州最北の良港、宮古湾（現岩手県）へ入り、それから青森に航行して、すでに彼《か》の地に着陣している陸軍を乗り込ませ、八郎らのいる蝦夷地へとやってくるという。

知らせを受けた八郎の心が逸《はや》る。

早く来い。

どれほど待ったことか。この時のために、今日までどれほど恥を晒《さら》し、生きてきたことか。

「いよいよやな、八郎」

松前城内に置いた執務室で、松前奉行となった人見勝太郎が八郎を前に地図を広げる。

「釜はん曰《いわ》く」

勝太郎は自分たちが駐屯している松前をトンと指で差し、箱館方面へ二里強進んだ位置までその指を道に沿って移動させる。移動させた場所をトントンと二度叩いた。

「ここら辺りが西軍の上陸地やないかと言うとったで」

「ふむ」

覗くとそこは、吉岡だ。

「なぜ、吉岡なんだ」

「西軍の一番目の目標が、この松前城の奪取やからや」

八郎はもう一度、地図を眺める。

船から上陸するときは、どれほど強い軍でも無防備になる。幾ら大人数を船に乗せてやってきても、全員が一度に下船できるわけではない。

確かに、吉岡に降りれば松前は攻めやすい。しかし、攻めやすいということは反撃にも遭いやすいということだ。その分、下船は難しくなる。

箱館政府軍は、吉岡から東方に十五里の有川まで陣を布《し》き、備えは万全だ。さらに、八郎たちが守る松前から二里強しか離れていないということは、こちらからも兵を送り出すことが容易だということだ。

挟み撃ちに遭うような地は、上陸に向かない。

(俺が敵将なら、吉岡は避ける)

第一、同じ津軽海峡を望む箱館から、榎本艦隊も船を出しやすい位置だ。上陸前に派手な海戦を行わなければならなくなるではないか。

「吉岡は駄目だ」

八郎は首を左右に振った。

「聞こう」

勝太郎が腰を据えて八郎の意見を待つ。八郎は箱館の港から吉岡の海岸線まで指を動かしながら、

「いいか、勝さん。吉岡を上陸地に選べば先に海戦になるのは必至だ」

「うむ。釜はんが黙って見てはるわけないから、軍艦を出すやろなあ」

「敵にしてみれば、できるなら先に陸軍を降ろし、海陸同時に攻め入りたいはずだ」

「確かにそうや。せやかて八郎はんは忘れておへんか」

「何をだ」

「敵はんには甲鉄艦があるやろ。こっちの海軍を眼中に置かずにすむほどの甲鉄艦がなあ」

八郎は眉根を寄せた。

「甲鉄艦は……それほどまでに優れているのか」

「せや」と勝太郎が頷いた。

「正直に言うたら、俺は軍艦について詳しゅうない。せやかて、そう釜次郎はんが言うてはったわ。ストーンウォール――甲鉄艦は化け物級やてな。釜はん曰く、『だから箱館海軍など問題にすることなく吉岡辺りに姿を見せるだろう』とのことや」

ああ、それで釜さんの予想は吉岡なのかと八郎は納得した。

釜次郎が蝦夷地に上陸したときは、当時は敵地だった箱館からずいぶん離れた鷲ノ木を選んだのだ。その同じ釜次郎が、妙なことを言うものだと思ったが、甲鉄艦の威力を正確に把握しているからこそなのだ。

だが――。八郎は頷けない。

「それでも、甲鉄艦が一艦のみである以上、海戦に持ち込まれれば上陸兵の援護はできんぞ」

「確かにそうや。吉岡でも上陸はできるやろうが無傷とはいかんやもしれんなあ。兵は駒やない。血が通うとる。指揮官なら、なるべく一兵も損じぬ方法を選ぶわなあ」

「俺ならより確実なところを狙う」

ううむ、と勝太郎はしばらく腕を組んで考える。目を忙しく地図の上を走らせる。兵を無傷に上陸させ、なおかつその後の進軍がしやすい箇所はどこなのか……自分なりの答えを探っているのだ。やがて考えがまとまったのかにっと笑い、

「八郎はんなら、どこに上陸させるんや」

まずは八郎の意見を聞いた。

「そりゃァ、江差より北だろう」

「せやな」

ほぼ勝太郎も同じ意見だったようだ。八郎は地図に指を置き、説明を続ける。

「俺たちの守備は江差で切れている。江差守備兵は敵の上陸を察知すれば、むろん駆

けつけることになるだろうが、江差から敵上陸地までの道は勝さんも知っての通り海岸線だ。敵さんは艦砲射撃で我ら江差軍と応戦できる」

「海からの攻撃で、上陸までの時間稼ぎが可能なわけやな。第一隊が上がってしまえば、上陸側も戦いに加わることができる上、箱館から遠いから、こちらの軍艦が敵上陸の報を受けてから出動するまでに時間がかかるいうわけやな」

「他にも理由があるんだ」

「ははあん、上陸後の進軍経路やな」

勝太郎が納得したように笑う。

「そうだ。向こうは幾らでも次から次へと人数を補強できるが、俺たちは限られていて、戦闘で減る一方だ。こういう場合、勝さんが敵軍の参謀ならどうする」

「そら、戦線を広げるか、戦場を分散させるかやろな」

「うむ。そして、それができる場所は一カ所のみだ」

松前口、二股口、木古内口の三道すべての出発点になり得る場所だ。

「そら江差しかないわ。ここを押さえて全部の道でドンパチやるんやな」

「そうだ。松前を取る前に江差を押さえるのが先だ。江差には俺たち箱館政府軍二百人が布陣しているから、新政府軍はそれより北方から上陸し、その間に江差自体は自慢の甲鉄艦で海から攻め落とす。艦砲射撃で箱館軍が逃げたところへ陸軍を入れれば、より少ない損傷で占拠できる。俺が敵将ならそうする」

「八郎はんが総指揮官をした方がよくないか」

勝太郎は軽口をたたいたが、すぐに真顔になり、

「釜はんに進言しよう」

もどかし気に身を翻した。ただちに勝太郎は馬を駆り、箱館の五稜郭本部へと向かった。

勝太郎が首を横に振りながら戻ってきたのは、それから四日後だ。

日も落ちてから八郎の宿所を訪ねてき、疲れたと一言呟《つぶや》き、倒れ込むように寝転がった。

「八郎、あかんやったで」

少し間の抜けた言い方をする。

「釜さんはなんて?」

勝太郎は、なぜか少し外国人訛《なま》りのある釜次郎の口調を真似して、

「『もっともだが……人数が限られているからどこもそこもこれ以上の兵を割くわけ

に、いかんのだ。江差北方なら、松前にも箱館にも距離がある。今の人数でも、なんとか対応できるだろうが、吉岡に上がられれば、松前まで二里強だ。一気に来られたらとうてい持つまい？』やそうや」

確かに、吉岡から有川にかけての海岸線に味方の抑えがないと、辛い一面はあるのだ。勝太郎はさらに釜次郎の真似を続ける。

「釜はんはこうも言わはった。『それに戦場を分散させたいのなら、我々が最初に上陸した鷲ノ木方面からでもいいわけだ。あそこも道を三道に取れるじゃないか』」

「それは違うな。鷲ノ木方面には、上陸はできても拠点にできる場所がない」

「せやな。江差は大きいさかい」

「それに、あの鷲ノ木からの上陸だと、松前より先に五稜郭を落とさないといけなくなる。戦をしようと手ぐすね引いて待ちかまえている旧幕府歩兵部隊の守る五稜郭は、他に憂いがなくなって最後に全勢力を集結させて攻めるのでなければ、とうてい簡単には落とせまい」

新政府側にしてみれば、諸外国がお手並み拝見とばかりにじっと見ている以上、蝦夷地をいかに早く平定してしまうかが勘所《かんどころ》となる。よほどの愚将ならともかく、万が一でも泥沼の戦いにもつれ込む可能性のある道は選ぶまい。

八郎は苛立ちを覚えたが、人数を回せないというのは物理的な事情だからどうしようもない。ないものは出せない。吉岡から有川までの間を固めるのはおおよそ六百人。今でもぎりぎりの人数で守っている。江差北方を固めるために、こちらの防衛線が弱くなったことを敵に悟られれば、あっという間に崩されるのは釜次郎の言う通りなのだ。

「くそう」

圧倒的な人数差で苦戦を強いられた箱根の戦いを八郎は思い出していた。あのときの二の舞になる未来が見えるようだ。

(泣き言を言うな、八郎)

自身を八郎は叱責した。

(バカみたいな人数差も、もはや笑い出したくなるような不利な条件下の戦いも、すべて承知でやると決めたのはこの俺だ)

承知した、と八郎はぐっと前を睨《にら》むように釜次郎の言を受け入れた。

「だが、せめて江差方面に軍艦を少しでもいいから回すよう交渉してこよう」

今度は俺が行く、と八郎は断ずるように言った。片手では馬を飛ばせないから、箱館との往復は勝太郎に任せがちになっていた。なにより箱館政府軍の中では遅参組だという負い目もあった。が、これ以上は引っ込んでいるときではない。

行きかけた八郎の肩を摑んで勝太郎が止めた。

「そら俺も言うてみたで。せやけど、釜はんは、あれはあかんな。江差方面は開陽丸沈没の一件以来、海軍にとって一種の鬼門になってもうた。いつ夕バ風に襲われるかわからへん場所に、艦隊を碇泊させて待機するわけにはいかん言うてな」

「そんなことを言っているときか」

八郎は怒鳴り声を上げていた。が、勝太郎相手に怒鳴るのはお門違いだろう。すぐに我に返ったが、腸《はらわた》が煮えくり返るようなふつふつとした怒りは容易に収まりそうにない。そもそも八郎は開陽丸の沈没の原因を、疑っているのだ。だれもがまるで夕バ風のせいだけのような言い草をするが、本当にそうなのか――と。

美加保に乗っていたときに、八郎は開陽丸の航行になんともいえぬ不安定さを覚えている。開陽丸が沈んだ話を聞いたあと、どうしてもこの一点が気になって、八郎は開陽丸の乗組員だった者を捕まえて何人かに訊いてみた。ほとんどの者は首を左右に振ってまともにこたえようとしなかったが、「あの船は浮きすぎるのです」と八郎に説明してくれた者もいた。

その者の話では、開陽丸は何もしないと浮きすぎて均衡を崩してしまうという。このため、船底に銅塊を積んで調子を整えるが、この積み方を失敗すると航行中に嫌な動きとなって現れるのだ。嵐の中で曳き綱を通じて八郎が感じた妙な揺れは、開陽丸が銅塊を海に捨てたか、積んだ荷が崩れて均衡が保てなくなったかしたために起こったものだろう。

開陽丸が沈んだ日も、不安定だったのかもしれない。

それ以外にも嫌な噂を聞いている。

地元民なら近づかない座礁を誘う隠れ岩の方へ、水先案内人によって開陽丸が自ら進んでいった——というものだ。その水先案内人は、座礁後に姿を消している。新政府軍から送り込まれた諜報に誘導された可能性が高いのではないか。開陽丸は蝦夷の自然にやられたのではなく、仕組まれて沈められたかもしれないのだ。もちろん根も葉もないただの噂かもしれないし、この噂の方こそ攪乱《かくらん》を狙ったものかもしれない。それでもなんの調査もせずに、タバ風に恐れをなすなど、八郎からすれば考えられない。

やはり箱館に行って、直接話をするべきだ。このままでは釜次郎に対して不信感を抱いてしまう。

「勝さん、俺は行く。釜さんに言いたいことを抱えたまま戦に突入するよりは、もし何か行き違いや誤解があるのなら氷解させた方がよほどよかろう。箱館に行ってあの男の目を覚まさせてやる」

勝太郎は嬉し気に八郎を見たが、「待て待て」とやはり今度も引き止めた。

「箱館で、陸海軍協力の下に行う面白い策が立ち上がっとるんや。それが成功したら、八郎はんの案は容《い》れられるはずや」

「陸海軍協力の策だと」

「せや。遊撃隊からも人数を出すで」

「なんだ、それは」

訝し気な八郎を前に、勝太郎はにやりと笑う。少しもったいつけた言い方で答えた。

「襲入攻撃――アボルダージュや」

三

作戦名アボルダージュが海軍奉行荒井郁之助と旗艦回天丸艦長甲賀源吾《こうがげんご》の主導で、開陽丸を失った箱館海軍の起死回生を懸けて敢行されたのは、明治二（一八六九）年三月二十五日のことだ。

この作戦の目的はただ一つ。甲鉄艦の奪取である。

方法は、一言でいえば、「接舷《せつげん》奪取」だ。

箱館政府側の軍艦、回天丸、高雄丸、蟠竜丸の三艦で、まずは新政府海軍が碇泊する宮古湾に侵入する。その後、高雄丸と蟠竜丸が甲鉄の右舷と左舷にそれぞれ近づき、ぴたりと並行して船体を付ける。これが接舷だ。

接舷が成功すれば、高雄丸と蟠竜丸の両艦から刀や銃を持った陸軍が乗り移り、甲鉄艦の艦員を殺傷することで船そのものを乗っ取るのだ。甲鉄艦の占拠が完了すれば、あとは箱館まで航行するだけである。

回天丸は、接舷行動を二艦が行っている間、宮古湾内の他の新政府軍の軍艦と撃ち合い、二艦の任務が速やかに行われるよう幇助《ほうじょ》する役目を担う。

もし、成功すれば、甲鉄の脅威が消えるだけでなく、制海権を箱館政府側が苦もなく握ることができるのだ。

そうなれば、新政府軍側も吉岡での上陸は難しくなる。箱館政府側は憂いなく江差方面の充実を図ることができるだろう。

勝太郎の説明に、八郎の胸は躍った。

「アボルダージュか。すごい作戦だ」

もし、成功すれば、どれほど胸がすくだろう。ひと泡吹かせてやるというのは、まさにこういう策を言うのだろう。


三月二十一日。

多くの男たちの希望を乗せて、回天丸、高雄丸、蟠竜丸は箱館を出港した。

回天丸、蟠竜丸の二艦が再び箱館港に姿を現したのは、五日後の二十六日のことだ。出ていくときと違い、どちらの艦もどこか草臥《くたび》れて見える。殊に、回天丸の船首は大きく破損していた。

砲撃の跡ではない。何か硬いものに激しくぶつかったときにできる傷に似ている。

二艦の側《そば》に、期待した甲鉄艦の姿は見られない。

それだけでなく、高雄丸もその乗組員九十余人も、二度と姿を見せることはなかった。途中で座礁し、自焼したからだ。七十数名が新政府側へ投降し、二十数名が行方知れずとなった。

作戦は失敗したのだ。

後に言う宮古湾海戦の衝撃的な敗戦を八郎が知ったのは、二十八日の朝方だ。斎藤辰吉が松前に現れ、知らせてくれたのだ。

辰吉は八郎の姿を見つけると、

「やはり来たな」

開口一番。美加保丸に乗った者でこの蝦夷地まで辿《たど》り着けた男はほとんどいない。感慨深いのは仕方なかった。だから八郎も、初めは辰吉が五稜郭から送られた敗報の使者だとは気づかなかった。

「斎藤さんこそ、ずいぶんと悪運が強いじゃないかえ」

「ああ、俺は昔からな悪運だけは強いのさ。……俺の強運を箱館政府にも分けてやりたいところだが、どうやらそれは出来ぬらしい」

久しぶりの再会に浮き立っていた八郎は、辰吉の今の話しぶりに、

(悪い知らせがあるな)

気づいた。今、決行されているのはアボルダージュだけだ。自《おの》ずと悪い知らせの中身は知れるというものだ。

「アボルダージュが失敗したのか」

八郎は率直に訊いた。アボルダージュには遊撃隊も参加している。蟠竜丸に乗船し

たはずだ。

　他にも歳三が回天丸で陸軍の総指揮を執ると言っていなかったか。戦いに参加した全員が無事でいて欲しいのはもちろんだが、まずは直接知った者たちの安否が気にかかる。死を覚悟しているものの、仲間の死にはいまだ慣れない。

　辰吉はそうだと頷き、八郎のもっとも気にかかる安否を最初に教えてくれた。

「遊撃隊の乗った蟠竜丸は無事だ。全員、帰還した。回天丸の死傷者は四十余人。高雄丸は座礁して乗組員全員を失った」

　思った以上の犠牲に八郎は息を呑んだ。なんとか表面上は平静を保ち、

「知っていることは何でもいい。詳しく話してくれないか」

　辰吉に頼んだ。

　辰吉は思った以上に宮古湾海戦の経緯を知っていた。

　二十一日に箱館を出港した三艦は、運悪く翌日の夜に嵐に遭い、雨と波にもまれながら離ればなれになってしまった。

　二十四日、回天丸と高雄丸は合流できたが、高雄丸の方は故障のせいで、ほとんど速度が出ない。のろのろと進むことしかできず、とうてい作戦の実行は不可能だった。

蟠竜丸はどこにいるのか、影も形も見えない。

二十五日未明。この時点でただ一艦のみ作戦を敢行できる力を保持した回天丸の取る道は二つに一つであった。このまま引き上げるか、回天丸一艦のみでも決行するか。回天丸は舷側式の外輪船である。船の横に水車形のでっぱった外輪が取り付けられており、他の船の側面に接舷することは不可能な形の船である。冷静に考えれば引き返すべきであった。

だが、回天丸の乗組員には、化け物甲鉄艦を新政府軍が蝦夷へ航行させてくれば、外輪船でアボルダージュを敢行したときに受ける損失より、もっと大きな損害を味方の軍が蒙《こうむ》ることがわかっていた。

失敗する確率が高いことは百も承知だ。だが、奪い取れる可能性がまったく無いわけではない。万に一つでも成功するかもしれない余地があるのなら、たとえ実際に回天丸に乗った男たちが全滅することになったとしても、やらずにはいられなかったのだ。

回天丸はたった一艦でアボルダージュを行うことを決した。

ああ、と八郎はここまで聞いて思った。俺でもそうするだろうと。

回天丸には、土方歳三が指揮官として乗っていた。決断を迫られた歳三がどんな思いを抱き、

「やろう」

と皆を見渡し決意を口にしたか、八郎には手に取るようにわかる。

（そうだ、トシさん。俺たちはそうするために蝦夷へ渡ったのだ。お前さんに迷いはなかったろうよ）

辰吉の話は続く。

この時、襲撃場所となった宮古湾には八艦の新政府軍の艦船が碇泊していた。回天丸はたった一艦で、八艦の中へと突入したのだ。

まだ夜が明けて間もない時刻であった。

回天丸はアメリカの国旗を揚げて風にはためかせながら、するすると甲鉄艦に近づいていった。

甲鉄艦の乗組員たちは、直前までそれが箱館政府の軍艦だと気付かなかったようだ。まったく戦闘配置に付く様子はなく、甲板で談笑する姿も見られたらしい。

回天丸は、よほど近づいてからやにわにアメリカ国旗を降ろし、日章旗を掲げた。

次の瞬間、回天丸は第一発目の砲を噴いた。放たれた五十六斤《きんほう》砲の砲弾は、分厚い鉄の鎧《よろい》をまとった甲鉄艦の横腹に命中した。

甲鉄艦はグラグラと揺れた。回天丸の誰もが驚愕したのは、それがただ揺れただけだったからだ。至近距離から五十六斤砲をくらって甲鉄艦は無傷だったのだ。噂では、国内のどの砲も効かないと聞いていた。こうなることは想定内の結果であった。とはいえ、やはり俄かには信じがたいではないか。

甲鉄艦は、化け物ぶりが噂だけではないことを見事に証明してみせた。

欲しい、なんとしてもあの鉄の軍艦が――。

回天丸の乗組員たちは、ぜがひでもアボルダージュを成功させねばと奮い立った。

船体の横に接舷できない回天丸は、甲鉄艦に向かって突進し、船首から体当たりをかました。外輪船ゆえに船首を敵艦の上に乗り上げて二艦を繋《つな》ぐ方法を選んだのだ。

一度目は失敗し、上手く乗り上がらなかった。が、回天丸は退却することは考えなかった。いったん後方へと下がり、もう一度突進を試みた。大きな衝撃が再び二艦に起こり、派手な音が静かな港を揺るがした。その直後、回天丸の船首は甲鉄艦の左舷に乗り上げていた。

通常の接舷による襲入攻撃とは違い、船首と敵艦の左舷の接触では、接触面が点に近く、そこから斬り込める人数は、ほとんど一人ずつでしかない。

いっせいに乗り込んでこそ作戦は効力を発揮する。一人ずつでは奇襲攻撃に驚いた敵も十分に態勢を整えることができる上に、乗り込む者を容易《たやす》く狙い撃ちにできる。

さらに、船首が乗り上げる形をとったため、回天丸側と甲鉄艦側に十尺（三メートル）ほどの高低差ができてしまった。飛び降りるにはきつい高さだ。

それでも、回天丸の乗組員たちは怯《ひる》まなかったという。果敢にも甲鉄艦へと飛び込んでいった。飛び込んだ者たちは生きて回天丸に戻ることは考えなかったろう。甲鉄艦を奪わない限り、箱館への帰還の道はないとわかった上で飛び込んでいったのだ。

だが結果は、その勇敢な行為をあざ笑うかのように残酷だった。元々、斬り込み隊は高雄丸と蟠竜丸に乗っていたのだ。だから、性能の良い銃もそちらに積んであった。甲鉄艦に飛び降りていった者が狙い撃たれたのはもちろん、回天丸の甲板から助勢するため銃弾を放って戦った者たちも、甲鉄艦の乗組員たちが連発銃で雨のように撃ち込む銃撃の餌食となり、多くの命を散らした。

回天丸は、甲鉄艦を奪取できなかったのはもちろん、敵艦になんら打撃を与えることもできず、一方的な被害を蒙っただけで引き上げざるを得なかった。

八郎は戦場で「無力」ということがどういうことか、身をもって知っている。多くの仲間を為すすべもなく犠牲にしながら、引き上げざるを得なかった者たちの絶望感と、己自身への呪わしさを知っている。

「回天の連中はよくやったさ」

辰吉は話し終えたあと、そう付け加えた。

「ああ、そうだな」

それでも回天丸の者たちは、生きて戻った自分を責め、恥じるだろう。箱根の戦の後の八郎がそうだったように。

ましてや指揮を執った友、歳三はどれほどの思いでいることか。いや、それより生きているかもわからない。

「斎藤さん、土方歳三は無事なのか」

我がことのような痛みの中で、八郎は訊いた。

「ああ、無事だ。いや、無事と言っていいのか。傷一つ負っていないが、部下を失い憔悴《しょうすい》している」

「そうか」

ぐっと八郎は右拳《こぶし》を握りしめた。歳三は、今は己の作った地獄の中にいるのだろう。八郎のよく知っている地獄だ。

本格的な戦いが始まれば、この哀しみや悔しさや怒りは、日常になる。そして、敵艦隊が宮古湾までやってきたということは、天候さえ問題なければ、あと数日のうちに戦いが開始されるのだ。

「斎藤さん。敵の司令官は誰が務めるか聞いているか」

「長州の山田市之允《やまだいちのじょう》だ。伊庭は鳥羽・伏見の戦いのとき、伏見の奉行所に布陣していただろう」

「ああ」

「そこを攻めた長州の頭だ」

「あのときの」

「しかも貴様と同じ歳だぞ」

「驚いた。若いな」

「用兵の妙、神の如《ごと》しと言われる戦の天才ぞ。あの上野の戦の指揮を執った大村が戦のことは自分より山田が詳しいと言ったとかなんとか、江戸でも噂になっていた男だ」

「相手に不足なしだな」

「君、雪辱を晴らせよ」

「ああ。そのためにここへ来た」

「俺と伊庭は戦場がわかれる。願わくば、再び見《まみ》えることのなきように」

「心得た。いざ死力を尽くさん」

八郎は、新政府軍との最後の決戦へ向けて迸《ほとばし》る思いを込め、辰吉と刀を打ち合わせた。

四

陸海軍参謀として箱館戦争の全権を担う長州の山田市之允が、青森に結集させた新政府軍六千三百名のうち、先発部隊千八百名を従えて蝦夷地に向けて出港したのは四月六日のことだ。

敵将山田市之允は、日本における上陸戦の先駆者である。我が国で初めて大規模且《か》つ本格的な衝背軍上陸作戦を敢行し、成功させた男だ。

山田は、上陸の段階で無駄に兵を消耗させるのを好まない。最強の甲鉄艦を保有しているからといって、見せつけるように海戦を早々に行うつもりはまったくなかった。だから二隻の外国船をチャーターし、一つには先発隊の大多数に当たる千五百の兵士を、もう一つには武器弾薬のほとんどを積み込んで出陣した。箱館政府が、外国船には手を出さないことを知っていたからだ。

これはまったく箱館政府の考えなかった上陸の方法である。また、上陸地点も、人のなるべくいない場所を選んだ。敵の布陣のあらかたは、事前に間者を送り込んで調べ済みだ。箱館政府軍の中には、新政府軍の送り込んだ間者が多数、潜り込んでいる。
山田の選んだ上陸地点は、八郎の考えた上陸地点と同じ、江差北方二里半の乙部《おとべ》村
である。理由もほぼ八郎の推測通りで、乙部村から上陸したあとは江差を手に入れ、
そこに本陣を置くつもりであった。
　三道から攻め入り、箱館政府軍を分散させて叩くのだ。
　三道から進撃させれば、箱館の側面及び背後から、そして正面の海上からと、最終
的には三方向から攻め入ることができる。
　新政府軍第一次上陸部隊の布陣は、次の通りである。

　松前口・木古内口　六百名
　二股口　五百名
　軽重要護兼熊石辺探索兵　二百名
　予備兵　二百名
　砲　六門

四月九日。新政府軍が乙部村から上陸を開始した。

このとき、乙部村には箱館政府軍の人間は、見張りの五、六人しかおらず、彼らは一目散に江差の一聯隊《いちれんたい》へ新政府軍の到着を知らせに走った。

知らせを聞いた一聯隊を預かる松岡四郎次郎は、直ちに人数を割いて乙部村へと向かわせた。しかし、往復で五里の距離だ。行きつくころには十分に応戦できる人数が上陸してしまっていることだろう。

さらに八郎が予測した通り、新政府海軍は船首を江差へと向け、手薄になったそこへ無情な艦砲射撃を開始した。

四郎次郎は台場に上り、隊士を鼓舞して砲弾を陸から敵艦隊に向けて撃ち込んだが、勝負にならない。砲の性能が違いすぎるのだ。

一方、乙部村の方では、一聯隊が駆けつけたときには案の定、もう斥候部隊松前藩士三百名が上陸を済ませており、箱館政府軍の到着を待ち構えている状況だった。

要所江差を守る一聯隊は人数を補強して、今は全部で二百名の隊である。それを乙部村と江差に分けたのだから、乙部村での兵力は新政府軍の方が多い。そのまま戦闘にもつれ込んだが、土地勘は元々この地を統治していた松前藩兵の方にある。さらに松前藩側には城を追われた恨みもある。

一聯隊は初めから押され気味であった。

その間にも、新政府軍はどんどん上陸しては、戦闘に参加する。じわじわと一聯隊は包囲され始めた。このままでは完全に四方を囲まれて退路を断たれてしまう。

「全軍、撤退する！」

一聯隊は切歯の中で退却を開始した。

八郎ら遊撃隊のいる松前に、新政府軍乙部村上陸の報が飛び込んだのは、乙部村がすでに新政府軍に盗《と》られた後だ。

「来たな」

遊撃隊を実質率いている岡田斧吉が舌舐《したな》めずりする。

松前奉行を務める人見勝太郎は直ちに、松前を守る遊撃隊と陸軍隊の幹部を招集した。

陸軍隊の隊長は元旗本の春日左衛門である。八郎より一歳若い二十五歳の青年だ。彰義隊に加盟して彰義隊頭並を務め、上野戦争後は平潟に渡って常磐を転戦した男だ。美麗な男だが、見てくれと違い性質は難物だ。アボルダージュで敵艦に斬り込んで死んだ新選組の野村利三郎《のむらりさぶろう》とは、蝦夷地に足を踏み入れるや否や、斬り合い寸前の喧《けん》嘩《か》をして短気ぶりを発揮した。

土方歳三の小姓で、今は榎本釜次郎付きの十四歳の少年田村銀之助《たむらぎんのすけ》を、どういう経緯があったのか八郎は知らないが養子に迎え入れ、父子関係を結んでいる。

同じ戦地に立つのだ。なるべく怒らせぬように平時を過ごそうという勝太郎の提案で、共に松前にいながら遊撃隊の面々は春日左衛門とは必要以上に接触しないようにしていた。ことに、同じく勇敢だが短気な斧吉にはそうしてもらっている。

八郎は久しぶりに春日左衛門を見た。

「一聯隊は押されている。すぐに援隊を出したいが、どうだ」

八郎が勝太郎に打診する。

「そうやな。江差が取られれば後々大変や」

勝太郎も同意する。

このときにはもう、一聯隊は海からの攻撃に耐えかねて、江差も捨てて南に四里半(十八キロメートル)、石崎に向けて敗走を開始していたが、松前にはまだ正確な情報が伝わっていない。

「江差に援隊を出すにしても、敵艦からの艦砲射撃を受けるやもしれぬ。江差が心配なのはわかるが、我らが守るべきはこの松前。よそにばかり目をやって足を掬《すく》われるのは本末転倒だ。人数は出せん」

左衛門が反発する。勝太郎は逆らわず、

「よし。ほなら、人数は遊撃隊から二小隊ほど出そう。陸軍隊は松前をがっちりと押さえてくれ」

どちらの案も容れる形で穏便に指示を出した。勝太郎は歴戦の中でこういう折衝がうまくなっていた。戦で一番怖いのは仲間内の分裂だと体験の中で十分に学んできたからだ。

箱館政府軍は混成軍のあげく、誰かが突出して指導力を発揮しているわけではなかったから、戦い方も互いに遠慮したり折衝したりしなければ立ち行かないのだ。すぐれた指揮官というのは、こういうところも含めて目が行き届いている者のことを言う。

「すぐに発《た》とう」

勝太郎の采配を受け、遊撃隊隊長の斧吉が躊躇《ちゅうちょ》なく立ち上がった。

「砲を二門持っていけ」

促す八郎に、

「ありがたい」

斧吉が若者らしい笑顔を向け、身を翻した。

翌十日。松前を出陣した遊撃隊二小隊は、途中で敗走して南下してきた一聯隊と合流したが、

「人数が違いすぎる。ともかく松前までいったん下がって態勢を整えたい」

松岡四郎次郎が松前までの退却を決めたので、共に戻らざるを得なくなった。本隊が退却している中、援軍が踏みとどまるわけにもいかない。七つ（午後四時ごろ）には江差から七里半の江良に到着し、さらに松前を目前とした根部田《ねぶた》を目指した。

これを追う新政府軍側は深追いせずに、この日は江良に宿を取る。

互いに移動だけで終わった十日の夜は、不気味に過ぎようとしていた。

「すまん、八郎。面目ない」

一聯隊に軍監として派遣され、江差に赴任していた忠内次郎三が、疲れ切った顔で敗走を詫びた。

「いや、何を言う」

事前にこうなることは読めていたのに五稜郭から援隊を引き出すことができなかったのだ。謝らなければならないのはむしろこちらの方だと思ったが、安易な謝罪は士気に関わるので八郎は黙っていた。

「今はゆっくり休んでください。次に干戈《かんか》を交えたその時が命日になるやもしれません。疲れを取って、一人でも多くの敵を屠《ほふ》り、閻魔《えんま》大王への手土産にしようじゃありませんか」

「ああ、そうだな。次で挽回しよう」

頷きながら次郎三は八郎を眩しげに眺めた。八郎は渋面を作る。

「なんですかえ、次郎さん。妙な顔していなさる」

「いや、あの八郎がねえ。あの体が弱くて小さかった八郎が、いつも道場から逃げて親父さんを悲しませていた八郎がだ……ずいぶん立派な男になったもんだと思ってな」

言葉に詰まることを言う。

「昔のことほじくるなんざ、次郎さんこそ年寄りになっちまったんじゃないかい」

「すまん、すまん。けど、惚れ惚れするじゃないか。俺たち門弟はな、いつもお前を自慢したくてたまらなかったのだ。伊庭道場にこの男ありとな」

次郎三は腰の刀を外して八郎の前に翳した。

「お前のものと換えないか」

八郎は息が止まるほど驚いた。

「けど、それは」

「ああ、俺が免許を取ったとき、無理を申して先生から賜ったものだ」

先生とは、義父軍平秀俊のことではなく、八郎の実父軍兵衛秀業の方だ。本当は長子である八郎が免許皆伝を授かったときに渡そうと秀業が用意していた刀だ。だが、病弱を理由に、八郎は決して竹刀を握ろうとしなかった。次郎三は道場に決して近寄ろうとしない八郎に焦れて本気で怒り、当てつけるように秀業に「その刀をそれがしにいただきたい」とねだった。

次郎三は刀が本当に欲しかったわけではない。こんな大切なものを他人に奪われるわけにはいかないと、八郎に発奮して欲しかったのだ。父であり、八代目である秀業が刀に込めた気持ちを汲《く》んで、竹刀を握って欲しかった。八郎にもそれはわかっていた。だのにわかっていればいるほど鬱陶《うっとう》しく、八郎は次郎三の気持ちも父の気持ちも踏みにじった。

その結果、刀は次郎三の手に渡り、とうとう父秀業は息子の雄姿を一度も見ることなく亡くなった。そんないわくの、苦い刀である。

八郎が竹刀を握って道場に足を踏み入れたのは、父が病で亡くなってからだ。もう時は取り戻せぬのに、親不孝をしたと後悔してからなのだ。

ずっと、次郎三の腰にある刀は八郎を苦しめ続けた。どれほど自分が二人を悲しませたか、本当は手に取るようにわかっていただけに、その結果である次郎三の腰に差す刀は八郎を苛《さいな》んだ。

いたたまれない気持ちの中で、誰よりも強くなろうと誓ったのだ。せめてもの罪滅ぼしになるのなら、自分は江戸で一番強い剣客になろうと。

実際は、己の名が上がれば上がるほど、八郎は苦しかった。父が生きているうちに今の姿を見せてやりたかったと、名声が広まるほどに、胸をかきむしるくらい希求した。御前試合の名誉さえ賜った。華々しい勝利を得てまた天才の名が轟《とどろ》いたが、いつも八郎は苦しかった。できたはずなのに、やらなかった自分の過去の不甲斐《ふがい》なさが、強い男になればなるほど悔やまれた。

次郎三が差し出す刀は、己が愚か者の証である。それを受け取れと、こんな命の尽きかけた土壇場で次郎三は言う。

「さあ、八郎。交換してくれ」

容赦なく、次郎三が促してくる。

「待ってください。この刀は……」

「ああ、そうだ。先生の形見の刀だ。だからお前が持つのがふさわしい。今のお前の姿を一番喜んでいるのは先生だろう。なあ、八郎。今なら先生の刀を受け取れると思わぬか」

父がこの刀を本当に渡したかったのは八郎だ。次郎三が本当に受け取って欲しかったのも、八郎なのだ。あの時は逃げて受け取らなかった。二度は逃げられない。

「受け取ろう。次郎三さん、感謝します」

八郎は自分の腰の刀を外すと次郎三へと差し出し、代わりに父の刀を受け取った。

「よくぞ、この日が来たものだ」

八郎の刀を手にした次郎三の指が震えていた。次郎三はそれを腰に納めると、顔を天に向けた。

「先生、これでようやく、それがしの肩の荷がおりました」

この日の夜。

(追撃の手が甘いな)

松前の折戸台場から真っ暗な海を睨みながら、八郎はなぜ新政府軍がゆるゆるとこちらの退却の歩みに合わせて南下してくるのかを考えている。

「どうした、八郎。難しい顔をして。戦闘に入れば体力勝負だ。寝られるときに寝ておけよ」

小太郎が気遣って声を掛けてきた。明日はどうなるかわからぬが、体力が落ちれば十分な働きができない。そうだなと頷きつつも、八郎は自分の胸の内にある疑問を小太郎に告げた。

「うむ、確かに緩いな」

小太郎も同意する。

「まるで何かを待っているかのようじゃないかえ」

「なにかとは」

「甲鉄艦」

「甲鉄ならもうとっくに来ているじゃないか。江差での戦闘は陸戦というよりは、海から艦砲射撃にやられたようなものだったらしい。そのときも甲鉄艦は海上に浮かんでいたって話だし、こっちは砲弾を何発もくらったという話だぞ」

「らしいな」

「なんでも、甲鉄艦から放たれた自慢の三百ポンドアームストロング砲は、砲が飛びすぎてだいぶ後ろの方に飛んでいったんだって？」

小太郎は、八郎が必要以上にピリピリしていると感じたのだろう。一聯隊が報じてきたままに、少し滑稽だった甲鉄艦の戦い振りを口にする。

山肌を無駄に削っていたということだが、八郎は笑えなかった。

（試していたに違いない）

甲鉄艦は〝本番〟を前に、江差を試し撃ちの場に使ったのではないか。元々、江差には艦砲射撃に耐えうる備えはなかった。砲もろくなものを置いておらず、数自体少ない。松前の六分の一程度だろうか。そんな守備の江差を攻めるのに、甲鉄艦が出てくるまでもない。他の軍艦からの射撃でも、十分に守備兵を敗走させることができたはずだ。

もっといえば、海からの攻撃に頼らずとも、上陸部隊だけで占拠できたろう。人数が違いすぎる。

それをあえて甲鉄艦を出してきて、そんな素っ頓狂のところに飛ばしたというのなら、狙い通りの位置に撃てるのか、飛距離は一里と言われているが、本当にそんな長い距離を飛ばすことができるのか、江差攻略の中で感触を確かめていたのだろう。

（ちきしょう。余裕じゃねェか）

敵からすれば、甲鉄艦の本番の初戦はここ松前というつもりでいるのだろう。

八郎は、あえて小太郎には口にしなかった。小太郎は剛毅な男だが、いまだかつて日本人が見たこともない規模と性能の武器を、最初に本格的にくらうのが自分たちだなどと改めて聞かされては、いい気分がしないだろう。

その甲鉄は、敵の陸軍上陸がまだ第一次部隊しか行われていない以上、運搬の護衛などに駆り出され、今はまだ本格的な戦闘には手があかない。だから敵はゆるゆると南下してきているのではないか。

とにかく箱館政府軍およそ三千人に対し、今の新政府側の推定上陸人数では、とうてい太刀打ちできない。ましてや、三道同時進撃を行うつもりでいるのなら、人数は迎え撃つ敵よりよほど多くなければ、いたずらに疲弊するだけだ。

敵の第二次上陸は近いうちにきっとある。

（その後だ。この松前に、海陸同時に敵は来る）

一聯隊、遊撃隊、陸軍隊に、迎撃するだけの人数も、砲もなかったが、五稜郭の本営にも余裕はないのだ。今の条件で戦うしかない。

四月十一日。

八郎はかねて用意していた葵の御紋の入った洋服を身に着けた。恐れ多いことだが、徳川将軍家の御代と心中する心の表れとして用意した。

八郎の戦う意味は、いかなるときも、それ以上でも以下でもない。

（俺は徳川の時代と共に逝く）

昨夜、根部田まできていた一聯隊と岡田斧吉率いる遊撃隊は、松前まで下がって松前守衛の二隊と合流した。これで松前は総勢六百五十の勢力となった。人見勝太郎と松岡四郎次郎は、これを三つに分け、一つは山上の高台に、もう一つは台場に据えた。

三つめは、守備ではなく攻撃部隊だ。

「先手を取るべきだ」

という八郎の強い意志のもと、南下してくる新政府軍に対し、松前からも北方に押していく形で侵攻するのだ。

相手の出方を待てば待つほど、この戦いは不利になる。

八郎が昨夜考えていた予測が当たっているなら、本格的な新政府側の攻撃は、人数の補充が整ってからということになる。それまではゆるゆると戦を進めたい向こうに合わせて動く必要がどこにあろう。

今、叩けるだけ叩いておかねば、敵の人数が増えてからではいかんともし難い。人も武器も補充がきかない箱館政府軍は、戦い続ければ、いつかはどちらも枯渇する。そうなれば、なぶり殺しに近い形の、新政府側の一方的な戦の中での敗北が待っ

ている だろう。

箱館政府軍の末は、玉砕か降伏しかない。

もう未来は見えている。

だったら、互角に張り合えるうちに、こちらの意地と心意気と男気を、せめても見せておきたいではないか。

江差から、ほとんど戦うことをせずに引き上げてきた一聯隊には、もう一度戦場に戻って目を覚ましてもらうつもりだが、八郎にしてみれば遊撃隊もここはなんとしても出撃すべきであった。

海からはまだ来ない、というのが八郎の読みだ。そうであれば、少々台場が手薄になっても問題はなかろう。

「今日は、俺も行く」

八郎は勝太郎に出陣の許可を請う。八郎は本来なら箱根の戦同様、後陣で戦の全容を眺めつつ、現場しか見えない斧吉に指示を出していかねばならない立場にいる。勝太郎は、松前守備兵全体の指揮を執る。それがそれぞれの役目だ。

だが、勝太郎は堅いことは言わなかった。

「ええよ。八郎はんはそのために来たんや。現場がええわな。思うままやって来ぃや。

本陣の留守は、俺が守ってやるわ」

「おおきに」

八郎は、勝太郎の口調を真似て礼を述べた。

伊庭八郎が戦地に立つ――。

これだけで、共に進む遊撃隊士の意気が高揚する。

八郎は直ちに遊撃隊の面々を集めて円陣を組み、中央に立って奮然と大音声を上げる。

「俺は命を受けてこの地を守る。西軍は瞬く間に江差を占拠し、今まさにこの地に迫り来ようとしている。ここを破られれば、他日、なんの面目があって総裁に見《まみ》えることができようか。今からの一戦、我に必勝の策あり。必ず勝つ。諸君、心得て臨めよ」

鯨波《とき》が上がる。

みな鼓舞されて顔が赤らみ、目が輝いた。

七つ（午後四時ごろ）。

出軍喇叭の合図も高らかに、八郎率いる遊撃隊を先頭に箱館政府軍およそ二百名は、隊伍《たいご》を組んで粛々と北上を始めた。

八郎の発った松前から、新政府軍のいる江良までの村落は、次の通りである。

松前——根部田——札前——茂草——清部——江良
その距離三里（十二キロメートル）。

このとき、松前口の敵の布陣は、江良を本陣に、根部田まで少しずつ人数を出してきていた。

このため、八郎らは松前を出て十五、六町のところに進んだ辺りで、さっそく敵の斥候とぶつかった。斥候は人数が少ない。難なく蹴散らし、根部田まで進んだ。

ここも数十人程度の駐屯だ。砲を炸裂させ一斉に銃で撃ちかけると、ほとんど戦わずに遁走《とんそう》した。

札前に人数が揃っているのだろう。

「敵の背後を衝け」

八郎は遊撃隊の一部を迂回《うかい》させ、間道を進ませる。

一聯隊の人数も二つに分け、一つは海側の浅瀬を潜みながら本隊に合わせて進ませ、もう一つは山側に潜ませた。合図があれば一斉に飛び出し、横腹を衝かせる算段だ。

根部田を出てすぐのところで本隊の足をいったん止め、八郎は斥候を放つ。

戻ってきた斥候の話では、新政府側は札前から少し根部田方面まで出てき、散開して草陰や物陰に潜んで八郎ら箱館政府軍が来るのを待ち構えているという。逸《はや》って一気に攻め上がってくると思ったようだ。

八郎は苦笑した。

「見くびられたもんだな。おいらもそこまで甘ちゃんじゃないさ」

わずかに兵を前進させつつ、まだ十分に距離を保ったまま八郎は砲撃戦を開始した。徐々に勢いで押す内にも、銃隊はじりじりと低い姿勢のまま敵との距離を縮めていく。弾の届く範囲まで近づくと、八郎は喇叭を吹かせた。

待ってましたとばかりに、銃隊が敵に激しく撃ちかける。ほとんど間を置かず、ワアッと海側から声が上がり、浅瀬を進んだ一聯隊が一気に浜を駆け上った。

銃声が轟き、無数の煙が上がる。敵の横腹を狙い撃ったのだ。

しばらくすると山側に回った兵も、山上から敵の頭上を襲う。

三方向から飛来する銃弾に、これはたまらぬとばかり、敵兵が退却を開始した。だが、背後には、事前に間道で迂回させた遊撃隊士が、抜刀して待っているのだ。

「斬れ、斬れ」

遊撃隊は、剣の腕に覚えのある者が多い。八郎が講武所や伊庭道場で直《じか》に手ほどきした者たちだ。ばらばらと逃げてくる敵兵を、膾《なます》のように斬っていく。少しずつ戦線が札前へと北上する。

山上の兵が、茂草方面から敵の援軍が来つつあることを喇叭で知らせてきた。潮時である。

「退却の喇叭を吹け」

八郎の指令で斬り込み隊退却の喇叭が高らかに鳴る。これを合図に、敵中に斬り込んでいた遊撃隊士が、サッと一斉に山中へ消えた。

援軍の到着に再び息を吹き返した新政府軍に、八郎は真正面から砲弾をくらわす。再び銃砲撃へともつれ込んだ。

戦いは夕刻の七つ半（午後五時ごろ）に始まって夜の四つ（午後十時ごろ）まで続いた。茂草にまで押された新政府軍は村に火を放ち、八郎たちの進出路を塞ぐ。火が弱まるまでは進めない。もう夜も遅いから、進路を防げば今夜の戦闘は終わるのだと敵兵は油断したはずだ。

が、八郎は勝ちの勢いを消すつもりなど毛頭ない。火が弱まるまでの間に隊伍を組み直す。みなの顔を見渡しながら、

「このまま進軍を続ける。長駆して一気に江良を奪還するぞ。付いてこられるか」

「もちろんです」

「よし」

八郎は茂草の火が弱まると同時に進発を開始した。夜通し北へ向かって一気に駆ける。

戦闘は真夜中じゅう続いた。夜が明けるころ、新政府軍はこれ以上は戦えないと、とうとう江良を捨てて小砂子村まで退却した。

八郎は勝鬨《かちどき》を上げさせると、江良とその前線を隈なく探索し、敵が一兵残らず引き上げていることを確認した。

新政府軍と箱館政府軍の緒戦は、こうして箱館政府側に軍配が上がったのだ。

だが――。

せっかく奪った江良を、早々にうち捨てて松前まで引き揚げろと、五稜郭本部から指令が届いたのは翌十三日のことだ。

「なんだと」

「なぜだ」

色めき立つ者もいたが、八郎はどこかで予測していた。

新政府軍は蝦夷地攻略の基本方針として、三道から箱館を目指して進んでいく策を選んだ。九日に上陸してすぐに戦闘が始まったのは松前口だけだったが、これは松前口の道が整っていたからに過ぎない。木古内口と二股口は木々が繁茂し、いたるところに倒木がある間道を、枝を払い、木をどかしながら進んでいかねばならない。その分、箱館側の兵との接触が遅れたのだ。

が、今日はもう十三日。そろそろ両所で戦端が開かれてもおかしくない。木古内が落ちれば、松前は孤立する。手薄のままの松前では、とうてい持たない。松前が陥落すれば、江良に拘《こだわ》る意味などなにもないのだ。

「全軍、退却」

兵を前に大呼する八郎に、

「無念です」

幾人かの男たちは悔しさに唇を嚙《か》む。

「顔を上げろ。これから松前が忙しくなる。無念がっている暇はないぞ」

八郎はきっぱりと北へ踵《きびす》を向けた。

五

八郎らが勝利したあの戦闘から三日が過ぎた。四月十六日。

新政府軍は、八郎らが放棄した後も江良に戻ることなく、小砂子村に待機したまま不気味な沈黙を守っている。

第二次上陸部隊を待っているのだ。人員が十分に補充されれば、いよいよ本当の戦いが始まる。止まっていた時計の針が動き出すように、蝦夷に渡った敵の全てが〝箱館政府軍の蹂躙《じゅうりん》〟に向けて動き出すだろう。

そのときには、まず初めに自分たちが甲鉄艦の洗礼を受けるに違いない、と八郎は読んでいる。

そしていよいよこの日、新政府軍第二次上陸部隊が江差の地を踏んだと八郎の元に知らせが入った。八郎たちには人数まで把握できなかったが、このとき上陸したのはおよそ千六百名だ。

松前守備兵側は、木古内口を大鳥圭介が守りきったため、再び江良に向かって進軍を開始した。なにごともなく進めば明朝には到着するだろう。

今回、忠内次郎三らが出て、八郎は出軍していない。出ていく方も見送る方も、お互い会うのは最後だろうとそんな気でいる。前回八郎が出軍したときとは何もかも違う。敵の数は数倍で日本最強の軍艦からの艦砲射撃を食らう。まともな戦いになれば良いがそれも覚束《おぼつか》ない。

「行ってくるよ」

次郎三は多くは語らず、腰に差した八郎の刀を軽くさすると笑顔を向けた。八郎も笑みで応えた。

「次郎さん、武運を」

「おうっ」

互いの良い部分も嫌な部分もよく知った幼馴染みである。それが、来たくなければ来なくても良かった北の地に雁首《がんくび》を揃えている。全ては今から始まる決戦のために、自分もこいつもこんなところに自ら渇望してやってきたのかと思うと、なんとも言えぬ可笑《おか》しみと、少しの照れと、絶対的な相手への信頼が八郎の中に湧き起こった。悲哀はなかった。だが、穏やかでもない。

全ての兵が見えなくなるまで見送りながら、

「ああ、これでおいらの一番恥ずかしかったころのことを直に知っているもんは、おいらの側から誰もいなくなっちまった」

ひとりごちた。

この後、八郎は自分の持ち場の松前城西方の折戸台場に入った。

ここは遊撃隊と一聯隊の守備地である。江良に向かった一部の者と、城内で総指揮を執る勝太郎の側近以外、たいていみなはここにいる。

小太郎もいる。小太郎の周囲はいつも笑いに包まれていたから、この日も台場のみなは冗談を言い合いながら飯を食い、体力をつけるために早めに寝た。

江差に集結した敵は、朝を待たずにこちらに向けて進軍していることだろう。まずは次郎三ら江良に向けて進発した者たちがぶつかる。支えきれなくなれば、この台場が松前を守る砦《とりで》となる。

松前が落ちれば木古内が、箱館への砦となり、そこも落ちれば五稜郭目掛けて敵軍が押し寄せることとだろう。

今日が最後の夜の者もいるだろうし、あと数日は戦いの中で夜を明かす者もいるだろう。

この夜、八郎は夢を見た。

大きな赤い肌の男が八郎の前に立ちはだかって、四白眼で睨み据えている。閻魔大王が自分を裁きにきたのだと八郎は思った。

（おいらはたくさん、殺したからなあ）

殺したことも罪深いが、まるで関係ない者たちを巻き込んでしまったことは、もっと罪深いに違いなかった。

武士という生き物は誰かの作った飯を食い、誰かの作った服を着て、戦が始まれば飯を作る者の家を焼き、服を作る者の父や母や妻や夫、子や孫の命を奪う。大罪を犯して人々の上に君臨し、国を統《す》べ、秩序をもたらす。権利を得る分、責務を負う。おそらく、地獄の業火に焼かれることは武士の責務の一つに違いない。八郎は閻魔の前に仁王立ちになって怒号した。

「さあ、俺を裁け」

だが、閻魔は何もせずにただ八郎を睨み据えている。いや、今の今まで自分が睨まれているのだと思っていたが、よくよく見ればその目は自分などは通り越し、世界を睨み据えているかのようだ。やがて閻魔の後ろに見慣れた漢字が浮かび上がった。

「戦」と。

（こいつは閻魔じゃない）

その字を見て、八郎はようやく気が付いた。目の前に立っているのは達磨《だるま》なのだと。

これは十五歳のときに見た、今は火事で灰と消えた宮本武蔵《みやもとむさし》の描いた達磨の絵だ。

（ああ、懐かしいな）

八郎はあのとき、この達磨の絵に胸を打たれて涙を流した。あれからおおよそ十年の月日が流れている。あのときはまさか自分が戦をするとは思わなかったが、一度は阿修羅道に落ちかけたであろう武蔵が、全ての戦う者たちに道を示した絵に、激しく魂を揺さぶられた。

八郎の目から、あの日と同じように涙が自然と流れ出た。その頰を伝う熱い筋に驚くように目を覚ました。

ひとり起き出し、外へ出る。夜の松前の海を台場から目を凝らして眺めるが、月影に揺らぐ波が時折光って見えるだけだ。

朝までここで過ごそうと八郎は思った。

「眠れないのか」

背後から声がして、振り向くと小太郎がいる。なんとなくそんな気がしていた。

「夢を見て、目が覚めちまった」

二人は並んで腰を下ろした。

「何の夢だ。例の花魁《おいらん》か。いや、もしかすると上様か。まさか夢の中でも戦をしているんじゃないだろうな。それとも……」

礼子かと訊かれる前に、

「達磨だ」

八郎は答えた。小太郎が露骨に変な顔をするのが可笑しかった。

「達磨……？　それは意外だ」

「おいらが昔、腑抜け者呼ばわりされていたのは知っているんだろう」

小太郎とは、一度止《や》めていた剣術をもう一度始めた後で会ったから、八郎はすでに〝伊庭の小天狗〟だったが、〝道場に立てない病弱な伊庭のお坊ちゃん〟だった自分のことも噂で知っているはずだった。

「ああ、体が弱かったんだって。男児にはよくあることだ。良かったな、そこそこ普通になって」

今もそれほど強くはないが、講武所の剣術教授方も滞りなく務まったし、将軍のお供で京にも行けた。なによりこうして戦でさえもこなせているから小太郎の言う通り、ずいぶんと丈夫になったのだ。だが、八郎が剣術を十歳のときにいったん止めたのは、体が弱かったからではない。それを言い訳にしていただけだ。

「違うんだ、小太さんよ。おいらが剣を手にしなかったのは、体が弱かったからじゃない。現に十を数えるまでは道場に立っていたんだよ」

「そうなのか。なぜ、止めて、なぜまた始めたんだ」

こういうところが小太郎は優しいと八郎は思う。八郎は過去の自分をこの底抜けに人のいい友に話しておこうとしている。察した小太郎は、話しやすいようにこうして会話を導いてくれる。

「いやさ、おいらは子どもといっても剣の腕は強くてね、ほら、天才だろう」

「自慢か」

「いや、事実だ。高弟たちはともかく、道場に通うほとんどの大人が仕合をしても勝てなかったのさ。それである日、仕合で打ち合った門弟の目を誤って潰しちまった。おいらが奪ったのは目だけじゃない。もうすぐてめェの道場を開くっていう将来まで根こそぎ奪っちまったのさ」

そうか、と頷く小太郎の様子で、（こいつ、知っていたな）と八郎は悟った。ずっと小太郎は、八郎の背負った業の深さを知っていたのだ。ちぇっ、嫌な野郎だねえと八郎は舌打ちしたい気分だ。

「剣を握るということは、誰かを傷つけるということだ。怖くなっちまって逃げたのさ」

「そりゃあ、十の坊なら怖かろう。大人だって怖いだろうよ。戦になったからといって誰もが平然と人を傷つけ、殺せるわけじゃない。たいていはどこか可笑しくなるもんさ。第一、お前さんはそれでも戻ってきたじゃないか。剣の道に」

「五年かかったのよ。再び剣を取ったのには幾つかのきっかけがあったんだ。みな十五の年の僅《わず》かな期間に起こったことだ。一つは親父が死んだんだ。親不孝をしちまったことが辛くてね……」

「うん」

「二つ目は、山岡鉄舟《やまおかてっしゅう》と出会ったからだ。伊庭道場に仕合をしにやってきたんだ」

山岡鉄舟は神業と言われる鉄砲突きを武器に、剣聖の名をほしいままにしていた巨《きょ》軀《く》の男だ。当時の役職が講武所剣術教授方世話役だ。この男の鉄砲突きは防具をも砕くと言われ、竹刀で厚み一尺の板にいともたやすく穴を開けてしまった伝説の持ち主だ。心形刀流で、鉄砲突きとまともに遣《や》り合える者は一人、二人だったのではないだろうか。

負けられぬ仕合に、九代軍平秀俊が出ようとした。もし宗家が負ければ、伊庭道場の評判は地に落ちる。出させるわけにはいかないものの、ほかに勝てる者がそのときの道場に見当たらなかった。この絶体絶命の危機に八郎は無謀にも名乗りを上げた。

五年間、竹刀を握らずにきて、いきなり剣聖との仕合を受けて立ったのだ。道場を守るためと、自分自身が鉄舟の才に共鳴したためだ。眠っていた何かが、あの男を見ただけで目覚めたというべきか。ぞくぞくする感覚に酩酊《めいてい》したまま、八郎は道場の中央に引きずり出され、あの男と対峙《たいじ》した。

「知ってるさ」と小太郎は少し興奮気味に言った。

「山岡鉄舟と伊庭八郎の勝負は、歴史に残る名勝負として瓦版にまでなったからなあ」

勝負ははっきりとはつかなかった。打ち合うだけで手が痺れ、腫《は》れあがってもう打てなくなった八郎が、鉄舟の渾身《こんしん》の一打を躱《かわ》したため、鉄砲突きは行き場を失《な》くして道場の壁を突いたのだ。竹刀は羽目板を突き破り、大きな穴を開けた。横を擦り抜けた風圧で、八郎の頰は裂け、血が噴き出した。八郎の手が利かなくなり、竹刀が壁に刺さることで鉄舟もまた丸腰になった。仕合は引き分けてそこで終わった。

「刺激的でたまらない仕合だったさ。もう一度、強い男とやれるなら、おいらは阿修羅道に落ちてもいいとさえ思ったね。そんな自分が怖くてねえ。おいらの中に棲《す》んでいる鬼が目を覚ましちまったかのようだった」

「で、三つ目が達磨なのか」

さすが小太郎というべきか。達磨の話からこの話になったのだから、達磨が関係あるのだろうと予想したようだが、図星であった。

「ああ。憤怒《ふんぬ》の形相をした達磨の背景に、墨をたっぷり吸わせた筆で大書したと思われる『戦』の文字があったのだ。人間の愚かしさと未熟さの全てを見透かす目で空《くう》を睨む達磨だ。人をずいぶんと殺した目をした達磨だった」

「いや、八郎……菩提《ぼだい》達磨のことだろう。禅宗を開いた仏僧の。人を殺してちゃまずいだろう」

「宮本武蔵の描いた達磨なんだ。殺したのは達磨じゃなくて描いた武蔵の方だろう。あの達磨は武蔵自身でもあったんだろうさ」

「ああ、それならさぞ恐ろしい目をした達磨だったろう。武蔵はその昔、戦場にも立ち、剣の方では多くの者を殺した代価に名声を得た。そんな男の眼なら尋常じゃなかろう」

八郎は頷いた。

「だが、阿修羅道に落ちた男の目ではなかった。一歩手前で踏みとどまった、一点、哀切を宿した目だ。狂気も孕《はら》んでいるというのに、哀しみをもって踏みとどまっていた」

小太郎は息を呑んだ。

「そいつァ、凄《すご》いな。いや、凄《すさ》まじい」

「武蔵の絵は、剣を取るもの全ての道を示していると、十五のおいらはすがる思いで泣いていた。あれは予感だったんだ」

「予感」

「血塗《ちまみ》れの明日を迎える予感だ。血に塗れた二十六歳のおいらは、ついさっきあのときの達磨を夢で見て、また泣いた。胸が痛くてならねェ」

「八郎」

「あと数日内でおいらは死ぬだろう。明日かもしれぬ。明後日かもしれん。武蔵の踏み止《とど》まった阿修羅道に、おいらはこのまま落ちてもいい」

「お前さんが落ちるなら、俺も一緒に落ちてやるよ」

「なんだ、気持ちの悪い男だな」

「嬉しそうな顔して言うんじゃないよ」

二人はいつものように顔を見合わしてハッと笑った。

もうすぐ夜が明ける。

（来る。奴が……甲鉄艦が！）

八郎の予想通り、夜明けと同時に松前口の海岸線に黒光りする鉄の艦船が姿を現した。

「小太さん、甲鉄艦だ」

「ああ。来たな」

王者のように悠然と、陽春、丁卯《ていぼう》、朝陽を従え、北へ向かって航行していく。

わき出る雲のような太く黒い煙が煙突から吐き出され、それらは四艦の航跡をたどるように海上をたなびいた。

「次郎さんたちの方角だ」

江良方面に向かっているのだ。

ひときわ巨大な煙を上げる甲鉄艦は、朝日を浴びてきらりきらりと光を放ちながら、姿を消した。

甲鉄艦の出現に、次郎三ら箱館政府軍はごくりと唾《つば》を呑んだ。が、甲鉄艦は進軍する次郎三を追い越し、江良方面に航路を取って悠然と過ぎていった。

みな、目を見かわす。

（あれが待ち構えるところへ俺たちは行くのか）

江良も、江良までの道も、甲鉄艦からの艦砲射撃を避けられるようなところはどこにもない。だからといって、もう逃げるわけにはいかない。「面目ない」という言葉も、「すまない」という謝罪も、もう二度と口にしたくない。

(八郎、俺は生きては帰らんぞ!)

次郎三は嫌な気分を振り切るように八郎の雄姿を脳裏に浮かべた。

(俺はお前に勇敢であることを常に強いてきた。だから、俺もお前に恥じぬ男として死んでいく)

交換して今は自分の腰にある八郎の刀の柄《つか》を次郎三は撫《な》でた。

箱館政府軍が江良を眼前に捉えたとき、彼らはその沖に、敵艦春日がぷかりと浮かんでいるのを見た。甲鉄艦の姿は見えなかったから、江差までいったん北上したのかもしれない。

春日はすでに砲門を開け、黒光りする砲口をこちらへと向けている。

ドオンッ

いきなり、雷獣の唸《うな》りのような音が静かな村に轟いた。箱館政府軍の群れの中に砲弾は落ち、大きく土を削りながら弾《はじ》け飛んだ。何人かの体が千切れ飛ぶのを次郎三は見た。

ざわめきが起こる。

砲声が敵方の合図であった。いつの間に忍び寄っていたのか、江良北方から一気に新政府軍が現れる。とたんに、銃弾が雨のように降りかかってくる。次々と仲間が倒れていく。

ドオンッドオンッと立て続けに砲弾が春日から撃ち込まれる。

さらに、山上からも無数の銃口が火を噴く。

三方向から銃弾と砲弾を浴びせられ、瞬く間に仲間が死体になっていくのが、次郎三にはどこか現実味の薄い悪夢のように見えた。

まるで相手にならない。戦闘というより嬲《なぶ》り殺されているに近い。江差を捨てたあの日と同じ結末しか導き出せない自分に歯噛みしながら、次郎三は怒号した。

「退却だ。退却しろ！　ここはわたしが食い止める。その間に諸君は下がれ」

次郎三は銃を構える。

「無駄死にはするな。走れる者は走れ！」

叫びながら絶え間なく、銃弾を撃つ。

「加勢致す」

「俺もだ」

「それがしも」

幾人かが次郎三の周囲に集まり、敵兵の前に立ちはだかった。

「おお、佐久間どの、堀どの、かたじけない」

残った者たちは微笑で頷き合う。

他の者たちは次郎三の「退却」の声に、弾かれたように逃走を開始した。

（それでいい。無事に戻れ、松前まで。そこには我らの遊撃隊が待っているぞ）

ほとんど何も出来ぬまま崩れさる自軍の兵を、次郎三は祈る思いで見送った。

その場に踏みとどまって勇戦する男たちに敵弾が、無数の獣が牙を剝《む》いて食らいつくように襲い掛かる。人数が少ない分、まさしく狙い撃ちにされた。次郎三にも数えきれない銃弾が襲い掛かった。肩にも腹にも腕にも被弾する。手がちぎれそうになり、足からも血や肉が飛ぶ。地面に這《は》いつくばるように転がった。

「忠内さん！」

誰かの声が遠くで聞こえた。

「大丈夫だ、俺に構うな」

声を振り絞ったつもりだが、掠《かす》れてほとんど喉から音は出なかった。次郎三は天下の伊庭道場の高弟である。剣の腕は幕臣の頂点の講武所剣術教授方を任された一人だ。

それが、こんな死に方をするなど、戊辰の戦いを経験するまでは思いもよらなかったことだ。これが、時代が変わるということなのか。

仲間を逃がした有志たちはすでに力なく、ある者は横たわり、ある者はうずくまり、動ける者は地面を這いずり回っていた。新政府軍の兵士たちは、血祭りとばかりにその者たちにとどめを刺す。

虫の息の次郎三の体にも、刀がずぶりと刺し込まれた。

――八郎、頼んだぞ。

遠のく意識の中で敵軍の鯨波《とき》を聞きながら、人生のほとんどを剣に捧げた次郎三は、宗家の跡取りだった男に心中で後事を託し、誰に看取《みと》られることもなく息を引き取った。

八郎はまだ次郎三の死を知らない。だが、明け方の沖に甲鉄艦を見てからすぐに、松前に使者を出し、自分の受け持つ折戸台場でも戦闘態勢を整えた。

朝の五つ半（午前九時ごろ）を四半刻ばかりまわったころだろうか。つややかな日差しの向こうに、立ち昇る幾筋かの黒煙を目にした。黒煙の下には、悠々と航行してくる四艦の軍艦がいた。その中に、海面を切り裂くように滑ってくる鉄鋼艦がいる。

おっ、と八郎は身を乗り出すように甲鉄を凝視する。

「来たか」

見張りの兵が喇叭を鳴らし、仲間に敵艦接近の合図を送る。

一発目の砲は、折戸台場から放った。腹に響く音を轟かせたが、それは四艦のいずれにも当たらず、海面に高い水飛沫《みずしぶき》を作った。

敵艦からも、一発目の砲が唸りを上げる。台場の頭上を越えて、近くの小山の裾近くを抉った。轟音《ごうおん》と共におびただしい土砂が舞い上がり、もうもうとした煙が横に流れていく。

間を置くことなく甲鉄艦が火を噴く。ひときわ大きな砲音が辺りをグワンと包み込む。それは城下に落ちて、木端《こっぱ》を飛ばした。

激しい砲撃戦が開始されたのも束の間、砲の数が違いすぎることと、台場の砲台は動かせないが敵方は艦船から打ち込むので自由に場所を変えられるせいで、一方的な様相を呈した。

敵艦四艦の砲がしきりと火を噴き、砲弾を吐きだす。一艦は台場の砲を狙い撃ちしてくるが、後の三艦は松前城内や城下に、まるで「下手な鉄砲も数撃ちゃ当たる」を地でいくように、闇雲にひたすら砲声を轟かせている。瞬く間に空気が濁り、濃い霧がかかったように視界が悪くなった。火薬のにおいがつんと鼻を衝く。あんなに間断なく砲弾を撃ち込まれて、城下の者たちは無事なのか。台場に敵艦隊を引き付けることが出来ぬ悔しさに八郎は臍《ほぞ》を噛む。

（勝さん……）

勝太郎は城内にいるはずだ。

城下全体が靄《もや》で覆われたようで、城がどうなっているのかよくわからない。八郎は頬に熱を覚えた。どうやら城下の温度が上がってきているようだ。視界が悪過ぎて目視できないが、火が出ているのは間違いない。

八郎の周囲に、遊撃隊士が集まりはじめている。今のところ陸戦が始まっていないので、他にどうしようもないのだ。台場の砲撃は砲隊が受けもってしきりと応戦するが、敵艦にはほとんど当たっていないようだ。

こんなとき、どう動けばいいのか、見たことも聞いたこともない戦の様相に、半ばみな呆然としている。戦、といっても今のところ軍艦だけが来ているのだから、なにもすることがない。

「必ず北からやつらは攻めて来る。そのときこそ我らの出番だ」

八郎はみなを落ち着かせるように言ったが、自分自身にも言い聞かせているのだ。

もし北から寄せてこなくても、いつかは軍艦から海兵が上陸して来る。そのときには出番がある。

それにしても、いくら死を覚悟して戦に臨んでいるといっても、これはあんまりだ。艦砲射撃で闇雲に放たれた砲弾に、まるで虫けらのように建物もろとも木端微塵《こっぱみじん》になって終わるなど……。

「伊庭さん、あれを」

斧吉の声が鋭く飛んだ。台場の胸壁から斧吉の指差す北方を覗《のぞ》くと、江良に出陣した男たちが、ばらばらと逃げ帰って来るのが見えた。

「台場の門を開けろ。収容する」

収容したところで、ここがどれほど持つかわからない。だからといって、砲弾の雨の中よりましなはずだ。

このとき――。

意外なことが起こった。あれほど激しい砲撃を繰り返していた新政府海軍の砲が一斉に沈黙したのだ。

「なんだ」

「なにがあった」

「どうしたんだ」

それは不気味な静寂だった。

「おーい、こっちだ」

江良からの敗走兵に台場から手を振って入るよう合図を送ったが、男たちは青ざめた顔でそのまま通り過ぎていった。

「おい」

斧吉が目を白黒させ、「何だ」と首を捻《ひね》る。彼らはそのまま松前城下の、もうもうと汚れた空気の中に入っていった。

敵海軍はいまだ沈黙している。

「なにがどうなったのかわからんが、今のうちに台場も松前も捨て、いったん退いた方がよくないか」

松岡四郎次郎がそんなことを口にする。松前口方面では、四郎次郎の身分が一番高いから、この男がこうだと命じれば全軍が従わなければならない。

早い話、逃げようと言っているわけだが、それにも一理あった。土砂降りのように砲弾を撃ち込まれては、全滅するのを待つばかりだ。今なら、退却できるのではないか。

そう思った矢先、地鳴りのようなものが八郎の耳を打った。北方からだ。

台場の胸壁から覗き込んだが、それが何なのかわかる前に見張り台の者が、

「敵襲」

地鳴りの正体を知らせた。と思うや、豆粒ほどの大きさの人間の群れが、台場前に広がる立石の原野に雪崩《なだ》れ込んで来る。

すごい数だ。大軍勢が押し寄せて来るときの表現に、「雲霞《うんか》のごとく」というものがあるが、まさにそれである。

「八郎、お前の言った通りだな。本当に来たよ。俺たちの相手が」

小太郎が嬉しげに目を細める。

「嬉しいのか。砂糖に群がる蟻《あり》のような敵が」

「嬉しいね。戦って死ねるじゃないか。敵に不足なしだ」

八郎は苦笑する。

段々、人の形がわかるほどに近づいてきたところで、敵軍は三手に分かれる。

一つが正面から、後の二つは迂回してこの台場を囲むつもりだろう。敵の策がわかっても、人数の違いは如何《いかん》ともしがたい。

正面の敵が隊列を組み、一斉に銃弾を放つ。八郎たちはみな、転がり込むように胸

壁の中に身を隠す。

片手の八郎は体勢を崩して片膝を地についた。それが妙に悔しい。

「ちきしょう、やってくれる」

なんとか一矢、報いてやりたい。

「俺が手勢を率いて外へ出る。山上から仕掛け、弾丸の雨で少しは怯ませてやるさ」

決死隊に志願した八郎に、小太郎が首を左右に振って止める。

「駄目だ。それなら俺が行こう。酷なことを言うようだが、お前に山は登れない」

「小太郎」

死ぬぞ、と言いかけて八郎はその陳腐さに、眉を八の字にさせた。

小太郎が八郎の左腕をやさしく撫でる。

「お前に会って今日まで、俺は退屈知らずだった。あまりに面白いから、蝦夷地くんだりまで付いて来てしまった。八郎よ、黄泉路《よみじ》でまた会おう」

八郎も万感を込めて小太郎の腕を、残った方の手で叩く。

「承知した。黄泉路の酒も友となら美味《うま》かろう」

おそらくこれが最後だろうと、互いにわかっている。

八郎は、人のよさそうな小太郎の顔をじっと見詰めた。この男は、見た目通り、馬鹿が付くほど、お人よしだ。八郎と同じ本好きで、どちらかといえば、武より文に秀でた男である。だのに、八郎がいるからと遊撃隊に参加した。腕を失くしたばかりのときは、付きっきりでなにくれとなく世話をしてくれた。嵐が来れば終わりだと前評判があった美加保丸にも、「八郎が乗るなら」と一緒に乗り込み、さらには、中島へ危険を冒して迎えに来てくれた。

そしてとうとう、北の果ての凍《い》てつく地に、共に来た。八郎は死を見つめてきたが、その八郎に付いてきた小太郎も、とっくに同じものを見つめ続けてきただろう。

（俺がこいつの人生を狂わせた……）

「どうした、八郎。俺の顔に何か付いているか」

じっと見ていたからか、困惑気味の友に、

「いや……お前に会えて良かったと、一度だけ真面目な顔で言っておこうかと思ってな」

すまない、という言葉を呑み込んで、代わりに八郎は感謝の言葉を口にした。

「十分すぎる手向けだな」

小太郎は破顔し、

「行ってくるぜ」

身を翻した。

「命知らずはどこにいる。いたら、この俺に付いてこい」

小太郎の呼びかけに、

「おうっ」

「ここにいるぞ」

何人かの男たちが応じる。遊撃隊の勇ましい声を背に聞きながら、

「位置に付け。攻撃を開始する」

八郎たちは、各々台場に群がる新政府軍に応戦を始めた。

小太郎と八郎の二人は、本当にこれが最後の別れになった。

山上に回り込み、高台から新政府側に攻撃を仕掛けた小太郎だったが、敵軍が崩れたのもしばしの間。

善戦したが、すぐさま凄まじい数の敵軍によじ登られ、山上の男たちは兇刃《きょうじん》に倒れ、壊滅した。

銃弾を体に浴び、

「俺は死ぬ」

微かに笑みさえ浮かべて言ったのが、小太郎の最期の言葉となった。

海軍からの攻撃が止んでから、ちょうど半刻くらい経ったろうか。

再び艦砲射撃が始まった。

台場の中の箱館政府軍の者には敵海軍のしばしの沈黙に何の意味があるのかわからなかったが、わからなくてよかったかもしれない。

敵海軍は、あまりに余裕のある戦いに一斉に「昼食」を摂っていたのである。

新政府側の陸軍が台場をぐるりと囲み始めると、海からの艦砲射撃はもっぱら松前城下にだけ行われた。

どのくらい、この一方的になぶられているような不毛な戦いを続けたろうか。台場の守備兵には永遠に感じられたが、そんなに長くはなかった、というのが真実だ。

八郎ら台場に籠《こも》る者たちは、下からとりついてくる新政府軍の男たちに、上から小銃で撃ちかけて防戦したが、やがて弾薬が切れた。

「退却しよう」

松岡四郎次郎が、まるでこれしか知らないかのように、また同じ言葉を繰り返した。

「もうほとんど囲まれているから強行突破だが、ここにいても確実に死ぬ。それよりは一人でも多く弾雨を走り抜け、木古内口に引いて、松前奪還に向けてもう一戦交えよう」

それしか道がないのだから、四郎次郎の判断は正しい。

八郎と斧吉は顔を見合わせる。互いに頷き合った。

「殿《しんがり》を引き受けますよ」

八郎が申し出る。

かねて殿については、遊撃隊では話し合っていたのだ。戦国時代から伝わる〝繰り引き〟という方法がある。殿部隊を二つに分け、一隊が後退する間、もう一隊が敵に激しく銃撃戦を仕掛ける。しばらくすると、今度は攻撃していた方が後退し、もう一隊が攻撃する。

これを交互に繰り返していくことで、敵に間断なく攻撃を仕掛け続けて退却するという方法だ。

「頼む」

松岡四郎次郎が台場の城下側の門を開いた。

「行くぞ」

敵側から見れば搦《から》め手に当たる門だ。八郎たちがまだ胸壁に取り付いていて、敵に応戦する間に、他の隊士たちが次々と外へ飛び出す。全員が抜けたのを見届けると、最後は遊撃隊だ。

八郎が喇叭を吹く。

それを合図に、みな、ほぼ同時に門をくぐり出る。

外は、松前城下から流れてくる砲撃で舞い上がった粉塵のせいで、白く濁っていた。

（いいぞ）

八郎は思った。囲まれているものの、この視界なら、なんとか突破できるかもしれない。少なくとも台場の中で考えていたよりは、ましな状況だ。

斧吉も同じことを感じたようだ。張りのある声で、

「繰り引きで、いけェ」

号令を掛けたその時だ。どこからともなく一斉に撃ち出された弾丸が、飛び出した遊撃隊士を襲った。

「斧吉！」

八郎の眼前で、斧吉が吹っ飛んだ。力なく横たわった斧吉を抱き起こそうとした八郎に、

「来るな、それより繰り引きを頼む」

声を絞り出してくる。

「馬鹿な。一緒に戻るぞ」

八郎は、右手だけでなんとか抱えようとする。今日ほど、自分が隻腕になったことが悔しかったことはない。

「わたしが」

柴田真一郎《しばたしんいちろう》が進み出た。しゃがみ込み、八郎に代わって斧吉の体を背負う。

「さあ、もう行け。みなを殺す気か」

促す斧吉の口から、げほりと血が噴き出す。膝を曲げたままの真一郎の肩が赤黒く染まる。もう間もなくこの男は死ぬ。八郎にも周囲の者にも、そのことが嫌というほどわかった。

「伊庭さんよ、頼むから行ってくれ」

斧吉の唇が震える。八郎はすぐさま答えた。

「任せておけ、斧吉。必ずみなを木古内まで連れ帰る」

頼む、と斧吉の目が訴える。八郎は奮然と立ち上がった。

「繰り引き始めェ」

喇叭で交代を巧みに知らせながら、八郎はすでにほとんど味方の立ち去った松前城下を駆け抜けた。

六

人数の半分を失った遊撃隊の次の布陣地は木古内だった。

松前が不覚にも落とされ、残る二道は木古内口と土方歳三の守る二股口だったが、幾ら二股口を歳三が死守しても、木古内口が落ちれば、退却を余儀なくされる。木古内を新政府軍にとられれば、二股口が孤立するからだ。

だからこそ箱館政府軍にとって、木古内は絶対に渡したくない場所であり、新政府軍としては、何がなんでも奪取すべき場所でもあるのだ。

現在、木古内を守るのは、額兵隊、一聯隊、砲兵隊、そして遊撃隊だ。

八郎たちは十七日にあの凄惨な松前戦を経験し、十八日から十九日にかけて木古内、札刈、そしてまた木古内とふらふらと転陣させられた。このとき、札刈の隣村に当たる泉沢に転陣していた一聯隊の到着を待って、さらにその隣村の木古内に共に移る予定にしていたが、どうしたことか、いつまで待っても一聯隊がやってこない。業を煮やした八郎が、このころには片手でもずいぶんと上手く乗れるようになった馬を駆って、迎えにいったほどだ。このため、着陣は夜半になり、たった今、宿所に入ったばかりである。

十七日の松前での戦いは、遊撃隊士の心に多くの傷と衝撃を残したが、あの日からまだ二日しか経っていない。みなへとへとに草臥《くたび》れて、泥のように眠った。

八郎も眠りたかったが、勝太郎が斧吉や小太郎の最期を知りたがったので、みなが寝静まった後、聞かせてやった。

あの混乱の最中、柴田真一郎は斧吉の首を「敵には渡さぬ」と言って掻《か》き切り、持ち帰ってくれた。本当は八郎がしてやりたかったことだ。

「勝さん、後で褒めてやってくれ」

「もちろん、そないしよう」

「『我が首を取れ』が斧吉の最期の言葉だったらしい」

「あいつらしいわ」

勝太郎がしみじみ言う。その目に涙が滲んだから、八郎はそっと立ち去った。勝太郎と斧吉は、奥羽を共に戦った戦友だ。それは八郎にはない思い出であり、絆だった。

八郎は宿舎を出て、裏手に回る。ここなら万が一にも誰にも見つかるまい。八郎は真っ暗やみの空を見上げる。

斧吉は撃たれた姿を見たから諦めがついた。だが、小太郎たち山上に上った者たちの最期は見ていない。もしかしたら生きていて、ひょっこり顔を出すのではないかと、どこかで期待していた八郎には、今日になっても小太郎が現れなかったことが殊のほか堪《こた》えた。

（逝っちまったのか、本当に。俺を置いて）

八郎はすぐ横の木の幹を右手拳《こぶし》で叩いた。

小太郎に出会ったのは十七歳のときだ。初めから遠慮がなく、人懐っこい顔で寄ってきて、武道より書物の方が好きだと屈託なく笑った。八郎も三度の飯より書物が好きな男だ。すぐに馬が合って、互いに読んだ本について夢中で語り合った。

磊落《らいらく》な性質だったが、手荒なことは一切好まぬ男だった。だから本来、戦など好まぬことだったに違いない。だのに蝦夷まできて最後まで戦って死んでいったかと思うと、言いようのない思いが込みあがってくる。

「八郎よ、なぜ戦うのだ」

そう常に友は八郎に問うてきた。

「幕臣だからだ」

八郎の答えはいつも同じだった。

(小太さんよ、お前さんはなぜ戦ったのだ)

答えは訊かずともわかっている。そうせずにいられなかったからだ。

八郎はまた木の幹に拳をぶつける。声が漏れそうになった。

ここには誰もいないのだ。今くらい乱れてもいいだろう。友のために思い切り、心のままに泣けばいい。

八郎は叩きつけた拳に額を撃ちつけ、胸の痛みのまま無防備に哀哭《あいこく》した。


八郎は顔を洗ってそっと寝所に戻った。ぐったりと疲労困憊《こんぱい》していた八郎の意識は、すーっと落ちるように遠ざかった。

いり豆が弾けるような音がし始めたのは、それからしばらくしてからのことだ。夢間を漂い始めていた八郎は、すぐさま飛び起きた。

銃声だ。じっと耳を澄ます。二種類の銃声が入り混じっているのがわかる。

「起きろ、敵襲だ」

確信して隊士たちを叩き起こし、状況を把握するため外に飛び出した。まだ夜明けにはほど遠く、濃霧がすっぽりと覆い尽くしている。

視界がまるで利かない。こんな中で、何も考えずに闇雲に撃ち込めば、味方の兵を傷つけてしまうかもしれない。それぞれの宿舎から、ばらばらとみなが飛び出してくる。

銃弾が頭上からも降ってくる。どうやら左右の山上をすでに敵に取られているようだ。新政府軍は木古内を奇襲で落とすため、闇の中を進んできたのである。

なぜ、この攻撃を予測しなかったのだろう。

どういう油断が今の事態を引き起こしたのか。多くの友を同じ戦闘でいっぺんに失い過ぎて、自分でも気づかぬうちに戦いの勘が鈍っていたのだ。夜間、完全に囲まれるまで気づかぬなど、神経が研ぎ澄まされていたときにはあり得ない失態だった。

八郎は濃い霧の中、刀を抜き放った。

「伊庭八郎はここにいるぞ」

仁王立ちになって大音声を上げる。とたんに幾つかの方向から弾が飛来した。

よけもせずに、八郎はその方角を正確に頭に叩き込む。

「無茶は、やめてください。あなたまで失ったら……」

隊士たちが庇《かば》うように駆けてくる。

その隊士たちに、

「いいか。今から俺の言う方角にだけ撃てよ。そっちにいるのが敵だ」

さっき名乗りを上げたときに銃撃を仕掛けてきた方角を教える。

「左右の山上から敵が撃つのはわかりますが、この方角は味方の造った胸壁です」

「どうやら取られちまったな」

八郎は隊士から体を離すと、もう一度叫ぶ。

「伊庭八郎、ここにあり」

またいくつもの弾が飛んでくる。ヒュッと耳元を掠め、あるいは衣服の袖を鋭く裂いた。

射撃がさっきよりよほど正確だ。八郎は立ち位置をわずかに変えた。

「間違いないな。これでわかったろう。あの胸壁の中にいるのは敵兵だ。さっさとやっちまおう」

「隊長、なんで今みたいな無茶を……」

隊士たちは泣き出さんばかりだ。

「なにが無茶なもんか」

十七日の斧吉や、小太郎の戦い振りは無茶ではなかったとでもいうのか。

「もう、やめてんか、八郎」

勝太郎が怒り顔で近付いてくる。

（無茶が駄目なんざ、いったい何をしに来たんだ、蝦夷くんだりまで。おいら、戦いに来たんだぜ）

心の嵐を八郎はかろうじて抑え込む。

「大丈夫だ。心配かけた。何度もやると、敵さんもこちらの意図に気付いて、撃ってくれなくなるからな。これでお開きだ。敵の位置もあらかたわかったろう」

「ああ。お陰さまで、霧で見えへんのに見えてるみたいや」

勝太郎は隊士たちに向き直り、怒号するように叫んだ。

「八郎の勇気を無駄にするな。撃てェ」

八郎も大声を上げる。

「怯むな。どこまでも戦え。命を惜しむな、名を惜しめ。敵に後ろを見せて総裁にまみえることができようか。各々ここを死に場所と心得よ！」

再び敵の射撃が始まった。弾が鬢《びん》の毛を引きちぎるような勢いで通り過ぎ、足元の土を激しく撥《は》ね上げる。が、それで怖《お》じけづく八郎ではない。刀を振りかざし、あらかじめ決められていた遊撃隊の持ち場、西方の人家が裏山につらなる大原の地を目がけて足を踏み出した。

「進めェ」

遊撃隊が八郎の怒号に従い前進する。十七日に身の竦《すく》むような地獄を見てきた者たちだ。今から再びあの地獄が始まるかもしれぬのに、怯む者は誰もいない。

（お前たちは、おいらの自慢だ）

八郎には、遊撃隊士が誇らしかった。

「進め、進め！　俺たちは徳川の遺臣ぞ」

「おうっ」

と声が上がった、そのとき――。

肩から胸に掛けて焼き火箸をねじ込まれたような熱さが走った。

（なんだ……）

八郎には一瞬、何が起こったのかわからなかった。

「八郎！」

異変を感じたのか、霧の向こうから勝太郎の切迫した声が上がる。

「ここだ」

答えようとしたが声が出ない。

（俺ァどうしたんだ）

金属質な痛みが頭に響く。

（ああ、弾が当たっちまったのか）

鉄砲の弾が、左の肩から斜め下に入ったのだ。それが貫通せずに、胸の辺りで止まっているようだ。胸元がしくしくと圧迫されて息が苦しい。被弾するのは、これが三度目だ。

八郎の中に笑いが込み上げてくる。

（なんてェ様《ざま》だ。俺ってやつは……まだ生きてやがる）

振りかざしていた右手は、もうよほど降りかけていたが、渾身の力を込めて再び振り上げた。

「進めェ、立ち止まるな。我らは上様の親衛隊ぞ」

声を絞り出したと同時に、体がぐらりと折れた。霧を突き破って足音が近寄って来る。誰かが八郎を抱きかかえた。見ると、勝太郎だ。その手を八郎は振り払ったが、足はむなしくたたらを踏んだ。

「怯むな。戦え」

八郎は隊士たちをなおも励ました。

ザッと刀を地に刺し、八郎はそれで体を支える。

「行け。行くんだ。遊撃隊は進軍あるのみ！」

怒号した刹那、げぼりと血が口から噴き出した。八郎はなおも声を張り上げた。

「全軍、俺の屍《しかばね》を越えていけ」

「おうっ」

応えたのは勝太郎だ。掠れかかった八郎の目に、勝太郎が頷くのが見えた。

――安心しろ、後は俺が引き受けた。

「遊撃隊は俺に続け。前進するぞ。敵陣深く斬り込め」

耳に、友の頼もしい声が聞こえる。

そうだ、それでいい。

八郎の体が大きく揺らいだ。

いいぞ、それでこそ遊撃隊だ。上様の親衛隊だ。

ドッと倒れる八郎の脳裏に、十四代将軍の満足げな顔が確かに浮かんだ。

七

八郎はそのまま、船で箱館の病院に運ばれた。

（打ち捨てろとあれほど言ったてえのに、どいつもこいつも人の話を聞きやがらね

え)

戦場で死ぬことを本望としていた八郎は情けなさでいっぱいだった。いらぬことを、という怒りに似た気持ちが湧き上がり、そんな自分をいつまでたっても未熟な奴だと心中で罵《ののし》った。もちろん、連れ戻してくれた者には、

「ありがとうよ」

礼を述べた。口先だけで言ったわけではない。放っておいて欲しかったというのは本音だが、それとは別に自分のために危険を冒してくれたことには心から感謝していた。

八郎の収容された病院は、榎本釜次郎に付いて箱館までやってきた高松凌雲《たかまつりょううん》が開いたものだ。赤十字の精神にのっとり、凌雲はそこで敵も味方も区別することなく治療している。

「まだ、おいらは戦えますかね、先生」

痛みをこらえ、半ば祈るように八郎は訊いた。再び、なんとしても戦場に立ちたい。そのために蝦夷まで来たのだ。が、

「馬鹿なことを言うんじゃないよ」

凌雲に強い口調で叱られる。

「大馬鹿もん以外の誰が蝦夷くんだりにいるんだよ」

不貞腐《ふてくさ》れて口の動きだけで愚痴ると、凌雲は軽く睨んで黙り込んだ。

八郎は服を脱がされ、傷口の消毒はされたが、それ以外の治療らしい治療は施されなかった。

「銃弾は抜かないんですかえ、先生」

「ああ。抜いたら死んでしまうからね」

「そりゃまた、笑えねえ」

「今はゆっくり休むことだ。……そのうち笑えるようになる」

「戦えますかね、先生」

もう一度、聞くと、今度は凌雲は叱らなかった。代わりに、

「その程度の傷に負けるようじゃ、戦場に立っても邪魔なだけだ」

頑張るんだ、と励ましてくれる。凌雲の口調では、まだまだいけそうじゃないか、と八郎は思った。

（そうか、おいらはまだやれるのか）

八郎は涙が出るほど嬉しかった。戦場に戻れるならそれでいい。今は療養に専念することだと腹をくくった。

次に目を覚ますと、なぜか鎌吉の泣き顔が八郎を覗き込んでいた。なぜ鎌吉がここにいるのか……。横浜で別れたはずだ。混乱する八郎を置いてけぼりに、

「旦那、旦那。ああ、生きてやすね。ようございました」

鎌吉は抱きつかんばかりに八郎との再会を喜んだ。

「おいらは夢を見ているのかえ」

ほとんど出ない声で尋ねると、とんでもないと鎌吉が首を左右に振る。

「あっしも来ちまいましたんでさァ、旦那のいるこの蝦夷へ」

「なんだって。おいらを追ってきたのかえ」

「へい。やっと旅費が貯《た》まりまして。ずいぶん時間がかかっちまいやしたけど、ようやく……。旦那ァ、会いたかったですよォ」

「お前なあ……」

こいつは馬鹿じゃないのかと八郎の目はしばし泳いだ。

（こんな……もう負け戦だと決まっちまったような俺たちのもとへ、今頃やってきてどうするってえんだえ）

鎌吉のいじらしさに八郎の胸は震えた。

（ここまで来るのに苦労したんだろうに……）

「馬鹿だねえ」

愛情を込めて呟くと、鎌吉の目に涙が滲んだ。

「旦那にそう言ってもらえると、あっしは報われます」

「馬鹿だと言われて喜ぶ馬鹿がいたもんだ」

「へへっ」

「鎌吉よ、いつ、着いたんだえ」

「今日ですよ。そしたら旦那はここだって」

「そいつはすごいな。どういう奇縁なんだか」

「奇縁と言えば、旦那、旦那の被《かぶ》せてもらってる蒲団ですがね、松前の殿さまが使ってた蒲団だそうですよ。殿さまの蒲団です。へへへ。初めて触っちまったよ、あっしなんかが。これだけで来たかいがありやした」

「良かったな」

「へい。……ねえ旦那」

うん、と八郎は目顔で鎌吉に続きを促した。

「今日から旦那が良くなるまで、あっしに世話をさせてくだせい」

お願いします、と鎌吉は手を突いて頭を下げた。どうか追い返さないでくださいと好きにさせてやろうと八郎は思った。

鎌吉は必死だ。

（おいらに返せるものは他にない）

箱館くんだりまで、自分会いたさに鎌吉は来てくれたのだ。横浜で別れてから五カ月が過ぎている。その間ずっと働いて、一人きりでこつこつとここへ来るための金を貯めていたと言っていた。せっかく来ても、八郎が生きているとは限らない。生きていても無事に会える確率は低かったろう。八郎に会いに来たと訴えても、箱館政府軍に間者扱いされて身柄を拘束されたかもしれないではないか。「知らぬ」と一蹴されれば、知る者がいない箱館で、ただ無力に途方に暮れたかもしれない。

それでも鎌吉はここまで来た。どれだけの不安を振り払い、幾つもの艱難《かんなん》を超えて来たのだろう。それが想像できない八郎ではない。

「頼むよ、鎌さん。おいらはいい友を持った」

八郎の言葉に、鎌吉はわっと声を上げて泣き出した。

しばらくして、八郎は五稜郭の一室に寝床を移してもらった。凌雲の赤十字精神にのっとった病院にいると、万に一つ立てぬうちに戦が終わってしまえば死に損ねる可能性がある。敵方が病院を襲うかどうかはその時になってみなければわからないからだ。五稜郭なら、確実に攻撃の対象になる。箱館政府軍の根城五稜郭を落とすことが敵の最終目標だからだ。

條三郎や小太郎、それに斧吉に次郎三……八郎の中に先に散った男たちの顔が次々に浮かぶ。

（もうおいらは死に遅れない。そんときゃァ、這ってでも戦ってやるさ）

五稜郭の病室には、八郎を慕っていろいろな者たちが入れ替わり立ち替わり訪ねて来ては、戦況を教えてくれたり、他者には言えない心境を吐露したりして帰っていく。

八郎を嬉しくさせたのは、歳三の守る二股口の戦いぶりだった。どこもかしこもこっぴどい敗戦だというのに、二股口だけは対等以上の戦果をあげた。新政府軍の猛攻に崩れることなく二十日ものあいだ守り通し、歳三は「常勝将軍」の名をほしいままにしたという。八郎は歳三を誇りに思った。

だが、二股口も結局は撤退を余儀なくされた。木古内が落ち、矢不来が落ち、有川に敵が迫ったため、歳三は負けてもいないのに二股口を手放さざるを得なくなってしまった。

二股口は有川と箱館の間にある間道だから、木古内――箱館戦線を敵に奪われると、二股口の兵士は閉じ込められて退路を失ってしまう。

二股口を守り通した兵士たちがどれほど無念だったか。撤退を告げねばならなかった歳三がどれほど歯噛みしたか。松前口で何度か侵攻しながらもその都度、五稜郭司令本部から呼び戻された八郎にはよくわかる。

二股口を引き揚げた歳三が、八郎が弾をくらって寝かされていると聞いて、見舞いに来た。この男にしては珍しく血相を変えて飛び込んできた様は、八郎を愉快にさせた。心のまま目を細め、

「トシよ、常勝将軍と呼ばれているそうじゃないかえ。お前さんの戦いぶりは我が軍の誇りだ」

八郎は開口一番、二股口の健闘を称えた。声は掠れ、まともに出ないが口だけ動かしていれば、十分に歳三になら伝わる。気軽なもんだと嬉しかったが、歳三にはそんな八郎の弱った姿が衝撃だったらしい。半ば茫然《ぼうぜん》としている。

(馬鹿野郎。なんてえ面だ。いつもは取り澄ました顔をしているってえのに……)

こんなときほど新選組副長をやっていたときのように、感情を押し隠せばいいものをと八郎は可笑しかった。

(無防備に驚きやがって……)

「トシに比べ、おいらは面目ない。松前も木古内も守り切れずに、二股口のみなには

迷惑を掛けた」

「なに、二股は艦砲射撃を食らわねェ。その分、守りやすかっただけだ。それより存外元気そうで安心したぞ」

「トシさん、それが、妙なんだよ」

肩の傷は治ってきているというのに、胸の内側からの痛みは日に日にひどくなっていく。治ってきているはずなのに、立つことさえままならない。こんな状態ではとうてい戦場には戻れない。焦っても仕方がないと医者は言うが、本当に自分は復帰できるのか。このごろ八郎は、認めたくない現実を見つめ始めている。

誰にも弱音は吐かずにきたが、昔馴染みの歳三の顔を見ると、つい弱気が口をついて出た。だが、

「何が妙なんだ。痛みがひどいのか」

歳三が労《いた》わりの言葉を口にするのを聞いた時、我に返ったようにそんな自分を恥ずかしく感じた。

「いや、いいんだ」

慌てて前言を撤回する。歳三は八郎のずいぶん伸びた髪をくしゃりと乱して撫で、

「なんだ、おい。言ってみろ。俺相手に痩せ我慢せずともいいんだぜ。恥ずかしいと

ころも見せ合ってきた友垣だろう」

歳三は微笑する。久しぶりにこんな顔を見たと驚く八郎に、

「もうそんな奴は俺には八郎しか残っていないがな」

と付け加えた。それで八郎の口からぽろりとまた本音が転がり出た。

「おいら、生き恥を晒してないかえ」

「なんだと」

「頑張ればまた戦地に立てるってェ話だが、騙《だま》されてないかえ」

「なんでそんなふうに思う」

痛みがひどくて、とはさすがに言えない。八郎は曖昧に笑った。

「こんなことで弱気になってちゃァ、おめェ、回天に笑われるぞ」

「回天がどうかしたのか」

すでにこの段階で、箱館政府側の軍艦は、回天丸と蟠竜丸しか残っていない。不安顔の八郎に、

「敵の艦隊と戦って百発以上被弾した。機関をやられて今じゃ動きゃしねェがな、おい」

歳三は少し誇らしげな顔をした。

「浮き砲台としてまだまだ奴ァ、戦う気だ」

そいつはすごいな、と八郎は頷いた。

「もう駄目かもしれねェなんざ、本当に回天に笑われちまう」

「だろう。どんな時も前だけ見ていろ。最後まで、さすが八郎だと言わせてくれ」

「そうしよう」

歳三はその日はそれで帰ったが、また数日して現れた。

「明日、新政府軍が総攻撃を仕掛けてくるぞ」

明るい顔で知らせてくれた。

「ちぇっ、間に合わなかったか」

八郎は口を尖らせたが、ここ二、三日で体調はさらに悪くなっていた。間に合わないどころではない。やはり自分はいけないのだ。少し前、泣いて嫌がる鎌吉を振りほどき、包帯を勝手に解いて痛みの激しい胸元を見た。黒ずんだ紫色の皮膚が広がり、内側から壊死《えし》していることを知った。

希望はどこにもなかった。

もう死ぬ以外にないのだと知れば、自害するとみなは思ったのだろうか。

「大丈夫だ、必ずまた戦場に立てる」

そう周りの者たちは八郎に言い続けた。

勝太郎も、鎌吉も、先生も、釜次郎も。

歳三も知っていたのだろうか。

まんまと騙され、その気になって、治癒する日を指折り数えるように待っていた自分は滑稽のお笑い草だと八郎は自嘲する。

八郎は腹立たしく、死に時を逸してしまった自分をどうしようもなく情けなく思った。そのくせ、自分より騙し続けた周囲の者たちの方がずっと辛かったろうとわかるから、怒れやしない。だから、もう気づいてしまったことは、鎌吉と八郎二人の秘密であった。

みなの心配に反し、今はまだ自害しようと思わなかった。もし自分のように勝太郎が、歳三が、怪我を負い、自害して果てたときの気持ちを考えれば、おいそれとはできなかった。置いていかれる切なさを誰かに味わわせたくない。ならば、自害の時は今ではない。総攻撃で皆が出陣してからだ。誰をも哀しませることなく、みなを「行ってこい」と送り出したその後だ。

もう決めたから、今はいっそ清々しい気持ちで歳三を見送れる。そう思っていたのだが……。

「八郎、俺は五稜郭を出陣したら、もう戻らねェ。今日が最後だ」

歳三が宣言する。有言実行の男だ。歳三がそうだと言うなら、明日、この男は死ぬ。

「いいさ、それでお前さんの人生が良いものになるのなら、行ってこいよ」

八郎はいつかの江戸を発つ歳三に送った言葉を繰り返した。おや、という顔を歳三はした。

「懐かしいな」

目を細める。歳三も覚えていたのだ。

「懐かしいが、八郎よ。今度はおめェに見送らせやしないさ」

「トシ？」

「明日は共に戦おう」

八郎の息が止まりそうになった。この男は今、なんと言ったろう。歳三はさらに言う。

「俺の心は、お前の闘志と共にある」

こんなふうに言ってくれたのは、この男だけだ。

「おう、戦おう」

「行くぞ、八郎」

共に戦場へ。

翌五月十一日——。

この日、新政府軍による箱館総攻撃が行われた。八郎は、もう座っているのも辛い体になっていたが、鎌吉に頼んで床几を用意してもらい、戦いの間そこに座して過ごした。眩暈《めまい》がし、脂汗が全身に滲んだが、自分一人が楽をするわけにはいかなかった。

戦闘は深夜の八つ半（午前三時ごろ）に始まった。それから数刻、砲声と銃声と喊《かん》声《せい》が途切れることなく八郎の耳に聞こえてくる。何度か五稜郭も砲弾を受け、激しい地響きを味わった。

二刻半、それは続いた。突如、砲声とは別の、地が震えるような轟きが、広い戦場を包んだ。一瞬、辺りから音が消えたように静かになった。

「何事だえ」

思ううちにも、ワーッと歓喜の声が上がった。

再び銃声と砲声が辺りを包みこむ。

八郎は立って自分で何があったのか確かめに行きたかったが、それはもう叶《かな》わない。

鎌吉が、「あっしが」とすかさず走り去り、しばらくして目を赤くさせ、戻ってくる。

「蟠竜ですよ、旦那。蟠竜がやってくれました。最高の餞《はなむけ》です」

「蟠竜がどうした」

「へい。箱館海軍の中で一艦のみ残っていた蟠竜丸が、あの化け物甲鉄艦率いる新政府海軍の艦隊に果敢に戦いを挑みやして」

「敵艦の群れの中に突入していったのか」

「そうですよ、旦那。それで、満身創痍になりながらも、敵艦朝陽を爆発させ、沈めたってんですから、あっしはもう涙が出やす」

鎌吉がぽろぽろと泣く。八郎の胸も熱くなった。どれほど敵が巨大でも、決して逃げずに戦いを挑み、見事、一矢報いたというのか。

蟠竜丸は積んでいた全ての砲弾を吐き出し、最後は甲鉄艦からの弾を受けて操縦不能となり、黒煙をしきりと天に吐き出しながら最後の力で海岸まで航行し、浜へと乗り上げた。その姿は、新政府軍に抵抗し続けた男たちを、これ以上ないくらい励ました。

戦いは日暮れまで続いた。

呼吸をするたびに胸が軋《きし》み、激痛に苛まれたが、八郎の心は歳三と共にある。約束通り、あの男と共に戦っている。

周囲が静かになったあと、八郎は力尽きて倒れ、しばらく意識が混沌《こんとん》とした。

次に目が覚めたときには日付が変わっていたようだが、八郎にはよくわからなかった。みな忙しくしていたからなかなか聞けなかったが、ようやく歳三の最期を知った。

歳三は宣言通り、五稜郭には戻らなかった。敵に囲まれて孤立した弁天台場を救うため、寡兵で五稜郭を騎馬で飛び出し、一本木関門で被弾した。一歩も引かず群がる敵を憤然と屠る歳三の姿は、さながら東方の守護神、三千世界を統べるシヴァ神を倒して踏みつけた降三世夜叉明王《ごうざんぜやしゃみょうおう》のようで、敵も味方もしばし恐怖に凍り付いて動けなかったという。

それでもはっと我に返った敵軍の一斉射撃を浴び、煙がもうもうと立ち上る中、歳三の体は四方に血しぶきを散らした。が、火薬臭い煙が風に流れ、その場の視界がはっきりと開けたときには、地に倒れていたのは歳三の乗った馬のみ。歳三自身の姿は、忽然《こつぜん》と消えていた。

五稜郭に戻った目撃者から八郎が聞いたのはそこまでで、歳三が実際にどのような最期の瞬間を迎えたのか杳《よう》として知れない。それでも確実にあの男は死んだのだ、と八郎は感じ取ることができた。

小太郎のときのような慟哭は八郎にはない。動けぬ自分の心だけでも戦場に連れていき、共に戦ってくれた歳三と、もういくばくかすれば冥土で再会できる。あの男はやりきったのだ。己を貫いて死んでいった。今はそれを称えたい。次は八郎の番だった。

総攻撃の後も、新政府軍は降伏を促しつつ、応じない箱館政府に攻撃を仕掛けてくる。それは甲鉄艦から繰り出されるアームストロング砲の砲撃に終始した。凄まじい音が、狙い撃たれる五稜郭に轟き、さっきまで余裕の表情で笑っていた男が、眼前で四肢を散り散りに吹き飛ばされる。もう自力で起き上がれない八郎の横の部屋にも砲弾が落ちた。

五稜郭は今、降伏か全滅かで揺れている。そして、城内の空気は、降伏に傾きつつある。それまでに、なんとしても八郎は逝かねばならない。放っておいてももう命は尽きかけていたが、このまま自然に死ぬに任せる気は八郎にはなかった。自身の手でけじめをつけたい。

まさか武士ではない鎌吉に切腹の介錯を頼むわけにいかない。頼む相手を間違えれば止められる。死なせまいと監視をつけられれば、今の八郎の体では自刃は遂げられないだろう。

考えあぐねたあげく、八郎は鎌吉にあの男を呼ぶように頼んだ。総裁榎本釜次郎を。

あの男も古い友人だ。きっとわかってくれると信じた。

忙しい身だろうに、釜次郎はすぐに来てくれた。

「気分はどうかね」

総裁の顔ではなく、昔なじみの顔をしている。

「ずいぶんといいですよ」

八郎は鎌吉に支えて上体を起こしてもらいながら、ろくに出ない掠れきった声のくせに、そんなふうに告げた。

八郎はよほど気心の知れた相手以外には、みなそう答えている。別の答えを言える相手はめっきり減ってしまった。もう勝太郎と鎌吉しかいないのではないか。その勝太郎も総攻撃の時に怪我を負い、病院に担ぎ込まれたと聞いている。二度と会うことは叶わないだろう。

釜次郎は「それは良かった」と無意味な相槌《あいづち》を打ったあと、

「すまないね。結局、負け戦に付き合わせてしまったようだ」

これ以上なんといっていいかわからぬと言った顔で、八郎からしばし目を逸《そ》らせた。

「負けですかえ」

「ああ、負けだ。勝敗は最後の瞬間までわからぬものだと踏ん張ってきたが、いよいよ本当に負けてしまった」

「しかし、どうでしょう。精いっぱい本懐に生きた男たちが負けだというのなら、この世に真の勝者はおりますまい」

「君は悔いていないのか」

「何度時が戻ってもおいらは蝦夷へ来るでしょう。数百発の艦砲射撃を浴びたあの惨めな松前の陥落の未来を知っていたとしても、やはりこの北の凍土に、奔《はし》りに来ますよ。戦うために」

「八郎……」

釜次郎の頰に涙が伝った。やがて嗚咽《おえつ》が漏れた。長い間、釜次郎は肩を震わせ、おそらく今までずっと総裁であるがゆえに我慢していた感情を、迸らせた。

涙が止むのを待って、ふいに不自然なことを口にする。

「八郎、酒を飲まないか」

視界が狭まっているせいで八郎は今の今まで気付かなかったが、よくよく見ると釜次郎の手には液体の注がれた杯が握られている。

ああ、と八郎は気が付いた。釜次郎は八郎を死なせにきたのだ。あの杯の中身は毒に違いない。八郎が介錯を頼む前に、すでに釜次郎はこちらの用件を察してくれていたのだ。

釜次郎と八郎はわずかの時間、見つめ合った。八郎は頷くと、釜次郎の方へ残った手を伸ばした。

鎌吉もどういうことか気付いて「あっ」と声を上げたが、すぐに釜次郎から目を逸らせた。八郎の背を支える手が、がくがくと震え始める。

八郎は構わず釜次郎の手から杯を受け取った。

「君だけを逝かせはしない」

苦痛に歪《ゆが》んだ顔で釜次郎が声を絞り出す。

八郎は釜次郎の友情を、有難く思った。

「釜さんよ、君は最後まで存分に生きてくれ」

八郎からの手向けの言葉だ。それは鎌吉にも言い聞かせた祈りの籠った言葉である。こんなところまでおいらを追ってきてくれた鎌吉よ、お前は生きろ——と。

死への道は、誰もが一人でいくものだ。それにもう十分なほど、多くの友が向こうで待っている。

八郎は微笑した。

待っているのは、友だけではない。

色黒のふくよかな御顔が八郎の脳裏に浮かんだ。

（上様、ただいま御身の御側へ）

いざ、とばかりに少し杯を掲げ、八郎は幸せな心持ちでそれを一気に飲み干した。

五月十五日、幕臣伊庭八郎は五稜郭の一室にて、徳川政権に殉ずる。享年二十六。

盟友土方歳三の横に葬られたと言われている。それがどこであるのか、今となっては——真実はだれも知らない。

ただ明治の世になって数年ののち、五稜郭の一角で、女がひとり長いあいだ手を合わせていた場所がある。女の帯には徳川の紋の入った扇が差してあった。

この作品は2011年4月双葉社より刊行されました。

徳間文庫

伊庭《いば》八郎《はちろう》 凍土《とうど》に奔《はし》る

2017年3月15日 初刷

著者 秋《あき》山《やま》香《か》乃《の》

発行者 平野健一

東京都港区芝大門二―二―二 〒105―8055

発行所 株式会社 徳間書店

電話 編集〇三(五四〇三)四三四九
販売〇四八(四五一)五九六〇

振替 〇〇一四〇―〇―四四三九二

印刷 本郷印刷株式会社

製本 ナショナル製本協同組合

ISBN978-4-19-894207-6 (乱丁、落丁本はお取りかえいたします)